레전드급
낙오자

레전드급 낙오자 12

홍성은 장편소설

초판 1쇄 찍은 날 § 2020년 12월 10일
초판 1쇄 펴낸 날 § 2020년 12월 17일

지은이 § 홍성은
펴낸이 § 서경석

총괄팀장 § 노종아
편집책임 § 강서희
디자인 § 소소연

펴낸곳 § 도서출판 청어람
등록번호 § 제387-1999-000006호
등록일자 § 1999. 5. 31
어람번호 § 제1-3103호

주소 § 경기도 부천시 부일로 483번길 40 서경B/D 3F (우) 14640
전화 § 032-656-4452 팩스 § 032-656-4453
http://www.chungeoram.com
E-mail § chungeorambook@daum.net

ISBN 979-11-04-92286-2 04810
ISBN 979-11-04-92131-5 (세트)

레전드급 낙오자 12 [완결]

레전드급
낙오자

목차

Chapter 1 … 7
Chapter 2 … 39
Chapter 3 … 73
Chapter 4 … 111
Chapter 5 … 145
Chapter 6 … 177
Chapter 7 … 211
Chapter 8 … 247
에필로그 … 295

Chapter 1

에르메스는 이런 광경을 생전 처음 보았다.

에르메스가 스스로를 마구니로 규정하고 있음에도 불구하고, 수십 만에 달하는 마구니들이 한군데에 모여 있는 것을 직접 목격하자 전신에 소름이 돋았다.

'세상에 마구니가 이렇게 많았다니.'

마구니 동맹이 진짜 힘을 드러내면 세계 정복도 그리 어렵지 않은 일이라던 속설이 그저 허풍만인 건 아님이 드러나는 순간이었다.

줄을 잘 섰다는 생각에 입가가 호선을 그리는 것도 잠시.

"뭐야? 두령, 우리 부대만 수행하는 작전이 아니었나?"

"그렇습니다, 분신님."

마구니 두령은 얼른 고개를 조아리며 에르메스의 질문에 공손히 대답했다.

저 마구니들이 얼마나 강력한 존재인지는 에르메스가 스스로의 몸으로 통감했기에 잘 알고 있었다. 상급 신이었던 그가 단번에 사로잡혀 십자가에 묶여 전시되었던 경험은 아군이 되었다고 해서 쉽게 잊힐 만한 성질의 것이 아니었다.

물론 에르메스를 사로잡은 마구니는 평범한 개체가 아닌 마라 파피야스의 분신이었고 300번대의 실력자였다고 변명할 수는 있었다. 그러나 그 변명이 여기 모인 마구니 동맹의 병력을 얕보게 할 수는 없었다. 모인 이들 중 적어도 수만은 마라 파피야스의 분신이었으니 말이다.

"고작 인류연맹을 치는 데 이토록 대병력을 모아들일 줄이야. 지나치게 비효율적이지 않은가?"

그래서 에르메스는 느낀 바대로 솔직하게 말했다.

"마라 파피야스께서 직접 명하신 사항입니다."

마구니 두령의 그 말을 들은 에르메스는 다른 마라 파피야스의 분신들과는 다른 반응을 보였다.

"…1번이?"

"그렇습니다."

"…그렇다면 어쩔 수 없지."

처음부터 스스로를 마라 파피야스라 여기는 분신들과 달리, 만신전에서 조직 생활을 해본 에르메스는 이 상황을 보다 심플하게 받아들였다. 그런 그의 반응에 마구니 두령은 안도의 한숨을 내쉬었다.

"그런데 마구니들만 모은 게 아니로군."

저쪽에 아는 얼굴이 보였다. 천계의 천신들, 그리고 그들의 지휘관으로 보이는 옥황상제의 조카 천원이 바로 그 상대였다. 천계와 만신전은 서로를 소 닭 보듯 했지만 워낙 역사가 길다 보니 몇백 년에 한두 번쯤은 얼굴을 마주할 기회가 있었고 그때 만난 사이였다.

"허, 옥황상제의 조카가 마구니라니."

에르메스는 혀를 찼지만 잘 생각해 보니 자기가 할 말이 아니었던지라 곧 입을 다물었다. 그 또한 만신전의 상급 신인 주제에 마구니가 된 거니 말이다. 상대, 천원도 똑같은 생각을 한 건지 헛기침을 하는 모습을 보이고 있었다.

면식이 있다고 인사나 할 상황은 아니었다. 사실 별로 아는 척하고 싶지도 않았고. 그보다는 이 전쟁에서 공을 세워 좀 더 높은 번호를 부여받고 싶은 야망이 앞섰다.

인류연맹은 작은 세력이다. 죽일 적도 파괴할 시설도 적을 터. 거기다 라이벌도 많다. 먼저 움직여야 공을 세울 수 있으리라. 이렇게 판단한 에르메스는 마구니 두령에게 넌지시 지시했다.

"앞으로 움직인다. 우리가 선봉을 차지해야 해."

"예? 하, 하지만……."

마구니 두령은 에르메스의 말에 화들짝 놀랐다. 선봉이라니, 이 갓 마구니가 된 새 상사는 벌써 죽고 싶은 건가?

물론 인류연맹에 대해 상세한 정보를 제공하지 않은 건 두령의 실수였다. 에르메스가 이러한 오판을 내리리라고 생각지 못하고 한 짓이었다.

상사가 죽어나가는 거야 상관없지만 자기가 죽는 건 곤란하다고 여긴 두령은 고의적으로 누락했던 정보를 지금이라도 에르메스에게 전달하려 들었다.

그러나 두령의 그러한 시도는 무위로 돌아갔다.

"쉽! 말 들어. 명령이다."

마구니 두령이 겁을 먹었다고 판단한 에르메스는 두령의 보고를 묵살했다. 게다가 마침 저쪽에서 천계 소속이었던 마구니들도 움직이기 시작했다. 저쪽이 이쪽과 같은 생각을 했으리란 건 너무나도 쉽게 유추할 수 있었다.

에르메스의 마음이 급해졌다.

"서둘러! 앞으로 간다!!"

"예, 예이."

마구니 두령은 될 대로 되라는 심정으로 대답하고 말았다.

* * *

크리스티나의 외침 후에 대관식 자리는 바로 아수라장이 됐다.

"마구니 동맹이 쳐들어왔다고? 그놈들이 왜?"

"슈퍼 포스 부대를 내보내서 막게 해! 아, 맞다. 슈퍼 포스 다 실각했지."

"조용히! 지금은 폐하의 대관식 중이오!!"

"이런, 현실감각 없긴. 지금 대관식이 문제야?"

마지막은 내 입에서 나온 소리다. 혀를 몇 번 찬 나는 크게 소리쳤다.

"모두 들어라!"

모두의 시선이 내게 쏠렸다. 최고회의의 의원들은 물론 3대 가문의 가주들까지. 좋았어, 비록 입헌군주라지만 이 정도 끗발은 있군.

"우선 내가 나서서 막겠다."

내 말에 모두들 눈을 휘둥그레 떴다. 아니, 왜. 이게 의외인가?

"하지만 폐하!"

의장이 뭔가 반론하려 들 기색이라, 나는 외쳐 그의 말을 막았다.

"들어! 내가 나서서 해결되면 그걸로 좋은 거고, 아니면 뭐……. 그 뒤의 일은 너희가 알아서 해라. 시간은 내가 벌어줄 테니."

"폐하……."

왜 다들 감동한 기색이지? 난 그냥 내가 먹을 수 있을 만큼 마구니를 먹어치운 후 버거워지면 튈 생각인데.

설마 내가 목숨이라도 걸 거라고 믿고 있는 건 아니겠지? 에이, 아니겠지. 아무리 내가 왕이라지만 입헌군주에 불과한데, 인류연맹을 위해 목숨까지 버릴 정도의 의리는 없다.

그렇다고 이걸 솔직하게 밝혀 분위기를 망칠 생각은 없었다.

"이렇게 떠들고 있을 시간이 없군. 아무튼 대관식은 이걸로 끝이다! 이로써 나는 너희의 왕이니, 왕으로서 먼저 나아가 적을 막겠다!"

더 길게 말할 이유가 없었다. 그래서도 안 됐고.

"왕의 싸움을 지켜보아라……!"

그 말을 마지막으로, 나는 움직였다.

"폐하! 건승하시옵소서!"

"건승하시옵소서!!"

나는 사람들의 외침을 뒤로한 채 곧장 [폭군의 대역]을 써 누에보 베르사유 바깥으로 나섰다. 그리고 [진홍 혜성]을 불러내 탑승했다.

"크리스티나! 적이 온 방향을 말해."

—예, 폐하!

나는 크리스티나에게서 마구니 동맹이 집결해 있는 좌표를 듣고, 곧장 [폭군의 정당한 영광] 스위치를 음으로 돌린 후 그쪽을 향해 워프했다.

시야가 일그러지더니, 내 앞에 장관이 펼쳐졌다.

"와!"

나는 놀라 외쳤다.

"이렇게 많은 마구니라니, 생전 처음 보는군."

그냥 보기에도 수십만은 되어 보이는 마구니들. 이것들을 모조리 [이진혁의 홀]로 해치우면 단순 계산으로도 수십만의 신성이 모인다. 그런 생각을 하니 절로 군침이 난다. 그도 그럴 법한 게, 이제까지 만난 마구니는 모조리 내 한 끼 식사에 불과했으니 말이다.

하지만 숫자가 워낙 많다 보니 아무리 나라도 압박감을 느끼지 않을 수 없었다. 마치 식당의 도전 메뉴를 앞에 둔 것 같은 압박감이다. 지금이야 위장 한계돌파로 음식이 아무리 많아도 문제없이 다 비울 수 있지만 튜토리얼 세계에 들어가 고유 특성을 얻기 전에는 꿈도 못 꿨지.

이게 아니라.

나는 [금신전선 상유십이]를 써서 [진홍 혜성]을 12척 추가로 소환하고 그 하나하나에 모두 [폭군의 대역]으로 만들어낸 또 하나의 나를 배치했다. 적의 숫자가 많으니 합체해서 때리는 것보다는 13명의 나를 움직여 각개격파 하는 게 더 효율적이라 판단했기 때문이다.

마구니들은 아직 내 등장을 눈치채지 못한 것 같았다. 워프 전에 스위치를 음으로 돌려 [기습 준비 태세]를 취해둔 덕택이다.

"하긴 만신전의 왕도 천계의 옥황상제도 간파 못 한 걸 저놈들이 어떻게 알겠어?"

나는 크크큭 웃곤 13명의 나를 골고루 퍼뜨렸다. 나와 나를 선으로 잇는 것처럼, 13명의 내가 동시에 공격을 개시했을 때 효과적으로 적의 선봉과 본대를 갈라놓을 수 있도록 배치했다.

적 선봉에는 어째선지 만신전의 녀석들과 천계의 녀석들이 섞여 있었다. 다시 생각해 보니 이상하게 여길 건 아니다. 마구니들이랑 섞여 있는 걸 보니 저것들도 마구니겠지. 뭐, 상관없다. 다 죽이면 되니까.

배치를 마친 나는 모든 [진홍 혜성]을 [하이퍼 이진혁 모드]로 전환시켰다.

"그럼 이제 식사를 시작해 볼까?"

위장이 허용하는 한, 마구니들을 모조리 집어삼켜 볼 셈이다.

*　　　*　　　*

천신 출신의 대라신선이었던 천원은 긴 한숨을 내쉬었다.

"내가 어쩌다 이렇게 되었는지."

원래 천원은 마구니가 될 생각이 없었다. 옥황상제의 조카인 그녀는 이미 이룰 수 있는 거의 모든 욕망을 이룬 상태였다.

도를 닦는 천계 출신의 신선임에도 어지간한 만마전의 악마보다도 타락한 것이 그녀였다. 말하자면 그녀는 마구니 동맹에 속해 있지 않았을 뿐 이미 마구니나 다름없는 존재라 해도 과언이 아니었다.

더군다나 천계에 있을 때의 천원은 그 누구에게도 명령을 받지 않는 만인지상의 존재였다. 심지어 그 옥황상제조차도 천원에게는 명령을 내리거나 벌을 내릴 수 없었다. 먼저 상위 세계로 가버린 어머니의 후광이 아직도 그녀에게 머무른 탓이었다.

그런 탓에 천계의 천원은 아무런 부족함을 느끼지 않고 살 수 있었다. 먹고 싶은 건 다 먹고 하고 싶은 건 다 하고 갖고 싶은 건 다 갖고 죽이고 싶은 놈은 다 죽이고, 누구에게도 양보할 필요도 스스로 자제할 이유도 없었다.

물론 지위와 품위를 유지하기 위해 신선으로서의 가면을 쓰고 위선을 떨 필요는 있었지만 그것조차도 천원이 원한 바였다. 아름답고 고귀한 신분의 명망 있고 촉망받는 아가씨로서의 나. 이 이미지를 유지하는 것도 그녀에겐 한 가지 풍류이자 쾌락을 추구하는 행위였으니까.

그러니까 천원은 마구니가 될 필요가 없었고 되고자 하지도 않았다. 그녀가 왜 마라 파피야스 같은 수상하고 괴상한 존재와

엮일 필요가 있겠는가? 그저 마구니 동맹이 영향력을 발휘하고자 바치는 뇌물을 자제심 없이 집어먹으며 늘 그렇듯 즐기고만 있을 뿐이었다.

그러나 천원은 몰랐다. 그녀가 갖고 있던 모든 권한과 권력과 자유, 그리고 재산과 영향력은 어디까지나 천계가 존재하기에 의미가 있다는 것을.

천계가 없으면 천원은 아무것도 아니었다.

물론 천계 같은 강대한 세력이 하루아침에 망할 리는 없다. 천원이 이러한 경우를 아예 상상조차 못 한 건 결코 무리라 할 수 없었다. 일어날 리 없는 일을 굳이 상상하는 이가 어디 있겠는가? 그런 걸 상상하는 건 인류종뿐이다.

그런데 천계가 망해 버렸다. 그것도 하루아침 만에.

이진혁이란 이름의 천둥벌거숭이가 혼자 와 날뛰는데, 그걸 아무도 못 막는다. 그 모습을 보고 천원은 천계가 망했음을 확신했다.

그렇다고 천원이 천계를 지키려고 애를 쓸 리는 없었다. 저 이진혁이라는 자, 옥황상제조차 막지 못할 정도로 강하다. 그녀가 나선다고 뭔가 뾰족한 방법이 있는 것도 없거니와 그럴 능력도 없다. 그래서 그녀는 다른 방법을 찾았다. 더 쉽고 편한 방법을.

그것이 마구니 동맹으로의 망명이었다.

물론 마구니 동맹에 망명한다는 것은 곧 마구니가 된다는 것을 뜻한다. 천원도 이걸 모르지는 않았다. 딱히 거부감도 없었고 말이다.

문제는 마구니 동맹에 망명하자마자 이상한 명령을 받은 거였다. 천계 소속이었던 마구니들을 이끌고 인류연맹을 침략하라는 명령. 그건 참 이상하고 괴상한 명령이었다.

"내가 명령을 받다니."

천원은 씁쓸하게 웃었다.

명령의 내용이 문제가 아니었다. 천원에게 있어선 자신이 다른 누군가에게 명령을 받았다는 그 사실 자체가 배알 꼴리고 심술 나는 일이었다. 그러나 어쩌겠는가? 그녀는 이미 마구니 동맹 소속이고 명령을 거부할 권한을 갖지 못했다.

그래서 이 자리에까지 불려 나오게 된 거였다.

"거참, 많기도 하지."

그나마 위안인 건, 이 자리에 모인 마구니들이 참 많다는 점이었다. 이게 뜻하는 바는 굳이 그녀가 나서지 않아도 일이 저절로 처리될 가능성이 높다는 것이기도 했다.

마구니가 된 지 얼마 되지도 않았는데도 이미 마라 파피야스 만큼이나 나태한 천원은 이 사실을 매우 기꺼워했다.

"두령아."

"예, 마님."

천원에게 붙은 마구니 두령은 그녀의 부름에 매우 공손히 고개를 조아렸다. 원래대로라면 분신님이라 불러야 할 호칭을 마님으로 수정한 것도 그녀의 의향이었다. 그 정도야 못 들어줄 일도 아니었다.

"앞으로 가자."

* * *

"예, 예?"

천원의 마구니 두령은 자신의 주인이 내린 의외의 명령에 눈을 깜박거렸다. 새로 섬기게 된 주인이 다른 분신들 못지않게 나태하다는 것은 이미 알아챘다.

그런데 앞으로 가자고?

왜?

"저기 저놈 보여? 큭큭……. 막 마구니가 돼서 의욕에 찬 얼굴이잖아."

천원은 키득거리며 친절하게도 두령에게 그 이유를 말해주었다. 그러나 두령은 아직 천원을 따르기로 한 지 얼마 안 되어 그녀의 설명을 바로 알아듣지 못했다.

"에르메스 님 말씀이십니까?"

"그래, 저런 놈은 조금만 자극하면 마음대로 움직일 수 있어."

여전히 완전한 설명은 아니었지만, 두령이 감히 주인을 상대로 더 캐물을 수 있을 리는 없었다.

"알아들었지? 알아들었으면 자, 앞으로 가봐."

무슨 말인지 모르겠지만, 명령은 명령이니 그냥 따르는 게 옳았다. 마구니 두령은 부대를 움직였다. 물론 가마 위에 앉은 천원은 발가락 하나 까딱하지 않았고 가마꾼 역할을 맡은 마구니들만 고생했다.

그러자 에르메스가 이끄는 마구니 부대가 마술같이 천원의 부대를 앞질러 가는 게 아닌가?

"크크크큭, 크큭!"

천원은 얼굴을 발갛게 물들이곤 쾌감에 오싹오싹 떨며 웃었다.

두령은 주인이 왜 저러는지 전혀 이해하지 못했지만 그래도 기분이 좋아 보이니 다행이라고 생각했다.

"더 빨리, 서둘러라. 우리가 추월해야 돼."

그래서 주인의 명령대로 속도를 높였다. 그런데 이번엔 채찍이 짜악! 하고 날아들었다.

"아니! 그렇다고 진짜 추월하진 말고."

…대체 뭘 어쩌자는 건지?

그렇게 마구니 두령은 천원에게 조련당하며 속도를 조절했다.

그러자 천계 출신 마구니들의 추격에 기겁한 만신전 출신 마구니들은 속도를 더 올렸다.

"아하하핫, 오호호호홋!!"

갑자기 생긴 자기 마음대로 움직이는 장난감 덕에 천원은 기분이 아주 좋아졌다.

"조금 더 조련해 보자. 속도를 약간만 더 올려."

"알겠습니다, 마님."

마구니 두령은 천원의 지시에 맞춰 속도를 조절했다. 지친 척을 하며 속도를 확 줄였다가, 다시 속도를 확 올리자 만신전 출신 놈들이 또 기겁하고 뒤를 돌아볼 생각도 못 한 채 질주했다.

그런 모습을 보며 천원을 따르는 마구니 두령도 간만에 즐거움을 느꼈다. 본래 나태한 마라 파피야스 분신들의 뒤치다꺼리가 주 업무인 두령인지라 유희거리가 늘 부족했는데 이 정도면 아주 재미있는 놀이다.

천원의 다른 사람을 놀리는 재능은 타의 추종을 불허할 정도였다. 심지어 지금 놀리고 있는 상대는 사람도 아니었다. 만신전의 중신에 상급 신 출신인 저 에르메스란 자가 천원의 손바닥 안에서 놀고 있었다.

그러나 모든 게임에는 끝이 있는 법이다.

마구니 두령은 마구니답지 않게 자제심을 발휘했다.

"마님, 슬슬… 지나치게 앞으로 나온 것 같습니다만."

"그렇구나."

천원은 마구니 두령의 말을 대충 흘려들었다. 그녀는 더 놀고 싶었고 만족할 만큼 놀아야 직성이 풀렸다. 이제까지 그렇게 살아왔으니 쉬이 삶의 방식을 바꿀 수 있을 리 없다.

"조금만 더 놀자꾸나."

설령 파멸로 가까이 가는 위험을 범하더라도 쾌락과 유희를 우선시하는 그 자세! 마구니 두령은 천원을 보며 그녀야말로 이 자리의 그 어떤 마구니보다 마구니답다는 사실을 부정할 만한 마구니도 드물리라고 생각했다.

"알겠습니다, 마님."

어차피 자신도 더 놀고 싶은 차였다. 일단 두령으로서의 충언은 했고 결정은 주인이 내리는 거다. 그리고 두령은 주인의 결정에 따르기로 했다.

그래서 천원의 부대는 어느새 마구니 동맹군의 최선단에까지 이르게 되었다.

다른 마구니들이 서로 미루고 있던 선발대의 역할을 천원의 부대가 떠맡게 될지도 모르는 상황을 맞이했다.

당연하게도 천원은 진짜로 선발대를 떠맡고 싶진 않았기에, 자연스레 그 역할은 에르메스에게 돌아가기는 했다.

문제는 그다음에 일어났다.

그들의 등 뒤에 무슨 일이… 일어났다.

"…어?"

천원도 그녀의 마구니 두령도 무슨 일이 일어난 건지 순간적으로 인지하지 못했다. 뭔가 일어났고, 그 일로 말미암아 큰일이 났다. 그 정도의 인식이 고작이었다.

마구니들이 달려들고 있었다.

같은 마구니들을 향해.

그리고 천원과 그 일행 또한 예외는 아니었다.

*　　　*　　　*

마구니 동맹의 대군을 한꺼번에 집어삼킬 생각은 없었다. 굳이 그럴 이유가 없기도 했고, 그런 취향도 아니었으므로.

그래서 나는 식사에 앞서, 이 커다란 덩어리를 먹기 좋은 크기로 잘라내기로 했다.

"시작하자."

[진홍 혜성]에 탑승한 13명의 내가 동시에 [폭군의 정당한 권리 행사] 스위치를 양으로 돌리자, 내 주변에 있던 마구니들이 놀라 흩어졌다.

물론 그냥 내가 나타났다고 놀라 흩어진 건 아니다. 스위치 효과로 발생한 [폭군의 오라]로 인해 각종 극도 상태이상에 걸린 마구니들은 혼란과 공포에 소리 지르며 아군을 향해 돌진하거나 심지어 공격까지 가했다.

13명의 내가 적들 선발대와 본대를 끊는 위치에 서 있었으므로, 이로써 선발대만이 먹기 좋게 분단되었다.

"뭐, 뭐냐!"

뭐긴 뭐야, 나지. 이진혁이다!

그런데 마구니 놈들 신기하네. 매질도 없는 우주공간에서 소릴 지르네. 어떻게 한 거지? 나중에 한 놈 사로잡아서 물어봐야겠다. 한 놈만 사로잡으면 되니 나머진 다 죽여야지.

"얍!"

나는 [이진혁의 홀]을 들고 [이진혁의 대호령]과 [이진혁의 천벌]을 차례대로 사용했다.

사실 나 혼자 나온 거라 굳이 대호령을 쓸 필요는 없었지만 나한테 써도 전투력도 약간이나마 오르고 무엇보다 상태이상을 하나 더 끼얹어줄 수 있으니까. 대호령에 의해 스턴에 걸린 적들은 천벌에 더 잘 맞는다. 당연한 이야긴가? 뭐 당연하긴 하지.

"끄억!"

"끄아악!!"

[이진혁의 천벌]은 광역 공격이라 여러 마구니들을 동시에 타격할 수 있었기 때문에 비명 소리가 오케스트라처럼 다종다양하게 났다. 오케스트라와 다른 점은 화음을 전혀 지키지 않아 더러운 잡소리가 됐다는 점일까.

"시끄럽다!"

나는 [이진혁의 빛]을 내뿜어 더러운 소음의 원인을 제거했다. 아, 아까부터 13명의 내가 거의 동시에 한마음 한뜻으로 똑같은 공격을 행하고 있다는 건 지금 와서 굳이 설명할 필요는 없을 것이다.

"누구냐!"

"적! 적이다!!"

아, 느린 거 봐. 그걸 이제 알았나? 게다가 마구니 놈들, 적의 정체가 나인 줄도 모르는 모양이다. 내 이름이 꽤 알려졌다고 생각했는데 그런 것도 아닌가? 나는 아쉬운 마음에 빛과 천벌을 마구 휘둘러 적을 죽였다.

역시 마구니들, 만만하다. 337번인지 뭔지가 직감에 반응하지 않고 사라지는 바람에 나도 여기 오면서 긴장 좀 했는데, 다들 공격이 잘 통하고 별로 어렵지 않게 죽어준다.

337번에 대한 건 그냥 내 착각이었나? …그럴 리 없지. 그냥 선발대에 선 놈들이 약한 거겠지. 내 이름도 모르는 걸 보니 정보 공유조차 제대로 받지 못한 총알받이들이라 봐도 되겠다. 진짜 강자들은 본대에 머물러 있을 터였다.

그러니 이 겉절이들은 최대한 빨리 먹어치우고 메인 디시를 영접할 마음의 준비를 해야 했다.

"죽어라!"

나는 노동하는 마음으로 적들을 지지고 볶았다.

*　　　*　　　*

"흥!"

천원은 극도 혼란과 극도 공포에 당해 아군을 공격하는 마구니들의 목을 아무렇지도 않게 날렸다. 자신에게 달려드는 마구니는 물론이고, 그렇지 않은 마구니도 굳이 공격했다.

천원이 마구니들을 향해 칼을 휘두르는 기세와 번뜩이는 살기는 그녀가 그것들을 아군으로 생각하지 않음을 명백히 드러냈다.

천신 중에서도 희귀하게 그녀는 검을 사용했다. 그 검의 모양은 [옥황상제의 홀]과 비슷했으나 잘 갈려 날이 예리하게 서 있어 칼의 범주 안에 놓였다.

천원이 그 칼을 마음껏 휘두르고 얼마 지나지 않아, 그녀의 주변은 공백이 되었다. 오직 마구니 두령만이 그녀의 곁에 있을 수 있었다.

천원이 자제심을 발휘해 두령을 베지 않은 게 아니라, 그저 두령이 그녀의 칼을 잘 피했을 뿐인 결과였다.

실컷 즐기고 난 후 주변을 돌아볼 마음의 여유가 생긴 천원은 비로소 갑자기 나타난 적의 모습을 주시했다. 마구니가 아닌 진짜 적, 이진혁 말이다.

이진혁은 [이진혁의 홀]을 들어 [이진혁의 천벌]을 내뿜어 마구니들을 학살하고 있었다. 그런 그의 모습을 바라본 천원의 눈동자가 격렬하게 떨렸다.

"저, 저건……!"

그리고 곧 그 눈동자는 몽롱하게 변했다.

"어, 엄마……!"

"예?"

천원을 따르던 마구니 두령이 어이가 없어 되물었다. 그러자 오히려 천원이 답답하다는 듯 외쳤다.

"모르겠어? 저건 엄마의 [옥황상제의 홀]이야! 엄마의 [천벌]이라고!!"

그걸 내가 어떻게 아냐! 마구니 두령은 그렇게 따지고 싶었지만 감히 주인을 상대로 그러지는 못했다.

"엄마! 엄마아!!"

천원은 갑자기 사람이 바뀐 것처럼 엄마를 외치며 적, 이진혁을 향해 날아가기 시작했다.

"아니, 무슨!"

마구니 두령도 놀라 그 뒤를 쫓아갔다. 다른 천계 출신 마구니들도 우왕좌왕하다가 어쩔 수 없이 천원의 뒤를 따랐다.

*　　　*　　　*

"뭐, 뭐야?!"

에르메스는 이진혁의 등장에 기겁했다.

천원과 달리 에르메스는 이진혁에 대해 알고 있었다. 혼자서 만신전을 정복할 기세로 모든 것을 죽이고 파괴하던 남자. 에르메스도 탈출하는 것이 단 한순간만 늦었더라도 살아남지 못했을 것이다.

"두령! 네놈!! 저놈이 여기 있다는 걸 알고 있었지?!"

"모, 몰랐습니다!!"

마구니 두령은 필사적으로 고개를 저었다. 알고 있었던 것 같은데. 에르메스는 생각했지만 그게 부질없는 의심임을 늦지 않게 깨달았다.

두령이 알고도 숨겼든 몰랐든 그게 무슨 상관이란 말인가. 어쨌든 그는 마구니 동맹의 마구니가 되었고 높은 순번의 마라 파피야스의 분신이 하는 지시에 따라야 했다. 이진혁을 상대해야 하는 상황에 처하게 될 건 어느 쪽이건 똑같았다.

'젠장.'

마구니들을 거침없이 죽여 나가는 이진혁을 보며 에르메스는 욕설을 삼키기 위해 애써야 했다. 저놈을 상대로 살아남을 수 있을까. 가능성은 희박해 보였다.

그때, 에르메스의 눈에 이진혁을 향해 나아가는 한 떼의 마구니들이 보였다. 겉으로 보기에 마구니처럼은 보이지 않는, 마치 천계의 천신들처럼 보이는 집단이지만 그들의 진정한 정체가 마구니임은 명백했다.

"과연, 그렇군."

에르메스는 미소 지으려 애썼다.

"이봐, 우리도 가자고."

"예?"

마치 미쳤냐는 듯 이쪽을 돌아보는 마구니 두령의 얼굴을 한 대 후려갈겨 주고 싶었지만, 에르메스는 인내심을 품고 다시 입을 열어 말했다.

"저 녀석은 천원이다. 천계의… 꽤 강한 녀석일… 거야."

천원의 정확한 호칭과 직책은 몰랐지만, 천계의 요직에 앉았던 천신임은 분명했다. 그러니 꽤 강하겠지. 에르메스는 그러리라 믿었다.

"그러니 타이밍을 맞춰서 협공한다. 이대로 도망치는 것보다는 그게 더 생존 확률이 높아 보여."

"그……."
"그렇지 않나?"
"…렇습죠."
"좋아."
마음에는 안 들지만 마음에 드는 척, 에르메스는 두령의 어깨를 두들겼다.
"돌격 명령을 내려. 타이밍을 맞춰서. 어느 타이밍인지는 알고 있지?"
"알고 있습죠."
"알았으면 됐다. 준비해."
"옙."
두령이 마른침을 삼키는 것이 보였다. 그걸 보고 에르메스는 딱하다는 생각을 잠깐 했지만, 곧 자신의 처지가 더 딱하다는 걸 깨닫고 생각하길 그만두었다.

* * *

13명의 나는 본대와 갈라놓은 선발대 쪽의 마구니들을 먹어 치우고 있었다.
한참 마구니들을 지지고 볶고 한입에 꿀꺽꿀꺽 삼키고 있으려니 신성이 쭉쭉 차오르고 영혼의 격이 상승하는 게 몸으로 느껴질 정도였다.
아, 물론 내가 진짜로 마구니들을 입에 넣고 목 너머로 삼키는 건 아니다. 소화는 이 [이진혁의 홀]이 다 해주고 있다.

효율이 정말 좋은 게, [진리의 검]이나 [바즈라다라의 바즈라]는 이제 슬슬 안젤라나 키르드에게 물려줘도 될 것 같았다. 물론 [이진혁의 홀]로 신성을 올리는 게 지금이 처음인 건 아니지만 이렇게 대량의 마구니를 한 번에 상대하다 보니 좀 더 피부에 와닿게 잘 느껴졌다.

"이렇게 쉽게 먹어치우는 것도 이제 얼마 남지 않았겠지만……."

이제까지는 [폭군의 정당한 권리행사]의 스위치를 껐다 켜는 방법으로 극도 상태이상을 유발시켜 적을 일방적으로 농락하고 있었지만, 만신전의 신들이나 천계의 신선들과 달리 마구니들은 상태이상의 내성을 얻는 게 훨씬 빨랐다.

게다가 분명히 처음 상태이상을 거는 마구니임에도 이미 내성을 획득하고 저항하는 확률도 늘어나고 있었다. 이놈들 혹시 내성을 서로 공유하나 싶을 정도로.

이것뿐만이 아니다. 처음에는 분명 [이진혁의 빛]이든 [이진혁의 천벌]이든 한 번 살짝 지져주기만 해도 다 죽어나갔었는데, 점점 더 잘 버티고 있다. 정통으로 지져야 죽는 단계는 이미 지나갔고, 이제 두 방을 클린히트시켜야 처치할 수 있다.

이 정도면 아직까지는 큰 문제는 아니지만, 문제는 앞으로 어떻게 될지 빤히 보인다는 거였다. 내가 처치한 마구니는 아직 한 덩어리에 불과하고, 남은 마구니는 그 열 배, 스무 배가 넘는다. 저기 우글대는 걸 보니 어쩌면 백 배쯤 될지도 모르는 일이다.

저것들 반쯤 처치했을 때는 [이진혁의 빛] 대미지가 아예 안 들어갈 수도 있겠다 싶다.

"뭐, 나중 일이지."

지금 고민할 문제는 아니다. 진짜 그런 일이 일어나면 그때 도망가서 대책을 강구해도 늦지 않다. 어차피 달리 해결책이 있는 것도 아니니 말이다.

생각하길 그만둔 나는 다시 반복 작업에 매달렸다. 지지고 볶고 지지고 볶고.

"…으음?"

그런데 적들 중에 이상 행동을 보이는 놈들이 나타났다.

"엄마!!"

엄마? 주변은 적들인 마구니, 그리고 나밖에 없다. 어린아이가 어머니를 부르는 목소리가 들릴 이유가 없는 상황이다. 그런 데다 목소리도 별로 어리지 않았다.

"엄마, 여기야! 나야!!"

심지어 엄마라고 부르는 상대가 바로 나였다. 나는 목소리의 주인공을 찾았다.

"뭐야, 저건."

나는 나도 모르게 그렇게 혼잣말을 내뱉고 말았다. 내 탓은 아니다. 나 빼고 다 적인 전장에서 갑자기 엄마란 소릴 들으면 누구라도 이렇게 중얼거리게 될 것이다.

나를 엄마라 부른 상대는 어렸고 예뻤으나 어딘지 모르게 삶의 희노애락에 질린 듯 권태롭고 퇴폐적인 분위기가 풍기는 이중적인 모습의 소녀였다. 보통 인간이라면 이런 부자연스럽고 밸런스가 무너진 상태가 되지 않겠지만 외견만 소녀인 괴물이라면 얼마든지 저렇게 될 수 있다.

"천계의… 천신인가."

그녀의 복색으로 나는 그녀의 정체를 짐작했으나, 곧 내 판단이 틀렸음을 인정했다.

"아니, 마구니로군."

나는 곧 정신을 차렸다. 여긴 적진 한복판이다. 정신 놓고 있을 상황이 아니었다. 아무리 적들이 만만하더라도 말이다.

"엄마, 나 몰라?"

여자는 고개를 갸웃거렸다. 마치 어리광을 피우는 것 같은 태도와 목소리가 귀여우면서도 묘한 혐오감을 조성한다.

겉모습이 예쁘장한 소녀라고 방심해서는 안 된다. 마구니의 모습을 취하고 있지 않다고 안 죽일 이유는 없다.

상대는 마구니다. 오늘의 일용할 양식이다.

[이진혁의 천벌]

나는 곧장 [이진혁의 홀]로 천벌을 내쏘았다. 그런데 이 천신이 내 천벌을 휙 피해 버리더니 이상한 소릴 하는 게 아닌가?

"엄마, 그 붉은 관 안에 있는 거야? 내가 꺼내줄게!!"

[진홍 혜성] 보고 관이라고? 아니, 그보다 천벌을 피해?

"이 녀석, 강한 놈이군."

나는 직감적으로 깨달았다. 이 여자는 다른 마구니들하고는 다르다. 평범한 천신들보다 훨씬 강한 편에 속한다. 그렇다면 이 여자에게는 대접을 달리해야 한다.

"붙잡아서 착취해 주마."

이제 레벨 업도 안 되는 거나 마찬가진데 죽여서 경험치를 얻는 거론 부족하다. 스킬이든 뭐든 착취해서 내가 못 쓰면 다른 애들한테라도 나눠 줘야겠다. 그러고 보니 한 명 붙잡아서 정보를 얻기로 했었지. 겸사겸사 사로잡아야겠다.

"천원 님!"

"그자는… 이진혁은 천원 님의 어머님이 아니십니다!!"

내가 그렇게 마음을 먹고 있을 때쯤, 다른 천계 출신 마구니들이 날아와 여자를 향해 외쳤다. 아, 이 여자가 천원인가. 이름은 들어본 거 같다. 어디서 들었더라. 뭐 그런 건 중요한 게 아니지.

"닥쳐! 엄마랑 대화하는 걸 방해하지 마!!"

그런데 천원이 그들에게 보인 반응은 내 예상을 완전히 뛰어넘는 것이었다. 분명 아군일 터인 그들을 향해 뭔가 스킬을 날리는 게 아닌가? 그리고 그 스킬을 맞은 마구니들은 비명을 내지르며 죽어나갔다.

"와, 미친."

나는 나도 모르게 욕설을 입에 담고 말았다. 어쩔 수 없다. 내 눈앞의 이 천원이라는 여자는 진짜 미친 여자였으니까. 날 엄마라고 부르질 않나, 아군을 공격해서 죽여 버리질 않나. 광기라는 단어에 딱 부합하는 인간상이다. 뭐, 인간도 아니지만 말이다.

그건 그렇고 꽤 불쾌하다. 방금 천원은 해선 안 될 짓을 했다. 내가 죽여야 할 마구니들을 인터셉트하니, 쉽게 용서가 안 된다. 저게 다 내 신성인데!

"처, 천원 님! 갑자기 무슨 짓을……!"

"미, 미쳤어!!"

다른 마구니들이 물러나며 외쳤다. 상황이 묘하게 돌아가는군. 나는 재빨리 그들을 향해 [이진혁의 천벌]을 날렸다. 또 스틸당할 순 없는 일이니까.

"끄아아아압!!"

이 천계 출신 마구니들은 다른 마구니들과 달리 내성을 공유하거나 하진 않는지 한 번에 잘 탔다. 사람 형상을 취한 채 비명을 내지르며 죽어가는 모습이 별로 유쾌하진 않았지만 천원에게 뺏기는 것보단 낫다.

그러자 천원의 얼굴이 화색을 띠었다.

"엄마! 엄마, 나랑 같이 싸워주는 거야?"

그걸 들은 순간, 나는 이렇게 마음먹었다.

안 되겠다. 그냥 죽여야겠다, 고.

그런데 그 생각을 행동으로 옮기기 직전에 눈에 들어온 광경이 있었다. 만신전 출신의 마구니들이 나를 향해 돌격해 오는 광경이 바로 그것이었다.

"저거, 저거!"

마침 천원이 손가락질을 했다. 저들에 대해 알고 있는 모양이었다.

"너! 우리 엄마를 노리는 거냐!! 용서 못 해!!"

"난 네 엄마가 아니다!!"

난 참지 못하고 외쳤다. 그러나 천원은 내 목소리가 들리지도 않은 듯 뻔뻔하게 말했다.

"엄마! 쟤네는 내가 처치할게!"

"안 돼! 내 거야!!"

"얍!!"

천원이 내 말을 들은 척도 않고 먼저 적들을 향해 돌격했다. 저거 내 말이 안 들리는 건지 무시하는 건지 모르겠다. 그러고 보니 아까부터 전혀 대화가 성립이 안 됐지.

다른 매질이 없는 우주인 데다 딱히 [진홍 혜성]의 스피커를 켜놓은 것도 아닌지라 내 목소리가 마구니들에게는 안 들리는 게 당연했다. 그런데 나한테는 마구니들의 말소리나 비명이 잘만 들리니 자꾸 헷갈린다.

"마구니들의 종족 특성이라도 되나? 저거."

가능성은 있다. 확실한 근거는 없지만 말이다.

"아니, 지금 중요한 건 그게 아니지."

저 날 엄마라 부르는 정신 나간 마구니에게 사냥감을 빼앗기기 전에 내가 먼저 쳐야 한다. 적어도 [천벌]은 묻혀놔야 신성이 내게 들어온다.

마음이 급해진 나는 [진홍 혜성]의 부스터를 작동시켰다.

* * *

"미친, 뭐야! 저 미친 여자 뭐야!!"

에르메스는 이진혁을 등지고 자신들을 공격해 오는 천원의 모습을 보고 기겁했다.

"두령! 저 여자 마구니 아니야? 왜 저래?"

"마구니 맞습니다! 맞는데……!"

두령도 당황해서 제대로 답을 못 했다. 그들이 그렇게 당황하고 있는 동안 천원이 훽 날아와 칼을 뽑아 휘둘렀다.

"야아아압!!"

"뭐냐, 진짜냐? 왜 이래?!"

에르메스도 지팡이를 뽑아 천원의 칼을 막아냈다.

"이익! 엄마를 공격하는 놈들은 내가 다 죽여 버릴 거야!!"

"이런 미친년이! 누가 네 엄마냐!"

"엄마는 엄마야!"

"저 붉은 거체를 보고도 모르겠어? 저건 이진혁이야!!"

천원이 두세 차례 휘두른 칼을 피해내며 에르메스는 그녀를 설득하려고 시도했다. 그러나 천원은 그의 말을 들은 척 만 척 하곤 꿈꾸는 듯한 눈동자로 외쳤다.

"엄마야! 엄마가 왔어!!"

"…정말로 정신이 나갔군! 큭!!"

에르메스는 이를 갈았다. 애초에 천원과의 협공을 염두에 두고 위험을 무릅쓴 거였다. 그런데 정작 믿었던 천원이 이렇게 나와 버리다니.

산 너머 산이었다. 이진혁이 오고 있었다. 붉은 거신.

"비켜!"

대경실색한 에르메스는 도망치려고 들었다. 그러나 등을 보이면 바로 칼이 꽂힐 것 같아 엉거주춤 물러나는 수밖에 없었다. 그런 에르메스에게 천원은 칼을 휘두르며 따라붙었다.

"어딜!"

"아, 진짜!!"

천원이 달라붙어 도주를 방해하는 한, 에르메스는 절대 이진혁과 거리를 벌릴 수 없다. 그 사실을 깨달은 에르메스는 어쩔 수 없이 전투준비를 했다.

이진혁 하나도 상대할 자신이 없는데 자신과 같은 실력인 천원을 함께 상대해야 하니 이길 가망은 없었다. 그렇다고 그냥 죽어줄 순 없으니 싸워야 한다.

에르메스는 위치를 바꿔 천원을 방패로 삼으려 들었다. 이진혁이 무슨 수를 써서 천원이 이렇게 미쳐 버린 건지는 모르겠지만, 어쨌든 같은 편이라면 공격하진 않겠지. 그런 발상이었다.

그러나 그 발상은 틀려먹었다. [이진혁의 천벌]이 가차 없이 날아와 천원과 에르메스를 한꺼번에 지지려고 하는 게 아닌가?

얄밉게도 천원은 [천벌]을 휙 피해 버렸다. 에르메스도 간신히 지팡이로 [천벌]을 흘려냈다. 그 결과, [천벌]의 제물은 에르메스의 만신전 출신 마구니들이 되었다.

"끄아아아악!"

"에, 에르메스 니이이임!!"

동족들의 비명 소리에 에르메스는 입술을 깨물었다. 그리고 천원에게 거칠게 외쳤다.

"봐라! 저게 네 어미면 널 공격하겠느냐!!"

그러자 천원이 대꾸했다.

"우리 엄마는 원래 날 때려!"

에르메스는 어이가 없어서 말문이 막혔다.

"저렇게 죽일 기세로 말이냐?!"

"응!!"

천원의 대답하는 목소리가 너무 밝고 명랑해 에르메스는 자기가 대답을 잘못 들은 줄 알았다. 그다음엔 자기가 질문을 잘못한 줄 알았고, 다음에는 천원이 자신의 질문을 잘못 알아들은 줄 알았다. 그러나 전부 아니었다.

에르메스는 암담함을 느꼈다. 그러고는 원통하게 외쳤다.

"내가 이런 웃기지도 않는 국면에서 죽어야 한단 말인가……!"

*　　　　*　　　　*

천원과 만신전 놈들을 한꺼번에 쓸어버리려고 [천벌]을 날린 직후, 나는 귀를 의심할 만한 이름을 하나 들었다.

"가만, 방금 저 만신전 출신 놈들이 뭐라 그랬지?"

마지막 단말마로 분명 '에르메스 님'이라고 외친 것 같은데. 에르메스, 에르메스. 누구더라.

"아."

나는 에르메스란 이름의 상급 신에 대해 기억해 냈다. 만신전 전체를 선동해 그랑란트에 총력전을 걸게 만든 자가 바로 에르메스였다. 잭 제이콥스는 놈의 배후에 마구니 동맹이 있다고 짐작했었는데…….

"진짜네."

마구니들과 함께 튀어나온 것만 봐도 잭 제이콥스의 추측이 사실이었음을 알 수 있다.

가슴 깊은 곳에서부터 희열이 피어올랐다. 이런 곳에서 우연히도 그 에르메스를 만나게 되다니. 아니, 필연이겠지. 분명 운명의 붉은 끈이 나와 에르메스를 이어준 것이리라.

붉은 끈이 아니라 핏빛 끝이라고 정정해야겠군.

"저놈은 편하게 죽일 수 없지."

나는 에르메스를 산 채로 확보하기로 결심했다. 그리고 저 천원이라는 정신 나간 여자도 날 에르메스에게 인도해 준 공을 높이 사 일단 살리기로 마음을 바꿨다.

워낙 적의 숫자가 많아 둘만 상대하고 있을 순 없다. 그런데 천원은 [천벌]을 잘만 피하고 에르메스도 흘려내는 모습을 보여 줬으니 꽤 손이 간다. 사로잡는 게 죽이는 것보다 힘든 일인 건 당연하기도 하고.

그래도 내게 방법이 없는 건 아니다. 나는 인벤토리에서 아이템 하나를 꺼내 들었다.

[기적적으로 축복받은 신비한 천옥봉호로]

로제펠트를 죽였을 때 천계에서 현상금 조로 받은 아이템이다. 대상을 집어삼켜 가두는 기능이 있다. 기껏 [기적], [축복], [신비]를 다 걸어놨었는데 이제까진 딱히 쓸 국면이 없었지. 어지간하면 그 자리에서 죽이거나 제압하고 착취하는 게 가능했으니.

둘 다 꽤 강한 상대라 보통 방법으로는 이걸로 가둬놓을 수 없지만, 약간의 꼼수를 동원하면 불가능하지는 않다.

Chapter 2

"[세계를 혁명하는 힘]."

나는 시간을 멈췄다.

당연한 건지 다행인 건지 모르겠지만 나 외에 멈춰진 시간 속을 움직일 수 있는 상대는 존재하지 않았다.

오직 나만이 자유로이 행동할 수 있다. 정확하게 따지면 [폭군의 대역]으로 생성한 대역들도 움직일 수 있지만, 말만 대역이지 실질적으론 전부 내가 움직이는 내 육체들이니 굳이 따지고 들 이유가 없다.

다른 열둘의 나는 최대한 많은 마구니들을 타격할 수 있도록 [천벌]을 써서 운신할 수 있는 공간을 확보하는 데 주력하고, 오직 에르메스와 천원을 지켜보고 있던 나만이 다른 행동을 했다.

물론 그것은 [천옥봉호로]로 둘을 사로잡는 행동이었다.

“에르메스! 천원!! [봉인]!!”

두 명의 이름을 부르니 둘이 [천옥봉호로]에 호로록 빨려 들어갔다.

원래대로라면 아무리 [축복], [기적], [신비]를 걸었다 한들 이 정도 보패에 [봉인]될 둘이 아니나, 정지되어 있으니 [천옥봉호로]의 영향력을 피하거나 [봉인]에서 벗어나기 위해 도망치거나 저항할 수 있을 리 없다.

대신이라고 하긴 뭐하지만 [봉인]이 완전히 끝나기 전에 시간 정지를 해제할 수 없다. 둘이 끝까지 빨려 들어가는 걸 확인한 후, 나는 호리병을 한 번 툭 치곤 인벤토리에 집어넣었다.

생각보다 시간이 걸려서 혁명력을 2나 써버렸다.

하지만 뭐, 아직 혁명력 표기는 999+다. 이걸 아까워하면 너무 자린고비인 거겠지. 오히려 내가 너무 아끼고 있다는 생각이 들 정도다.

좀 더 팍팍 써가며 적들을 쓸어버리는 것도 나쁘지 않을 것 같지만, 이 옵션은 일단 보험으로 남겨두자. 아직 위기라 할 장면을 마주한 것도 아니니 일부러 낭비할 이유도 없다.

쓴다면 마구니들에게 [천벌]이 아예 안 통하게 된 국면 이후에 쓰는 게 맞겠지. 게다가 저 마구니들이라면 언젠가 시간 정지에도 저항할 수 있게 될지도 모른다. 이 경우의 수를 생각하자면 결정적일 때 쓰는 게 맞다.

“그럼 이번엔 여기까지군.”

나는 손뼉을 한 번 짝 쳐 내가 [세계를 혁명하는 힘]을 거둬들였다.

그러자 다시 시간이 움직이기 시작했다. 그리고 스킬의 효과가 지속되고 있는 동안 12명의 내가 뿌려놓은 [천벌]이 대량의 마구니를 쓸어 담았다.

"역시."

이제 한 방에 안 죽게 됐다 뿐이지, 아직까진 잘 먹힌다.

나는 신성과 위엄이 한꺼번에 차오르는 희열에 몸을 부르르 떨었다.

"뭐야?! 천원 님!"

"에르메스 님! 어딜 가셨습니까?!

다시 시간이 움직이고 상황을 인지할 수 있게 된 천계 출신의 마구니들과 만신전 출신의 마구니들이 눈을 동그랗게 뜨고 주변을 두리번거리고 있었다. 갑자기 주인을 잃어 패닉상태에 잠긴 모양이었다.

전장 한가운데서 저러고 있다니, 쯧쯧. 저러면 제가 감사합니다.

나는 [천벌]을 뿌려 놈들을 쉽게 사냥했다.

"끄아아아악!"

"꺄아아아악!"

신성 맛있다!

*　　　*　　　*

한편, 인류연맹의 상층부는 시민들에게 마구니 동맹과 이진혁의 전투를 중계하고 있었다.

이진혁이 왕의 싸움을 지켜보라고 말했기 때문이기도 했지만, 연맹은 원칙적으로 시민에게 정보를 정확히 전달할 의무가 있기 때문이기도 했다. 이 원칙적인 의무는 항상 지켜지는 것은 아니었으나 적어도 이번에는 제대로 지켜졌다.

"저, 저것이……!"

"마구니 동맹……!!"

중계 카메라에 담긴, 인류연맹의 궤도권을 가득 채우고 있는 마구니의 숫자에 시민들은 일단 압도당했다.

외교적으로는 이런저런 일이 있었다지만 인류연맹은 꽤 오랜 세월 동안 평화로웠다. 자세한 사정을 모르는 시민들의 입장에서 볼 때 피부로 느껴질 정도의 위기는 드물었다. 없었다고 말해도 될 정도였다.

그런 상황에서 아무런 전조도 없이 갑자기 나타난 마구니 동맹의 대군은 시민들을 패닉에 잠기게 만들기에 충분했다.

"전쟁이 일어나는 거야?"

"주, 죽는 거야?"

아이들은 울먹거리며 엄마의 품에 파고들었고, 아이들의 어머니조차 손가락 끝이 떨리는 걸 주체할 수 없었다. 성인 남성이라고 다를 바가 있을까. 내색하지 않을 뿐, 그들이라고 죽음의 위협을 느끼지 못하는 게 아니다.

심지어 이전까지 인류연맹의 수호자로 선전되던 슈퍼 솔저가 소멸한 마당이다. 그들이 마구니 동맹과 연이 닿아 있음은 시민들에게도 알려졌으나, 이러한 위기 상황에서는 그런 속사정보다는 그들의 부재 자체가 더 크게 다가왔다.

발가벗겨진 채 몸을 숨길 곳도 없는 황야에서 뇌우를 맞닥뜨린 것과도 같은 불안감이 시민들을 사로잡았다.

그러나 그런 적들의 앞을 가로막는 것은 단 하나의 존재.

이진혁이었다.

물론 처음에는 이진혁의 모습이 비치지 않았다. 그의 [폭군의 정당한 권리행사—은]이 켜져 있던 탓이었다.

그래서 시민들은 더욱 절망했다. 아니, 절망했'었'다. [진홍 혜성]에 탑승한 13명의 이진혁이 [폭군의 오라]에 휩싸인 채 그 모습을 드러내기 전까지는 말이다.

아무런 전조도 없이 갑자기 나타나 마구니들을 가차 없이 도륙하는 이진혁의 모습은 시민들의 얼굴에 드리워져 있던 짙은 절망을 찢어내고 새로운 희망을 자아내기에 충분한 것이었다.

"와!"

"우와!!"

인류연맹의 시민들이 이진혁의 싸움을 견식하는 것은 이번이 처음이었다.

아니, 비단 시민들뿐만이 아니었다. 인류연맹의 고위층조차 그동안 [레벨 업 마스터]를 통해 이진혁의 전투 기록을 받아오긴 했지만, 그건 시스템이 기록한 몇 줄의 시스템 메시지를 받아 보는 것에 불과했다.

그렇기에 인류연맹은 이진혁이 그동안 치러온 신화적인 전투에 대해 다소 피상적으로 받아들일 수밖에 없었다.

물론 이진혁이 만마전을 처부수고 교단을 혁명시킨 것에 이어 만신전과 천계까지 굴복시킨 것을 보며 환호하기는 했다. 그러나 그냥 몇 줄 메시지로 접한 탓인지, 그것을 남 일처럼 느낀 것 또한 사실이었다.

아니, 실제로 남 일이기도 했다. 아무리 만마전과 당시의 교단, 그리고 만신전과 천계가 인류연맹을 위협했다고 한들 그들 세력이 정말로 그 군세를 인류연맹의 코앞에 펼쳐놓고 목에 칼을 댄 것은 아니니까.

그러나 이번 전투는 다르다.

정말로 마구니 동맹이 군대를 이끌고 인류연맹의 궤도권까지 쳐들어온 것도 그렇지만, 이진혁의 싸움을 실시간으로 지켜보는 것 또한 그러했다.

침략자의 실제적인 위협을 자신들이 왕으로 추대한 자가 혼자 나아가 물리치는 것을 실시간으로 목도한다는 것은 인류연맹의 시민들에게 있어 첫 경험에 비견될 만큼이나 충격적이고 잊을 수 없는 사건이었다.

"영웅왕… 폐하!"

"저것이 왕의… 우리의 왕의 싸움!!"

비록 알게 모르게 사회를 이루어가며 재산이나 직업 등을 기준으로 한 암묵적인 계급이 형성되어 있다고는 하지만 인류연맹은 명목상으로나마 모든 사회 구성원이 평등하다는 의식을 갖고 있는 사회다.

그런 의미에서 볼 때, 사실 인류연맹 시민 중 이진혁을 진짜 왕으로 받아들이는 이는 그리 흔치 않았다. 그저 자신들을 위해 싸워줬으니 그 보상으로 영웅왕이라는 타이틀을 부여한다, 정도가 시민들이 갖는 일반적인 인식이었다. 기실 이마저도 거부감을 갖는 사람들이 많았다.

그야 그렇다. 누가 자기 머리 위에 앉는 걸 좋아하는 사람은 없다. 더욱이 그 대상이 자신들이 전통적으로, 암묵적으로 섬겨왔던 3대 가문 출신을 비롯한 정재계의 이너 서클 소속조차 아닌 바에야 반감을 갖는 게 당연하기도 하다.

그런 사람들에게 있어서, 이진혁의 전투를 지켜본다는 경험은 충격적이지 않을 수가 없었다.

더욱이 인류연맹의 시민들은 이진혁이 이러한 싸움을 이미 여러 번 거쳤다는 것을 잘 알고 있었다. 이진혁에게 영웅왕 타이틀을 넘겨준다는 행동의 정당성을 얻기 위해 인류연맹 상층부가 시민들을 대상으로 여러 번 선전했던 덕이다.

몇몇 언론은 이러한 상층부의 의도를 간파하고 비난하기도 했다. 그러나 설령 그 의도가 투명하지 못한 프로파간다였다 한들 그 내용마저 거짓이 아니라는 것은 그 언론들마저 부정하지 못했다.

"오, 오오……. 왕이시여!"

"폐하! 존귀하신 영웅왕 폐하……!!"

자신들의 시선이 닿지 않은 곳에서 줄곧 자신들을 지켜왔음을 깨달은 시민들은 벅찬 가슴을 안고 이진혁의 싸움을 지켜보기 시작했다.

*　　　　　*　　　　　*

"어?"

한창 마구니들을 사냥하던 나는 갑자기 신성 증가량이 늘어나는 것을 경험했다.

"뭐지?"

[이진혁의 홀] 옵션으로 쌓이는 신성과는 다른 방식으로 신성이 쌓이고 있었다. 단지 이것만이라면 그냥 넘어가도 될 일이지만, 문제는 전조도 없이 갑자기 내게 일어난 변화였다.

"뭐야, 무슨 일이야? 으어어!"

나는 깜짝 놀랐다.

갑자기 내 신성이 확 빠져나가기 시작했다. 한창 싸우고 있는 게 이게 무슨 짓이야?! 나는 투덜거렸지만 입가에는 절로 미소가 맺혔다. 그야 그럴 수밖에. 이 현상을 나는 이미 한 번, 아니, 두 번 경험한 적이 있으니 말이다.

"갑자기?"

좋은 일이긴 하지만 갑작스러운 일인 것도 사실이고 놀랄 만한 일인 것도 맞았다.

내가 놀라고 있든 말든 빠져나간 신성은 내 존재를 바꿔놓길 계속했고, 내 몸에서 휘황찬란한 빛이 새어나오고 있었다.

"뭐, 뭐야?!"

"끼아아아악!"

그리고 그 빛에 닿은 마구니들은 그 자리에서 그대로 타죽어 버렸다. 열셋의 내가 동시에 변화를 겪으며 빛을 내뿜고 있었기 때문에, 의도한 일은 아니었지만 이것만으로 마구니들에게 막대한 타격을 주고 있었다.

오호라, 적들 한가운데서 이 현상을 겪은 적은 처음이라 몰랐는데 아무래도 변신하다 얻어맞고 죽는 일은 없을 것 같았다. 뭐, 이 일을 두 번 겪을까 의문이긴 하지만 어쨌든 좋은 정보 하나 얻었다 셈 치자.

변화를 마치자, 나는 이전과 완전히 다른 존재가 되었음을 스스로가 자각할 수 있었다. 이건 상태창을 보지 않아도 알 수 있는 일이었다.

존재의 격이 상승했다!

"그래도 봐야지."

나는 상태창을 익숙하게 조작해 [신] 탭을 보았다.

신격: 상급 신

아니나 다를까, 이제까지 중급 신이었던 내 격이 상급 신으로 바뀌어 있었다.

"후후……."

나는 뿌듯하게 웃었다. 더 쉽고 편한 방법을 배제하고 굳이 이제까지 일일이 마구니들을 [천벌]로 튀겨먹은 보람이 느껴졌다.

좋은 일이긴 한데, 왜 이렇게 된 건지 모르겠다. [천벌]로 번 신성의 양 때문만으로 이렇게 된 건 아닌 것 같았다. 그래서 나는 종교의 세부 항목을 열어보았다.

"뭐야, 왜……. 이진혁교가 성장하고 있지?"

이진혁교의 신도 수가 급격히 늘어나고 있었고, 새로운 신도들이 내게 전달해 주는 신앙의 질과 양도 특히 높았다.

"그랑란트에서 뭐 승전 축하연이라도 열고 있나?"

나는 그렇게 추측했다. 물론 추측은 추측일 뿐이다. 확실하게 알고 싶으면 물어보면 된다. 그래서 나는 [레벨 업 마스터]를 꺼내 그랑란트에 남은 안젤라에게 전화를 걸었다.

—아닌데요?

아니란다. 하긴 그랑란트에서 갑자기 신도 수가 늘어날 일은 별로 없다. 그랑란트의 인류는 거의 다 내 신도들이니 새로운 유입이 대량 발생할 가능성은 낮은 셈이다.

아, 씁. 그럼 뭐지?

—그런데 언제쯤 돌아오세요?

"아, 이쪽 일이 정리되면 바로 돌아갈 거야."

나는 전화를 끊고 다시 상태창을 열어보았다. 그리고 신도 수 항목의 상세 사항을 열어 보고 나서야 나는 납득할 수 있었다.

새로운 신도들의 소속 세계가 인류연맹이었다. 과연, 기존에 내 신도가 없던 새로운 세계인 인류연맹에 이진혁교가 전파됐다면 갑자기 신도 수가 늘어나는 것도 이해할 수 있는 일이다.

사실 납득한 건 절반뿐이었다. 나머지 절반은 새로운 의혹이 채웠다.

인류연맹에 이진혁교가 전파됐다고? 무슨 수로? 누가 전도한 것도 아닐 텐데?

모락모락 피어오르는 의혹에 고개를 갸웃거리지 않을 수 없었지만, 나는 곧 결론을 내렸다.

이상한 일이긴 하지만 내게 나쁜 일은 아니다.

아니, 좋은 일이다. 보통 좋은 일이 아니지. 적진 한가운데서 갑자기 격의 상승을 겪는, 두 번 겪기 힘든 경험을 한 건 이 덕일 테니까.

"뭐가 어떻게 된 건지는 모르겠지만 고마워해야겠군."

결과가 좋다. 결과만 좋으면 원인 따윈 아무래도 좋… 지는 않지만. 그래도 그건 지금 당장 알아볼 일은 아니다.

"일단 지금은 눈앞의 것들부터 정리해야겠지."

눈앞의 것들, 즉 마구니들. 이제 슬슬 [천벌] 세 발씩도 견디기 시작한 놈들. 이제는 더 이상 그냥 일용할 양식으로 보이지는 않는다.

"집중하자."

그렇게 나는 의문을 억지로 지워 버리고 다시 마구니들을 사냥하는 일에 열중하기로 했다.

*　　　*　　　*

이진혁의 [천벌] 공격에 의해 죽어나가는 마구니들을 보며, 마라 파피야스의 100번째 분신은 자신만만하게 중얼거렸다.

"이대로 가면 곧 우리가 승리를 거두겠군."

"단 한 명을 상대로 하면서 할 말은 아닌 것 같지만요."

마구니 두령이 옆에서 깐죽대며 흥을 깨긴 했지만, 100번째 분신은 크게 마음에 두지 않았다. 어쨌든 결과는 마구니 동맹의 승리일 테니까.

그리고 그 승리의 과실로 100번째 분신은 적어도 두 자릿수로 진입할 수 있을 터였다. 이거야 당연한 일이다. 99번째만 되도 두 자릿수다. 100번째 분신이 노리는 위치는 최소한 50번 안쪽이었다.

마구니 동맹에 있어 이진혁이 얼마나 위협적인 존재인지, 100번째 분신은 충분히 인지하고 있었다. 이 공은 절대 작은 것이 될 수 없었다.

어쩌면 이 결정적 승리로 한 자릿수를 따낼 수 있을지도 모른다.

'아니, 아니지.'

거기까지는 바라지 않기로 했다. 기대가 너무 크면 실망도 큰 법이니.

'대충 20번대 정도로 기대해 둘까.'

적당히 자신의 기대를 조절한 100번째 분신은 한차례 목소리를 가다듬은 후 마구니 두령에게 이렇게 장담했다.

"이제 곧 저 공격은 우릴 상대로 전혀 통하지 않게 될 거다."

적, 이진혁은 꽤나 단조로운 공격 패턴을 지니고 있었다. [천벌], 혹은 [빛] 공격만을 사용하고 있으니 말이다. 100번째 분신이 예상컨대, 아마 이진혁은 다수의 적을 상대로 공격할 수단이 몇 없으리라. 기껏해야 분신을 열둘로 나눠 [천벌]을 여러 곳에 뿌리는 게 고작일 터였다.

그리고 이러한 전투 방식을 보이는 적은 마구니에게 있어 매우 쉬운 상대라 할 수 있었다.

마라 파피야스의 분신들을 포함한 순혈 마구니들은 거의 모든 부류의 자극을 공유한다. 그 자극이란 것이 쾌락일 수도 있고 고통일 수도 있지만, 어느 쪽이건 자주 경험하다 보면 둔감해지게 마련이다. 다른 말로는 내성이 생긴다고도 표현할 수 있겠다.

[천벌]을 처음 경험한 마구니는 스치기만 해도 펑펑 터져 나갔지만, 지금 마구니들은 [천벌]을 맞고도 태연히 이진혁에게 돌진해 들어가는 게 그런 이유다.

따라서 마구니를 상대로 할 때 같은 스킬만 반복해서 사용하는 건 사실 금기에 속한다. 금기라곤 하지만, 사실 이 금기는 외부에 잘 알려져 있지 않다. 보안을 철저히 한 덕이기도 하지만, 그보다는 마구니가 직접 전투에 나서는 경우가 드문 탓이 더 컸다.

게다가 마라 파피야스는 이 세계에서 일만 년 이상을 살아온 괴물이다. 비록 스스로를 몇만 조각으로 나눠 그 힘이 다소 약화됐다고는 하지만, 그가 쌓아온 경험과 그에 따라 갖춰진 내성은 어지간한 스킬로는 뚫리지 않는다. 설령 그것이 권능급 스킬이라 해도 말이다.

오히려 이상하다면 이진혁이 쓰는 저 [빛]과 [천벌]이 이상하다고 해야 할 터였다.

마라 파피야스는 당연히 [빛]이나 [천벌]에 대한 내성도 획득해 뒀다. 그런데 이진혁이 쓰는 [빛]과 [천벌]은 이제껏 마라 파피야스가 맞아본 그 어떤 [빛]이나 [천벌]과도 달라, 내성을 획득한 상태가 아니어서 속수무책으로 당하고 말았다.

100번째 분신이 저 [빛]과 [천벌]이 이진혁 고유의, 그러니까 [이진혁의 빛]과 [이진혁의 천벌]임을 알아챈 것은 아니다. 이 세상에 플레이어 개인의 이름이 들어간 스킬이 존재할 거라고는 쉽게 상상 못 할 일이니까.

그러나 몰라도, 알아차리지 못해도 상관없다. 이것도 곧 끝이다. 저 이상한 [빛]과 [천벌]에 대한 내성까지 획득하고 나면 이진혁은 마구니를 공격할 수단을 완전히 잃게 될 테니까.

이쪽은 피해를 입지 않는데 상대에겐 피해를 입힐 수 있다. 이 문장을 단어 하나로 치환하자면 '승리'일 터였다.

100번째 분신은 안도하며 눈을 감았다 떴다. 처음에는 어떻게 되나 싶었지만, 다행히 상황은 그가 처음에 세운 대전략대로 흘러가고 있었다. 안도하고 나니 감상에 잠길 여유도 생긴다.

"애초부터 마음에 들지 않는 전쟁이었어."

속삭이는 자, 마구니가 누군가를 조종하는 것도 아니고 스스로 나서 직접 무력을 휘둘러 싸우다니. 미학에 어긋난다. 마라답지 않다.

세상 모든 이성 있는 것들의 이성을 박탈하고 욕망만을 좇는 마구니로 끌어내린다. 이것이 마라 파피야스의 존재 의의이다.

이 궁극적 목적을 달성하기 위해선 상대를 죽여선 안 된다. 상대에게 우선 유혹의 말을 속삭이고 그것을 거부하면 주변부터 서서히 무너뜨려 궁지로 몰고 끝내 상대의 입에서 스스로 마구니가 되겠다는 답이 나오도록 만들어야 진정한 승리인 것을.

그런 의미에서 마구니 동맹은 이진혁을 상대로 무력을 사용하기로 결의하게 된 시점에서 그에게 이미 패배한 것이나 다름없다고 할 수 있었다.

물론 이진혁이라는 존재의 위험성에 대해서는 100번째 분신도 잘 알고 있는 바였다. 그렇기에 첫 번째 분신의 지시에 따라 물리력 행사에 나선 것이기도 했다.

"기왕 나선 김이다. 최선의 결과를 얻어야겠지."

충분히 마구니들을 희생시킨 후 단번에 몰아쳐서 승부를 본다. 100번째 분신은 그런 대전략을 짰고 이제까지 성공적으로 먹혀들고 있었다.

"분신님, 저것 좀 보십시오!"

그런데 이변이 일어났다.

13명의 이진혁이 갑자기 강렬한 빛을 내더니, 그의 격이 갑자기 증폭되는 게 아닌가? 그 빛에 휘말린 마구니들은 불에 닿은 모기처럼 오그라들어 그 자리에서 소멸해 버리고 있었다.

"저것은! 아니, 이런 상황에서 격의 상승을 이룰 줄이야!"

"저게 격의 상승입니까? 위험한 겁니까, 저희?"

"아니, 장기적으로는 위험할 수 있겠지만 지금 당장만 보자면 호재다."

100번째 분신은 눈을 빛냈다.

"놈은 격을 올리느라 신성을 소모했을 거다. 시간을 끌면 신성의 회복이 빨라져 귀찮아지겠지만, 그럼 우리로선 시간을 안 끌면 그만이다."

사실 100번째 분신은 마구니들이 다섯 번의 [천벌]을 견딜 수 있는 상태까지 기다릴 생각이었다. 그러나 지금 찾아온 기회를 그냥 실기할 정도로 100번째 분신은 서투르지도 않았고 어리석지도 않았다.

"다음이다. 녀석이 다음 [천벌]을 사용했을 때 일제히 공격해."

100번째 분신은 마구니 두령에게 그렇게 명령을 내렸다.

"예, 분신님."

그리고 때가 되었다.

이진혁이 [천벌]을 사용했다. 마치 짠 것처럼, 열셋의 이진혁이 전부 같은 타이밍에 말이다.

"지금이다! 단 한 놈의 이진혁도 살려두지 마라!"

굳이 소릴 내어 지시할 필요도 없었다. 마구니들이 반격하는 타이밍은 완벽했다. 타이밍뿐만이 아니라 스킬의 선택 또한 그러했다. 사방팔방에서 공격하는 전원이 각기 다른 속성과 위력의 스킬을 사용해 하나의 스킬론 도저히 막아낼 수 없는 상황을 만들었다.

13명의 이진혁이 모두 같은 상황에 놓였다.

설령 만신전의 왕이나 옥황상제라 하더라도 이 연계 공격에는 반응하지도 못하고 그 자리에서 소멸하리라. 다수를 상대하느라 자신의 몸을 열셋으로 나눈 이진혁은 절대 이 공격을 받아낼 수 없다.

"이걸로 놈은 완전히 끝이다."

100번째 분신은 성공을 자신했다.

* * *

마구니들이 내 [천벌]을 뚫고 반격을 가해올 것임은 이미 예측한 바였다. 내가 반격가 50레벨을 뚫은 플레이어인데 그걸 모를까. 어떤 타이밍이 반격에 가장 적절한지 나보다 더 잘 아는 이도 드물 것이다.

그래서 나는 일부러 13명의 내가 동시에 [천벌]을 쓰게 했다. 적들의 반격이 같은 타이밍에 날아오도록 유도하기 위해서였다.

그리고 내 의도는 멋지게 들어맞았다. 사방팔방에서 다종다양한 적들의 스킬 공격이 날 노리고 날아들었다.

피할 각도는 나오지 않는다. 아마 막지도 못할 것이다. 적들의 연계는 완벽했다. 감탄이 나올 정도로 말이다.

적들에게 있어 문제는 내가 적들의 공격을 피하지도 막지도 않을 거라는 점뿐이었다.

"오랜만이로군."

정말로 오랜만이다.

[폭군의 징수 환급]

반격가의 스킬을 쓰는 것은 말이다.

확실히 하자면 반격가의 스킬이 아니라 지배급 스킬인 [폭군의 정당한 권리행사]의 초월 재료로 쓰인 [반환의 권능]에 반격가의 스킬이 섞여 옵션 효과 중 하나로 변한 거지만 그 뿌리가 반격가에 있음은 부정할 도리가 없다.

[폭군의 징수 환급]의 효과는 그 뿌리이자 원료인 [반환의 권능]과 크게 다르지 않다. 자신을 공격한 적의 스킬을 적에게 되돌려주는 것. 적의 스킬을 흡수하는 것이 [징수], 그걸 되돌려주는 게 [환급]이다.

이것 자체는 [반환의 권능] 때도 가능했지만, 그때와의 차이는 이 효과가 일개 옵션에 지나지 않다 한들 어디까지나 지배급 스킬에 속한 것이라는 점이었다.

즉, [폭군의 징수 환급]으로 돌려주는 스킬은 지배급으로 판정된다.

이게 뜻하는 바는 무엇이냐면, 권능급 미만의 스킬로는 받아낼 수 없고 설령 권능급 스킬로 받아내더라도 불리하게 받아내는 걸 강요당한다는 의미다.

추가적으로 여기에 스위치 효과, 내가 지금 [폭군의 정당한 권리행사―양]을 활성화시켜 두고 있으니, [폭군의 징수 환급] 또한 그 영향을 받아 [폭군의 환급―양]이 된다. 그리고 그 추가 효과는 광역화였다.

마구니 한 명은 나 하나만 노리고 스킬 공격을 가했는데, 그 스킬 공격이 다수의 아군을 상대로 돌아온다. 그것도 지배급으로 강화된 채로!

내가 잘못한 것도 아닌데 아군이 잘못한 책임을 자신이 져야 하는 것이 얼마나 억울한지는 굳이 게임을 해보지 않아도 알 수 있는 일이다. 그 불합리하고도 부조리한 억울함이 마구니들을 덮쳤다.

내게는 아쉬운 일이지만 마구니들은 억울함을 오래 느끼지도 못했을 것이다. 왜냐하면 자신들이 뭐에 맞아 죽었는지도 모르게 빠르게 죽어버렸기 때문이다. 그들의 연계 공격이 빠르고 날카로웠던 것이 원인이었다. 그 쾌속함과 예리함이 내 반격에도 그대로 반영된 탓이었다.

날 제압하기 위해 다종다양한 스킬을 혼합한 것도 원인 중 하나다. 마구니들이 공격에 저항을 얻기 위해선 여러 번 맞고 누군가가 대신 죽어줘야 가능한데, [천벌]만 맞아보다가 갑자기 예기치 못한 반격을 맞은 탓에 저항도 못 하고 바로 죽어버렸다.

"계획대로."

만약 내가 안경이라도 썼다면 안경을 추켜올리며 이런 대사를 쳤을 텐데, 아쉽게도 나는 안경을 쓰지 않았기 때문에 그 대신 영웅왕의 왕관을 추켜올리며 같은 대사를 쳤다.

그러고 나서야 나는 내가 [진홍 혜성] 안에 탑승하고 있기에 적들이 내 제스처를 못 봤을 거라는 걸 알아챘다.

아, 부끄럽다. 그리고 아쉽다. 그렇다고 이거 하나 보여주자고 내가 [진홍 혜성]에서 내릴 수도 없는 노릇이다.

비록 적을 [천벌]로 처치한 건 아니지만, [이진혁의 천벌]은 묻혀놓은 적을 어떤 방식으로 죽이든 꼬박꼬박 신성을 보상으로 주기 때문에 상관없었다. 이 덕에 이번 반격으로도 신성이 꽤 쌓였다.

"와, 이대로 가면 곧 최상급 신을 찍을 것 같은데?"

물론 이건 오버다. 그런데 이런 오버를 떨 수 있을 만큼 이번 반격으로 많이 죽였다. 내게 공격을 가하지 않고 뒤에서 지켜보던 마구니들까지 광역화된 반격에 휘말려 죽었으니 가능한 일이었다.

잘 생각해 보니 진짜 억울한 애들은 쟤들이겠네.

"새로운 스킬도 많이 얻었고."

[반환의 권능] 때와 마찬가지로 [폭군의 징수 환급]도 반격한 스킬을 뜯어내 오는 기능이 첨부되어 있었다. 그래서 이번에도

공격당한 만큼의 스킬을 얻었다.

쓸모 있는 스킬은 거의 없고 그마저도 대부분이 사용 제한이 붙은 스킬로, 마구니들만 쓸 수 있는 스킬이었기에 아쉬움 없이 스킬 분해를 통해 스킬 포인트로 전환할 수 있었다.

그래도 괜찮아 보이는 스킬은 쿠폰으로 만들어놓았지만 말이다. 혹시 모르지 않는가. 쿠폰에다 [궁극 이진혁]을 써서 [축복], [기적], [신비] 등을 덧붙여 변질시키면 사용 제한이 풀릴지도. 아니더라도 스킬 초월 재료로 쓰면 그만이다.

"좋아, 좋아."

전리품에 만족한 나는 다시 시선을 마구니들에게 돌렸다. 아직도 마구니의 숫자는 많았다. 광역 반격으로 많이 죽이긴 했어도 아직 반도 못 죽였다. 반이 뭐야. 한 20%쯤 죽였나? 적의 숫자는 아직도 여전히 다섯 자리를 훌쩍 넘긴 상태였다.

"뭐 어때."

비록 이제 [천벌]만으로 간단히 처치할 수는 없게 되었지만, 다른 스킬을 쓰면 얼마든지 처치할 수 있다는 것이 새로이 밝혀진 이상 내가 위축될 이유가 없었다.

"자, 계속하자고!"

나는 마구니들에게 달려들어 [천벌]을 뿌리기 시작했다.

갓 튀겨낸 감자튀김에 소금을 뿌리는 느낌으로!

* * *

마라 파피야스의 100번째 분신은 부들부들 떨었다.

떨림의 원인은 분노나 복수심 같은 게 아니었다.

"이게, 이런, 일이!!"

공포였다.

100번째 분신의 완벽해 보였던 작전은 완전무결하게 실패했다. 작전의 요체는 이진혁에게 다른 공격 수단이 없음을 전제로 하고 있었다. 설령 다른 공격 수단이 있더라도 마구니들이 그 동안 쌓아온 저항 능력으로 얼마든지 받아낼 수 있다는 것이 필요조건으로 요구된다.

그러나 작전의 요체가 무너졌다. 이진혁의 새로운 공격 방식에 마구니들은 여름 한낮의 햇살에 소프트아이스크림 녹듯 사르르 녹아버렸다.

일어나서는 안 될 일이 일어나고 말았다.

마구니들도 이진혁이 반격가 출신임은 알고 있었다. 그래서 혹시 공격 중 일부가 반격될 가능성을 염두에 두고 공격할 스킬을 골랐다. 설령 이진혁이 공격을 되받아친다고 한들, 마구니들이 기존에 갖고 있는 저항으로 받아낼 수 있는 스킬만 엄선해서 공격했다.

그럼에도 불구하고 마구니들이 녹아 없어진 건, 이진혁의 반격이 상식적이고 일반적인 수준의 그것이 아니라는 것을 뜻한다.

'아니, 대체 무슨 짓을 해야 저게 가능하지?'

지배급이라는 스킬 등급이 존재한다는 것조차 알지 못하는 100번째 분신으로선 진실의 끝단조차 붙잡을 수 없었다.

으레 그렇듯, 가장 큰 공포는 미지의 장막 너머에 숨어 있다.

그 미지의 장막 너머에서 기어온 이진혁이라는 존재는 100번째 분신을 비롯한 모든 마구니들에게 공포 그 자체로 각인될 수밖에 없었다.

"도망……! 도망은……."

공포에 휩싸여 도망치려던 100번째 분신은 곧 힘없이 고개를 떨어뜨렸다.

"못 가… 지."

자존심 때문에 인정하지 않고 있었지만, 분명 같은 마라 파피야스일 터인 높은 번호대의 분신이 한 명령을 낮은 번호대의 분신은 거부할 수 없었다. 그리고 그 명령에 묶인 마라 파피야스의 분신들은 공포에 잠겼음에도 도망간다는 선택지를 고를 수 없었다.

마라 파피야스의 분신들이 그러할진대, 다른 마구니들은 무슨 수가 있겠는가? 어쩔 도리가 없이 그저 전장에 버티고 서서 이진혁을 상대할 수밖에.

"…이렇게 된 바에야."

허탈하게 고개를 떨어뜨렸던 100번째 분신은 독기 가득한 눈을 하고 다시 고개를 들었다.

"있는 자리에서 최선을 다해야지."

그것은 실로 마라 파피야스의 분신답지 않은, 그리고 마구니답지 않은 결론이었으나 스스로를 마라 파피야스 본인이라 생각하는 분신이기에 내릴 수 있는 결론이기도 했다.

한 세력을 떠맡은 수장으로서의 자존심이 그를 일으켜 세웠다.

"다들! …합체한다!!"

"예?!"

마구니 두령이 뒤집어진 소릴 냈다.

합체. 마라 파피야스의 분신이 말한 그 단어가 뜻하는 것은 명확하고 명백했다. 여럿으로 나눠져 있던 분신들을 하나로 합치는 것.

"하, 하지만 분신님……."

마라 파피야스의 분신들은 본능적으로 합체를 꺼린다.

분신으로서의 자아가 본신에 녹아 없어지는 걸 두려워하기 때문은 아니다. 스스로를 마라 파피야스라 여기는 분신들은 그런 것을 두려워하지는 않는다.

그저 끝없는 나태의 수렁에 빠져 있던 시절의 마라 파피야스가 자신을 수만 조각으로 갈라놓을 때, 너무나도 귀찮은 나머지 이 작업을 다시는 하고 싶지 않다는 생각을 한 게 그 원인이었다. 당시의 기억이 모든 분신들에게 막연한 거리낌으로 남은 것뿐이었다.

그러나 지금 이 자리에 있는 100번째 분신은 다른 그 어떤 분신들보다도 마라 파피야스답지 않았고 마구니답지 않았으며, 동시에 누구보다 강렬하게 스스로를 마라 파피야스라 생각했다.

그래서 그 본능적이라고 할 만한 거리낌을 딛고 합체라는 판단을 할 수 있있던 터였다.

"날 분신이라고 부르지 마라."

100번째 분신은 그렇게 말해놓고, 한때는 입버릇이나 다름없던 이 말을 오랜만에 했음을 깨닫고는 웃었다.

그렇게 부르지 말라고 몇 번을 말해도 끈질기게도 자신을 분신님이라 부르던 두령의 호칭을 체념하며 받아들인 후 얼마나 오랜 세월이 지난 걸까? 자신이 분신에 불과하다는 걸 언제부터 당연시하며 받아들인 걸까?

그러나 아니다. 그는 더 이상 스스로를 분신이라 여기지 않았다.

"나는 마라 파피야스다. 왜냐하면……."

긴 이유를 대려면 댈 수 있었다. 자신이 분신이 아님을 증명하기 위해 살아온 일생이었다. 근거는 많았다. 그러나 그는 그렇게 하지 않았다.

"나는 마라 파피야스니까."

마라 파피야스 자신이 자신임을 주장하는 데 다른 이유를 늘어놓을 필요가 없었으므로.

"자, 합체한다! 형제들, 우리는 다시 하나가 될 것이다!!"

물론 100번째 분신이 할 수 있는 합체는 상위 99개체의 분신을 제외한 나머지 분신들과의 합체니 명확히 말하면 하나가 아닌 100이 되는 거였지만, 마구니 두령은 굳이 그 사실을 지적하지 않았다.

*　　　*　　　*

마구니들이 이상해졌다.

아니, 모든 마구니들이 이상해진 건 아니다. 다른 마구니들은 여전히 내게 맞서 별 의미 없는 싸움을 이어나가고 있었다. 이상해진 건 그들 중 아주 일부뿐이었다.

"마라 파피야스의 분신… 이라고 했던가?"

말하자면 마구니의 지휘관급인 개체들만이 후방으로 물러나고 있었다.

"부하들을 벽으로 세우고 도망치는 건가?"

다른 마구니들은 남아 싸우고 지휘관만이 뒤로 물러나니, 내 눈엔 내 말처럼 비칠 수밖에 없었다.

그런 내 인식이 틀렸다는 것을 알게 되기까지 그리 오랜 시간이 걸리지는 않았다.

"뭐야, 저거."

마구니들의 이상행동은 도를 넘어섰다. 지휘관 개체, 잭 제이콥스가 이르기를 마라 파피야스의 분신이라 했던 저것들은 서로 엉겨 붙어 볼썽사나운 장면을 연출하고 있었다. 한 놈에게 열 놈이 엉겨 붙고, 그 열 놈에게 스무 놈이 더 달라붙었다.

"야이씨……."

지나치게 혐오스러운 광경에 때 아닌 정신 공격을 받은 나는 욕설을 내지르려다 멈췄다. 마라 파피야스의 분신들이 보이는 이상행동은 그저 서로 들러붙는 것으로 끝나지 않았다.

엉겨 붙고 달라붙은 놈들이 이제는 녹아 붙기 시작했다.

그리고 문자 그대로, 비유가 아닌 표현 그대로 한 몸이 되어 가고 있었다.

"저, 저거……!"

저게 뭐더라. 너무 당황한 탓에 순간 단어가 떠오르질 않았다.

"합… 체?"

아니, 내가 제대로 인식한 게 맞나? 나는 다시 눈을 크게 뜨고 보았다. 눈 뜨고 보기 힘든 꼴불견이었으나, …맞다. 저것들, 합체하고 있다!

내 직감이 내게 외쳤다.

저놈들이 제대로 합체하게 놔두면 안 된다고 부르짖고 있었다. 위험을, 위협을 느끼고 있었다.

"내가, 위협을?"

나는 부르르 떨었다. 이 떨림의 원인은 분명… 희열이었다!

그래, 그랬다. 내가 얼마나 찾아 헤맸던가! 내게 이 감각을 불러일으킬 상대를! 그리고 결국 찾아내지 못하리라 넘겨짚고 레벨 업의 주박에서 풀려나리라 마음먹었지만, 마치 파란 새를 고향에 돌아와서야 발견했듯 나도 포기한 다음에나 발견하게 되었다.

"너!"

나는 외쳤다.

"네가 내 관세음보살이구나!!"

관세음보살. 만신전에서도 천계에서도 찾아볼 수 없었던 불교의 가히 신적인 존재라 할 수 있는 그 보살을 직접적으로 가리켜 하는 말이 아니다.

이건 비유다!

서유기의 손오공이 천지 분간 모르고 날뛸 때 놈을 멈춘 것이 관세음보살이듯, 내 앞을 막아설 존재가 저 거대한 존재이리라고 내 직감이 외치고 있었다.

"하하, 하하하!!"

찌릿찌릿한 위기감은 내 위장을 태우고 호흡은 갑갑하다. 물론 겨우 긴장 따위가 내 위장에 이상을 일으킬 수 있을 리 없고 나는 호흡을 필요로 하지 않으니 이 모든 것은 그저 내 스스로 나의 감각을 속이는 것에 불과했다. 그럼에도 불구하고 나는 이 감각이 좋았다.

실로 오랜만이지 아니한가!

"그럼 그대로 두면 안 되겠지?!"

솔직하게 말하자면 저대로 두고 싶다. 얼마나 더 강해지는지 보고 싶다. 그러나 그건 예의가 아니다. 적이 최선을 다하고 있는데 내가 일부러 태업할 수는 없지 않은가? 지금은 방심을 할 때가 아니다. 나도 최선을 다해야 했다.

적이 완전한 형태를 갖추기까지 기다리고픈 강렬한 유혹을 뿌리치고, 나는 놈의 합체 시도를 무위로 돌리기 위해 움직이기 시작했다.

그런데 내 앞을 마구니들이 막아섰다. 자신들의 몸을 겹치고 겹쳐 아예 빠져나갈 구석이 없을 정도로 촘촘하고도 견고한 방벽을 쌓았다.

내가 [천벌]로 마구니들을 잔뜩 지져 죽이긴 했지만 아직도 적들의 수는 수십만에 달했다. 그 수십만 중 단 하나도 도망치지 않고 필사적으로 날 막아서고 있다.

평범한 방법으론 돌파할 수 없으리라.

"그럼 평범하지 않은 방법을 쓰면 되지!"

마구니들은 내 앞을 막아서는 것에 집중하느라 날 더 이상 포위할 수 없게 되었다. 그 탓에 공격도 약해졌고 속도도 떨어졌다.

내 입장에서는 적의 합체를 막을 수 없을 뿐 운신의 폭은 더 늘어난 거나 다름없다.

"이쪽도 합체한다!!"

나는 13개로 나눠져 있던 모든 나로 하여금 [진홍 혜성]의 합체를 진행토록 했다.

원래는 12%밖에 안 되는 합체 성공 확률이다. 한 번쯤 실패할 때도 되었지만, 그때가 지금은 아니었다.

"좋아, 합체 완료!"

[진홍 혜성]은 단 하나의 거체로 합쳐져 [하이퍼 이진혁 모드]를 활성화시켰다.

그리고 나는 마구니들의 벽에 대고 [진홍 혜성]의 모든 출력과 내 마력을 동원해 이 기체의 주포라 할 수 있는 입자병기를 발사했다.

"[하이퍼 이진혁 빔]!!"

입자포가 쏟아내지는 순간 어둠으로 가득 찬 우주공간이 갑자기 대낮처럼 밝아졌으며, 그 막대한 열량으로 인해 [진홍 혜성]의 선체마저 달궈질 듯 보였다.

그래, 나는 지금 태양이다! 그리고 태양 아래에서 마의 존재는 버티지 못하는 법!

"끼아아아악!"

"꺄아아아아!!"

효과는 출중했다! 마구니들이 죽어나가며 끔찍한 단말마를 질렀다.

놈들을 대상으로 [하이퍼 이진혁 빔]을 쏘는 건 이번이 처음이니만큼 당연히 마구니들은 아직 [빔]에 대한 내성은 획득 못 했다. 그렇다 보니 빔으로 마구니 벽에 구멍을 뚫는 건 별로 어려운 일이 아니었다.

그 구멍을 향해 돌격하며, 나는 마라 파피야스의 덩어리를 바라보았다. 지금도 놈들은 합체를 계속하며 점점 더 강해지고 있었다.

마음이 급해진다.

시간을 멈출까?

아니, 아니다. 놈이 언제 [천벌]에 대한 내성을 획득한 것처럼 [세계를 혁명하는 힘]에 대한 내성을 획득할지 모른다. 정확히는 놈들인가. 이놈들은 여러 번 맞아본 공격이나 방해 효과에 대해 점점 더 강력한 면역을 지니고 공유하니 말이다.

지난번에 사용한 시간 정지는 먹혔지만, 다음에는 먹히리란 보장이 없었다. 그땐 마구니들이 이런 능력을 갖고 있는 줄 몰랐지. 알았으면 쓰지 않았을 것이다.

더욱이 마구니 놈들의 숫자가 신경 쓰인다. 지금 여기에는 마구니가 너무 많다. 백만이야 안 되겠지만 수십만은 넘는 이것들이 전부 시간 정지의 대상이 된다고 생각하면, [천벌]에 대한 내성을 획득했던 것보다도 훨씬 빠르게 시간 정지에 대한 내성을 획득할 수 있을지도 모른다.

시간을 멈추려면 적어도 이것들의 숫자를 절반 미만으로 줄인 후에나 해야겠다. 나는 그렇게 판단했다. 게다가…….

"아직 늦지 않았어!"

굳이 시간을 멈추지 않더라도 내겐 다른 방법이 있었다. 통할지 어떨지는 해봐야 알겠지만, 충분히 시도해 볼 만한 방법이었다.

마구니들이 꾸역꾸역 움직이며 벽의 구멍을 메우려 들고 있었기 때문에, 나는 몸으로 벽을 밀고 들어가 돌파했다.

"으아악!"

"카악!!"

[진홍 혜성]의 방어막에 부딪혀 튕겨져 나가는 마구니들이 고통에 아우성쳐 댔으나, 이것만으로는 그다지 큰 타격을 받지는 않은 모양이었다. 아무래도 단순한 물리 공격에는 내성이 있는 것 같았다. 그나마 방어막 덕에 발목이 잡히지 않은 것을 다행으로 여겨야 할 성싶었다.

나는 마구니들의 방해를 뿌리치고 마침내 아직도 합체 중인 마라 파피야스의 분신들 덩어리 앞에 도달했다. 아니, 이제 슬슬 그냥 덩어리가 아니라 하나의 형태를 이뤄가고 있는 중이니 다른 명칭으로 불러야 할 터다.

"…마라 파피야스."

마라 파피야스의 분신들이 합체한 결과물이니, 저것은 마라 파피야스 본신이라 칭해도 별 무리 없는 존재가 되었다 할 수 있었다. 다른 모든 위대한 존재는 상위 세계로 떠났지만 옛 존재 중 위대했던 마라는 지금 내 눈앞에 있다.

그건 그렇다 치고 상황에 취했다곤 하지만 마라를 관세음보살이라 부르다니, 불경도 이런 불경이 없다. 이거 참 곤란하군. 그렇다면…….

"죽여 없애서 내 불경죄를 없었던 일로 만들어야겠다!"

나는 짧게 웃고 바로 스킬을 뿌렸다.

[폭군의 정당한 권리행사—양]—[폭군의 즉결 처형]

지배급 스킬의 옵션 효과, [폭군의 즉결 처형]은 [즉살의 권능]이 재료로 탄생한 옵션 효과로 추정되고 있었다.

효과는 실로 심플하다.

목표 대상을 죽인다.

여기에 양 스위치 효과로 같은 대상을 목표로 할 때 재사용 대기 시간이 초기화되고 소모됐던 신성을 되돌려 받는다. 즉, 설령 대상에게 부활이나 횟수 제한이 있는 즉사 무효화 효과가 걸려 있어 처형에 실패하더라도 몇 번이고 노 코스트로 처형을 재시도할 수 있다.

물론 이 효과도 지배급 스킬로 판정되는지라 같은 지배급 스킬이 없이는 부활이나 무효화도 쉽지 않겠지만, 어쨌든 보험이 있어 나쁠 건 없다. 더욱이 상대는 이제까지 보아왔던 그 어떤 적보다도 강력한 존재니만큼, 이 보험은 평소보다 훨씬 든든하게 느껴졌다.

어쨌든 [즉결 처형] 스킬 효과가 마라 파피야스를 향해 뻗어 나갔다. 다른 시각적 효과가 있지는 않았지만, 나는 그걸 느낄 수 있었다.

그런데 마라 파피야스가 내 스킬을 보고 움찔하더니, 바로 반응해 왔다. 꽤나 의외인 대응을 했는데, 그 대응이란 바로 합체했었던 분신 중 하나를 분리해 대신 스킬을 맞게 만드는 거였다. 그러자 분신 하나만 [즉결 처형]당하고 끝나 버렸다.

"이럴 수가!"

나는 희열을 느끼며 외쳤다. 내 기대감을 잔뜩 고조시킨 주제에 이 스킬 한 방에 죽어버리면 얼마나 내가 허무했을까? 그러나 마라 파피야스는 내 기대를 충족시켰다.

그런데 목표 대상을 이미 죽였음에도 [즉결 처형]의 재사용 대기 시간은 초기화됐고 사용했던 신성도 되돌려 받았다. 양 스위치 옵션 효과다. 이미 마라 파피야스의 분신 중 하나가 죽어 나가긴 했지만, 아직 살아 있는 마라 파피야스도 동일 대상으로 판정된 덕이리라.

"좋아, 한 번 더!"

Chapter 3

나는 사양 않고 한 번 더 [즉결 처형]을 뿌렸다. 마라 파피야스는 또 하나의 분신을 분리해 스킬 효과를 받아냈다.

놈이 반응하지 못하도록 [폭군의 대역]을 써서 후방을 점해도 마찬가지였다. 놈의 눈은 아주 많았다. 아직 완전히 합쳐지지 않은 분신들이 시야를 확보하고 있었다.

그렇게 몇 차례 더 같은 공방을 반복했으나, 나는 곧 이 공방이 내게 그리 유리하지 않다는 것을 알아챘다.

내가 분신을 처형하는 속도보다 다른 분신들이 마라 파피야스의 본신에 합류하는 속도가 더 빨라, 결과적으로 마라 파피야스의 합체를 방해한다는 목적을 달성하지 못하고 있었다.

게다가 내가 뚫고 온 마구니의 벽이 방향을 바꾸어 내 배후를 습격하려 들고 있었다. 내가 너무 깊숙이 파고든 탓에, 포위

망을 한껏 좁혀 날 싸 먹을 셈으로 보였다.

비록 마라 파피야스에 비하면 개미만도 못한 존재지만 그렇다고 무방비로 공격을 허용하는 건 예의가 아니다.

"아무래도 공격 방식을 바꿔야겠다."

그렇게 마음먹은 나는 곧장 뒤로 돌아 [천벌]로 마구니들을 골고루 양념한 후 [궁극 이진혁]으로 [이진혁의 번개]를 광역으로 뿌려 단번에 구워냈다.

이제까지는 나한테 [빛]으로만 공격당했고, 그래서 어느새 [빛]에도 어느 정도 내성을 가지게 된 마구니들이었지만 지금 처음 꺼낸 [번개]에는 속수무책이었다.

내 등 뒤의 공간에 빽빽하게 들어차 있던 마구니들은 그대로 먼지로 변해 버렸고, 그 덕에 나는 소모했던 신성보다도 더 많은 신성을 추수할 수 있게 되었다.

그렇게 단 한순간만 마라 파피야스에게서 눈을 뗐을 뿐이었다. 그러나 그 한순간이 다 지나가기도 전에 직감이 내게 위기의 경종을 울려대었다.

"……!"

나는 뒤를 돌아보지도 않고 [번개] 덕에 확보했던 후방 공간으로 급속히 물러났다.

"……?!"

그 직후에 나는 방금 전까지 내가 있던 공간이 없어졌음을 깨달았다.

'공간이 없어졌다'는 건 문자 그대로 없어졌다는 의미다. 마치 사과가 파먹혀 사라진 듯, 공간 자체가 소멸했다. 그리고 마치

물을 바가지로 퍼낸 부분이 다시 채워지듯, 없어진 공간만큼 내가 놈 쪽으로 빨려 들어갔다.

어떻게 이런 일이 있을 수 있지? 공기 같은 게 존재하지도 않는 우주공간인데…….

"스킬인갑지!"

나는 깊게 생각하지 않기로 했다. 그보다 중요한 건 이 상황에 어떻게 대응할 것인가이다. 그리고 나는 금방 결론을 내렸다.

기왕 적의 품에 빨려들어 갔으니 이 상황을 이용해야겠다, 고.

[이진혁의 불]

사실 우주에는 산소가 없는 데다 기본적으로 온도가 낮아서 불을 쓰는 건 비효율적이지만, 스킬을 직접 적에게 때려 박는 것에는 그딴 걸 신경 쓸 필요가 없다.

[빛]과 [번개]도 잘 통했으니 [불]도 잘 통하리라. 아직 이걸로 때려준 적이 없으니 내성도 없을 테고 말이다.

초고온의 하얀 불꽃을 [진홍 혜성] 전신에 두른 채, 나는 마라 파피야스의 품에 안겼다.

그러자 마라 파피야스가 입에서 뭔가를 토해냈다. 그러자 기껏 줄어들었던 나와 마라 파피야스의 거리가 다시 쭉 벌어져 버렸다.

"공간?!"

이놈, 아까 집어삼켰던 공간을 토해낸 건가? 난 거기 휩쓸려 뒤로 밀려난 거고?

"공간을 자유자재로 조종하는 능력인가?"

이 정도로 대단한 능력이다. 아마도 마라 파피야스의 고유 특성이거나 고유 능력이리라. 아니면 적어도 지배급의 스킬이거나. 이 셋 중 그 어느 것도 아니라면 [폭군의 징수 환급]으로 흡수 못 할 이유가 없었다.

내가 잠깐 생각하고 있는 틈을 타, 다른 마구니들이 내게 달려들었다. 마구니들의 행동이 기이했는데, 마치 내 [불]에 일부러 닿아 타 죽으려 드는 것 같았다.

이들의 의도는 매우 명확했다. 죽어서라도 내 [불]의 내성을 획득해 마라 파피야스에게 넘길 셈인 거겠지.

내게는 마구니들의 숭고한 희생정신을 존중해 줄 이유가 없었다.

"흥!"

나는 즉시 [불]을 꺼버리고 [천벌]을 퍼부은 후 [번개]로 마무리했다. 아까보단 덜하지만 잘 타는 걸 보니 아직 [번개]에 내성을 완전히 획득하지는 못한 듯 보였다. 그러나 머지않아 잘 통하지 않게 될 건 불을 보듯 빤했다.

"생각보다 귀찮은데?"

공간을 조절해 날 끌어들이거나 밀어내길 자유자재로 하며, 내 공격은 분신을 따로 분리해 내거나 마구니 잡병으로 하여금 대신 맞게 하고 자신은 공격에 대한 내성을 획득한다.

게다가 마라 파피야스는 어느새 합체를 다 마쳐가고 있었다. 결과만 보자면 내 합체 방해 전술은 실패로 돌아간 셈이다.

"어따, 크다."

마라 파피야스의 분신 수만 개체가 합쳐진 덩어리만 봐도 완전체가 얼마나 커질지 대충이나마 짐작할 수 있었지만, 실제 크기는 내가 예상했던 것보다 훨씬 컸다. 13척의 [진홍 혜성]이 합체한 것보다도 열 배 가까이 크니 이건 거의 소총병이 중전차와 맞서는 격이다.

“이 정도 크기면 [천옥봉호로]에도 안 들어가겠어.”

아무리 [축복]과 [기적], [신비]를 걸어 강화했다 해도 [천옥봉호로]에 걸린 용량 한계를 해결할 순 없었다.

아니, 정확히는 해결을 했다. 기존보다 용량을 열 배나 늘렸으니. 그런데 마라 파피야스의 완전체가 지나치게 커서 그 정도로는 턱도 없는 게 문제일 뿐이다.

“그럼 하는 수 없지.”

최선을 다했는데도 실패한 거라면 어쩔 수 없는 일이다. 그렇게 생각하며 나는 웃었다.

“하핫.”

좋아서 웃는 게 아니다.

앞에는 이제까지 겪어본 적도 없는 최강의 강적. 뒤에는 이제 더 이상 내 앞을 막아설 필요가 사라진 수십만의 마구니들이 꿈틀거리며 내 퇴로를 막아섰다. 다시없을 위기 상황이다.

“후후……!!”

…인정하자. 사실은 좋아서 웃는 게 맞다.

나 스스로도 주체할 수 없을 정도로 큰 환희와 고양감, 그리고 기분 좋은 긴장감이 내 입을 쭉 찢어놓고 입꼬리를 위로 바싹 당기고 있었다.

그리고 나는 그 웃음을 잠재우려 하지 않았다. 잘 생각해 보니, 그럴 이유가 없었다.

"후하하핫!"

그러므로 나는 크게 웃었다. 웃음이 나왔다.

완전히 하나의 존재로 합쳐진 마라 파피야스가 나른하게 눈을 뜨며 웃는 나를 내려다보았다. 우주라 상하의 개념이 없음에도 불구하고 그렇게 느껴지고 만 것은 마라 파피야스가 그만큼 강력한 존재이기 때문이리라.

나는 그를 향해 선언했다.

"그럼 이제 우리… 본격적으로 싸워볼까?!"

굳이 선언하자면, 파이널 라운드다!

*　　　*　　　*

마라 파피야스의 100번째 분신은 터질 듯한 고양감에 몸을 떨고 있었다.

'아니, 나는 더 이상 분신이 아니다.'

100번째 분신은 스스로를 마라 파피야스 본인이라 여기기 시작했다. 그것은 원래 그랬긴 했으나, 분신일 때는 아무리 그렇게 주장해도 공허할 뿐이었지만 지금은 그렇게 느껴지지 않았다.

실제로도 100번째 분신을 얽어매고 있던 높은 번호대의 명령은 더 이상 그를 얽어매지 못한다. 분신 수만 개체와 합체를 함으로써 그의 격은 첫 번째 분신을 초월하고도 모자라 그보다도 더욱 높이 상승하고 있었다.

'심지어… 이진혁마저도 날 마라 파피야스로 여기고 있지.'

적으로부터 인정받는 기쁨은 아군의 그것보다도 훨씬 컸다. 자신을 두고 마라의 이름을 부르짖는 이진혁의 목소리를 들으며, 100번째 분신은 더 이상 스스로를 분신이라 여길 수가 없었다.

'그래, 나는 마라 파피야스다. 진정한……. 유일한!'

얻은 것만 있는 건 아니다. 100번째 분신으로서의 자아는 이미 흐릿해졌다. 합체를 거치며 너무 많은 분신들의 자아들을 받아들인 결과, 분신과 분신과의 경계가 녹아들고 하나로 합쳐지기 시작했다. 지금 그는 100번째 분신이자 101번째 분신이며… 2만 번째 분신이기도 했다.

하지만 그게 무슨 문제란 말인가? 모두가 마라 파피야스인데.

모든 분신들이 병적으로 스스로를 마라 파피야스라 여기고 있었기 때문에, 그 공통점만은 유지되어 합체를 반복할수록 오히려 마라 파피야스 본인에 가까워지고 있었다.

중간에 이진혁이 끼어들어 이 위대하고도 위대한 합체를 방해하려 들기도 했고, 개중에는 꽤 위협적으로 느껴질 법한 시도를 걸어오기도 했으나 결과적으로는 큰 영향을 미치지 못했다.

"합체… 완료."

모든 것은 끝났다.

마라 파피야스는 그렇게 마라 파피야스가 되었다.

1번부터 99번까지의 분신이 배제된 합체긴 했지만 비중으로 치면 매우 극소한 결함이다. 높은 번호대의 분신일수록 유능한 경향이 있긴 해도 본질적으로는 모두 같은 분신일 뿐이니.

완전한 하나가 된 마라 파피야스는 이진혁을 내려다보았다.

이진혁은 웃고 있었다. 이 상황에서 웃다니, 자신의 존재감에 압도당해 미쳐 버린 걸까? 그러나 마라 파피야스는 자신의 생각이 틀렸음을 곧 깨닫게 되었다.

"그럼 이제 우리… 본격적으로 싸워볼까?!"

왜냐하면 그렇게 외치는 이진혁의 눈에는 아직 투쟁심이 그득했기 때문이다.

"아아……."

그 이진혁을 내려다보며 마라 파피야스는 긴 한숨을 내쉬었다.

"귀찮구나……."

세상 모든 것이 귀찮다. 이 귀찮음이야말로 마라 파피야스의 본질이나 다름없다.

두려움의 대상이었던 이진혁에게서 더 이상 위협을 느낄 수 없었다. 이진혁이 내보인 날것의 투쟁심에도 마라 파피야스의 마음은 움직이지 않았다. 그저 본질적인 나태와 무료함만이 마라의 심장을 느리게 만들고 있었다.

"하압!"

이진혁이 날카로운 기합성과 함께 움직이기 시작했다. 마라 파피야스는 움찔도 하지 않았다. 왜냐하면 이진혁의 공격 대상은 마라 파피야스가 아니었기 때문이다.

거의 빛에 달하는 속도로, 아니, 어쩌면 그 이상의 속도로 이진혁은 그의 뒤를 막은 마구니들을 참살하기 시작했다. 도망치려는 걸까? 그제야 마라 파피야스는 이진혁에게 흥미를 느꼈다.

만약 이진혁이 도망친다면 재미있어질 것이다. 마라는 오직 그 순간을 목격하기만을 위해 무거운 눈꺼풀을 들어 올리고 이진혁을 주시했다.

눈앞에서 동족 마구니들이 이진혁에 의해 도륙당하고 있었지만, 그럼에도 불구하고 마라 파피야스는 움직이지 않았다.

"마라 님! 살려주세요!"

"도와주세요, 마라 님!!"

마라 파피야스는 혀를 끌끌 찼다. 저런 마구니답지 않은 놈들을 봤나. 마라한테 살려달라니, 도와달라니. 마라가 마구니의 구원자인가? 메시아인가? 전혀 그렇지 않다. 마라는 그저 마라일 뿐이다.

마구니들은 이진혁에 의해 그저 죽어나갈 뿐이었다. 눈에 보이지 않는 달의 중력에 의해 파도가 쓸려 나가듯, 마구니들 또한 그렇게 쓸려 나갔다. 그리고 파도가 다시 밀려오듯, 다른 마구니들이 동족들의 시체를 넘어 이진혁을 향해 나아갔다.

"으아아아앗!"

"캬아아아앗!"

마구니들의 얼굴은 공포와 절망으로 범벅이 되어 있었다. 진작 도망쳐야 했고 항복해야 했고 좌절해 그 자리에 주저앉아야 정상이겠으나 실제로는 그렇게 되지 않았다. 첫번째 분신의 명령에 의해 마구니들은 도망치지 못한다. 이진혁을 공격해야 한다.

아무 의미도 없는 명령이다. 그 명령으로 인해 마구니들의 죽어나가는 속도만 더 빨라질 뿐이었다.

첫번째 분신보다도 높은 격을 얻은 마라 파피야스는 충분히 그 명령을 취소할 수 있었으나 그러지 않았다. 그러기엔 너무 귀찮았다. 죽어나가는 동지를 바라보며, 마라 파피야스는 긴 하품을 했다.

만약 이진혁이 도망치려고 시도하고 노력했다면 그 노력을 좌절시키며 즐길 수 있었겠지만, 그는 그러지 않았다. 이진혁은 도망치지 않고 있었다. 그저 기계적으로 마구니들을 죽여 나가고 있을 따름이었다.

오히려 그것이 마라 파피야스로 하여금 지루함을 느끼게 만들었고 흥미를 잃게 만들었다.

너는 마라와 싸우려 든 게 아니었나? 왜 내게 덤비지도 않고 도망도 치지 않지?

그렇게 묻는 것조차 귀찮아, 마라 파피야스는 묻지 않았다. 이진혁에게 아무 말도 하지 않았다. 그에 대한 관심조차 시들어져 갔다.

급기야 마라 파피야스는 꾸벅꾸벅 졸기 시작했다.

세상 그 누구에게도 목숨의 위협을 받지 않기에 찾아오는 나태함과 나른함. 설령 완전히 방심하고 드러누워 잠들어 버리더라도 목숨을 잃는 일은 없을 터였다.

그랬을 터였는데…….

"……!"

날카로운 위기감이 마라 파피야스로 하여금 졸린 눈을 뜨게 만들었다. 성장 한계를 초월한 높은 직감은 지금 자신이 목숨에 직결된 위기에 처해 있음을 알려주었다.

'목숨? 목숨의 위협을 느끼고 있다고? 이 마라 파피야스가?'

필멸자의 한계는 예전에 뛰어넘었다. 불멸자의 한계마저도 초월한 존재. 그것이 마라 파피야스였다. 그는 더 이상 죽음이라는 개념에 얽매이지 않았고, 존재의 소멸조차 그의 완전한 종말을 뜻하지 않는다.

[한계돌파] 특성 같은 건 가지지 못했으나, 수십만 년이나 이 우주에 체류하고 있다 보면 한계를 뛰어넘는 꼼수 따윈 얼마든지 찾아내고 활용할 수 있다.

수만 분의 1로 스스로를 나눠놓은 것 또한 그 꼼수 중 하나였다. 각각의 분신은 한계에 부딪히지만, 합체하여 서로의 능력치를 합치면서 시스템의 한계 제한에 오류를 일으키는 수법이었다.

이 방법으로 마라 파피야스는 한계를 초월한 능력치와 함께 무제한적인 생명을 손에 넣었다. 적에게 살해당한들, 존재를 말살당한들, 그것이 그의 종말을 뜻하지 않는 이유가 그것이었다.

그런데도 목숨의 위기를 느끼다니. 너무 오랜만에 하나의 존재가 되어 감각에 이상이라도 생긴 걸까? 그런 궁금증을 품은 탓에, 마라 파피야스는 단 한순간 방심했다.

무방비가 됐다. 그리고 그 대가는 처참했다.

"……!!"

마라 파피야스는 크게 놀랐다. 그의 인지능력은 수만 분의 1초라도 인지할 수 있다. 마음만 먹으면 수십만, 수백만 분의 1초도 인지할 수 있으리라. 아무리 빨리 움직인다 한들 마라 파피야스의 인지에서 벗어날 수는 없다.

그럼에도 불구하고, 반응하지 못했다.

이것이 가리키는 바는 실로 명백했다.

"시간을, 멈췄구나!"

푸악.

죽음은 나중에 찾아왔다.

그렇다.

죽음.

죽음이었다.

불멸자인 마라 파피야스는 죽지 않는다.

그것이 세상의 법칙이었다. 시간의 흐름만큼이나 당연한 법칙. 아무리 스킬이 법칙을 무시한다지만 그것도 한도가 있다. '불멸자는 죽지 않는다'는 법칙을 무시할 수 있는 스킬은 없다. 설령 현존하는 최고 등급인 권능급 스킬이라고 해도 말이다.

불멸자라는 존재 자체가 스킬 위에 있기 때문이다.

그것이 기존의 상식이었다.

그러나 적의 스킬은 그 기존의 상식을 비웃기라도 하듯 손쉽게 법칙을 무시하고 마라 파피야스를 죽였다.

[불멸자]라는 속성을 무시하고 [죽음]이라는 상태이상을 덮어씌웠다.

이것이 뜻하는 바는 단 하나.

'적은… 권능급을 초월한 등급의 스킬을……!'

마라 파피야스가 생각할 수 있었던 건 거기까지였다. 그의 의식은 까맣게 덧칠되었고, 더 이상 아무것도 생각할 수도, 느낄 수도 없게 되었다.

그렇게 마라 파피야스는 죽었다.

한 번.

*　　　　*　　　　*

사망했던 마라 파피야스가 부활했다. 순간적으로 자신이 어떤 상황에 놓였는지 파악하지 못하고 어리둥절해 있던 마라는 곧 자신에게 어떤 일이 일어났는지 파악했다.

'나는 죽었었어. …죽었다고?'

이 사실도 믿기지 않았지만, 이건 나중에 따져도 될 일이다. 그 다음 마라의 사고는 자신이 어떻게 부활했는지에 대한 것으로 이동했다. 이 의문도 곧 밝혀졌다.

'[부활 토큰]이… 남아 있었군.'

[부활 토큰 생성] 스킬은 스킬명 그대로 [1UP 코인]과 비슷한 [부활 토큰]을 생성해 인벤토리에 넣어놓는 스킬로, 하나를 생성할 때마다 목숨 하나와 네거티브 카르마 100을 지불해야 하지만 [1UP 코인]과 거의 같은 효과를 내기 때문에 효율적이었다.

불멸자가 된 뒤로 한 번도 사용하지 않아 마라 파피야스도 존재 자체를 잊고 있던 스킬이었는데, 오랜만에 스킬 덕을 봤다.

'남은 [토큰]은… 11개인가.'

필요 없어진 보험치곤 생각보다 많지만, 막상 필요해진 상황이 오고 나니 이 정도도 아쉽다.

'하지만… 괜찮아.'

마라 파피야스는 마구니다. 적, 이진혁의 스킬이 무엇이든 맞다 보면 내성을 얻게 될 것이다. 목숨 10개를 소모하는 동안만 버티고 버텨서 내성만 얻으면 된다. 그러면 승리다. 이긴다. 이겨서 살아남는다.

'살아남으리라!'

마라 파피야스는 자신의 마음속에서 격렬히 꿈틀거리는 생존 본능의 존재에 놀랐다.

숨쉬기도 귀찮은 나머지 죽음을 바라던 때도 있었는데, 막상 한 번 죽어보니 살고 싶어 미치겠다. 갑작스레 솟아오른 삶의 열정이 당혹스럽긴 하지만 기분은 나쁘지 않았다. 심심하고 지겹던 삶에 알싸한 조미료가 더해진 느낌이다.

그랬는데…….

"다행이다! 그냥 죽어버리면 어쩌나 걱정했는데!!"

이진혁의 목소리가 모든 걸 망쳤다. 그 목소리에서는 진정어린 걱정과 안타까움이 묻어나오고 있었다. 만약 그 감정이 가족 같은 누군가의 목소리에서 묻어나온다면 참 감동적이었겠지만, 상대는 가족이 아니라 적이었다.

그냥 적도 아니고 불구대천의 이진혁.

더욱이 이진혁이 저런 감정을 느낀 이유가 이런 거라면 더더욱.

"설마 그거 한 방으로 죽어버릴지는 몰랐지. 이제 좀 살살 해줄까? 아, 살살 해주면 안 되지. 그럼 기분 나쁠 테니까. 나도 최선을 다해야 의미가 있지. 그렇지?"

아닌데? 미친놈아? 마라 파피야스는 그렇게 대답하고 싶었다. 그러나 대답할 시간이 없었다. 대답할 상대도 없었다. 무슨 짓을 한 건지는 모르겠지만 이진혁이 사라졌다.

직후, 기분 나쁜 이명이 들렸다.

삐—.

그리고 의식이 훅 꺼졌다. 이 현상이 뭔지, 마라 파피야스는 한 번 경험해서 알고 있었다.

죽음이다.

[죽음]이다.

'아니, 왜!'

그렇게 마라 파피야스는 죽었다. 의문을 마저 늘어놓을 새도 없이.

또.

*　　　*　　　*

마라 파피야스는 부활했다.

두 번째 부활이다. 이제 남은 [부활 토큰]의 숫자는 10개. 아직 많았다. 여유는 있었다.

'크!'

그러나 마라 파피야스의 마음에는 여유가 없었다.

'이렇게 무력하게!'

마라 파피야스는 두 번 죽기 전에 죽음의 원인에 대해서 나중에 생각한다고 미뤘었다. 그러나 그 나중에 주어지지 않았다. 이진혁, 저 미친놈은 최소한도의 여유조차 주지 않고 마라를 죽였다. 두 번이나.

'젠장!'

분개하고 있을 때가 아니었다. 언제 또 이진혁이 세 번째 죽음을 가져다줄지 모르는 일이니. 지금 생각해야 했다. 당장.

생각한다고 내성이 빨리 생기는 건 아니지만, 어쩌면 대책을 세울 수 있을지도 모르니까.

"뭐야, 또 한 방에 죽은 거야? 내성은 언제 생기는 거야? 뭐, 언젠간 생기겠지."

그러나 무자비하게도 이진혁의 목소리가 들렸다. 마라 파피야스는 불구대천의 적에게 대답하려 했다. 대답 대신 저주의 말이 저절로 튀어나오려 했지만 상관없었다. 두 가지 이유로.

첫번째 이유는 무슨 말을 꺼내더라도 '생각할 시간을 번다'는 목적에는 부합한다는 것이었고, 두번째 이유는 어차피 대답할 시간은 주어지지 않았기 때문이었다.

이진혁의 존재감이 훅 사라졌다. 이전처럼.

삐―.

똑같이.

*　　　*　　　*

마라 파피야스는 부활했다.

부활하자마자 외쳤다.

"그만!"

지긋지긋했다. 모든 게 다 싫었다.

뭐가 제일 싫으냐면 아무것도 못 하고 무기력하게 죽어나가는 거였다.

아니다.

실제로는 죽는 게 싫었다.

의식이 끊어지고 아무것도 느끼지 못하게 되는 것이 싫었다.

고작 세 번 죽었는데, 벌써 죽음이 지겨워졌다.

아니, 이것도 자기기만이다.

실제론 두려웠다.

두려워졌다.

죽음이.

"그만! 그만 죽여!!"

그래서 외쳤다. 분노에 차서 항의했다.

"하하하!"

이진혁으로부터 대답은 돌아오지 않았다. 대신 웃음소리가 들렸다. 재미있다는 듯이.

아니, 조금 달랐다. 농담하지 말라는 것 같은 웃음소리이려나.

어느 쪽이건 마라가 상관할 일은 아니었다.

왜냐하면 다음 순간 웃음소리가 훅 하고 사라졌으므로.

마라 파피야스의 몸이 저절로 움찔하고 움츠러들지만, 이번에도 반응하지 못했다. 정확히 하자면 끝까지 움찔하지도 못했다. 실제로 움찔할 수 있었는지조차 의문이다. 마라는 몰랐다.

삐—.

죽었으므로.

*　　　*　　　*

마라 파피야스는 부활했다. 네번째의 부활이었다.

아니, 다섯번째인가? 어느 쪽이건 무슨 상관인가?

이 이상 죽고 싶지 않았다.

그렇기에 마라는 애원하듯 외쳤다.

"그만……!"

이번에는 이진혁의 모습조차 볼 수 없었다.

눈을 뜨기도 전에 눈을 뜰 수 없는 상태가 되었다.

삐—.

한마디로, 죽었다.

* * *

마라 파피야스는 이상했다.

'왜 자꾸 죽는 거지?'

원래대로라면 이런 일은 일어나선 안 됐다.

마라 파피야스는 불멸자라 죽지 않는다. 설령 마라를 죽일 수 있는 즉사 스킬을 맞더라도 분신 하나를 박리해서 대신 죽게 만들 수 있었다. 그걸 수만 번 할 수 있었다.

그렇기에 마라 파피야스는 죽음을 두려워할 필요가 없었다.

그런데 이진혁을 상대로는 이 방법이 통하지 않았다.

분명 처음에는 통했다. 합체하고 있는 중에는 멀쩡하게 쓴 방법이다. 직감이 먼저 반응하고, 반사적으로 분신 하나를 박리해서 죽음을 대신 맞이하게…….

'아.'

마라 파피야스는 그때와 지금의 차이를 깨달았다. 그것은 인지의 차이다. 아까부터 이진혁은 마라 파피야스가 인지하지 못한 순간 죽음을 내렸다. 아마도 시간을 멈춘 상태에서 죽였기 때문이리라. 그렇기에 인지조차 하지 못한 거리라.

반응하지 못하면 대처도 할 수 없다. 알고 보니 간단한 원리였다. 동시에 절망적이었다.

'이진혁이 지금까지 몇 번 시간을 멈췄지?'

모른다. 그걸 알았다면 인지했을 것이고 반응했을 것이다. 그저 죽음의 숫자로 셀 수밖에 없었다. 다섯 번 죽었으니 시간 정지도 다섯 번 당했으리라고 추측할 수밖에 없다.

'이것도 이상하다.'

시간 정지를 다섯 번이나 당했으면 슬슬 내성이 생겨야 했다. 그러나 처음 당했을 때와 마지막으로 당했을 때의 차이를 모르겠다. 여전히 인지조차 못 한다.

'시간 정지를……. 나한테 거는 게 아닌 건가?'

그 가설에 이른 순간 마라 파피야스는 사고가 얼어붙었다.

그런 게 가능할 리 없다.

[시간 정지]라는 '상태이상'을 어떤 대상에게 거는 건 간단하다. 물론 말만큼 간단하지는 않지만 마라 파피야스 정도의 격을 지닌 존재라면 이론상 충분히 가능한 일이다. 그냥 그런 스킬을 하나 획득하면 될 일이다.

그러나 이 세계 전체의 시간을 멈추고 이진혁 혼자만 움직이는 건 차원이 다르다. 문자 그대로 이진혁 혼자 다른 차원에서 움직이는 셈이다. 이진혁만이 움직일 수 있는 새 차원을 만들어내 이 세계의 시간 선에 억지로 끼워 넣는다고 표현할 수 있겠다.

이런 게 가능한가?

'불가능해!'

마라 파피야스마저 이것이 가능한 수준의 일이 아니다. 아마도 이 세계에서 가장 강력한 존재일 터인, 그 누구도 목숨을 위협하지 못하는 마라조차 해내는 것이 불가능하다면 누구도 그러지 못해야 정상이다.

그런데 이게 아니라면 마라 파피야스가 [시간 정지]에 대한 내성을 아직까지도 획득하지 못한 것에 대한 설명이 안 된다.

'그냥 가설이야!'

마라 파피야스는 입에서 새어 나오려는 비명을 억지로 씹어 삼켰다.

그렇다. 이건 그냥 지금 머릿속에 우연처럼 떠오른 가설 중 하나에 불과하다. 하지만 마라 파피야스는 다른 가설을 생각해 낼 수 없었고, 이 가설에는 뒷받침되는 근거도 있다.

그러나 만약 이 가설이 참이라면, 이진혁이 이 원래 불가능한 일을 가능으로 바꾸어놓았다면 마라 파피야스는 이대로 일방적으로 죽어나갈 수밖에 없다.

아무런 희망 없이.

계속.

그때였다.

"하하, 죽은 척하고 있는 거야?"

이진혁의 목소리가 들렸다.

그랬다. 마라 파피야스는 죽은 척을 하고 있었다. 되살아나자마자 소릴 질렀더니 그때마다 죽이길래, 이번엔 되살아나도 숨도 안 쉬고 가만히 있어보았다.

그 결과, 마라 파피야스는 아주 약간이지만 생각할 시간을 손에 넣을 수 있었다.

그러나 그뿐이었다. 바뀐 건 없었다.

"우리 마라, 이제 죽을 시간이야."

이진혁의 존재감이 훅 하고 사라졌다. 언제나처럼. 마라 파피야스는 그의 존재를 인지할 수 없게 되었다. 이제까지처럼.

그리고 결말 또한 같았다.

삐—.

*　　　　*　　　　*

마라 파피야스는 부활했다.

삐—.

그리고 죽었다.

*　　　　*　　　　*

마라 파피야스는 죽었다. 내가 죽였다. 또.

죽은 마라 파피야스의 시체를 바라보며 나는 한숨처럼 말했다.

"이거, 이거. 일이 너무 쉬워지는데?"

전투 양상이 내가 기대했던 것과는 전혀 다르다. 합체한 마라 파피야스와의 혈투를 기대하고 고대했는데, 마라는 하루살이처럼 맥없이 픽픽 죽어나가고 있었다.

[폭군의 정당한 권리행사]를 음 스위치에 놓아 모습을 숨기고 [세계를 혁명하는 힘]으로 시간을 멈춘 상태에서 마라 파피야스의 배후를 잡아 [이진혁의 천벌]로 양념한 후 [폭군의 즉결 처형-음]으로 처치한다.

이 전술이 톱니바퀴처럼 딱딱 맞아 들어가, 이제 마라는 단말마도 남기지 못하고 사망과 부활을 오가고 있었다.

결과는 간단하지만 이 전술을 성립시키는 데 드는 비용은 결코 저렴하지 않다.

일단 [세계를 혁명하는 힘]으로 시간을 멈출 때마다 혁명력이 계속 든다. 게다가 [즉결 처형-음]은 단순히 적을 죽이는 게 아니라 대상에게 [극도 사망]이라는 상태이상을 입혀서 목숨을 끊기 때문인지 [즉결 처형-양]보다 더 많이 신성을 요구한다.

매우 높은 확률로, 아니, 틀림없이 불멸자일 터인 마라 파피야스가 죽어나가는 게 이것 때문이다. 불멸자는 [죽음]에만 내성이 있을 뿐, [극도 사망]에는 내성이 없으니까. 말장난 같지만 접두어 하나로 효과가 확 달라지는 게 스킬과 시스템이다 보니 그러려니 해야 한다.

"이게 무슨 최종보스전이야?"

나는 투덜거렸다.

물론 이 전술을 쓰기 전까지는 아주 살짝 고생하긴 했다.

혹시 마라가 시간 정지에 대한 내성을 얻을까 봐 다른 마구니들을 몽땅 다 잡아야 했으니 말이다. 그리고 [즉결 처형-양]에는 반응해서 무효화한다는 시행착오가 있었기에 [기습준비태세]로 숨어서 시간 정지 후에 [즉결 처형―음]을 쓴다는 전술을 생각해 낼 수 있었다.

그러나 한 번 전술이 성립하고 나니 마라는 패턴이 파악된 대전격투액션게임 보스처럼 내게 공략당하고 있었다.

"하지만 뭐, 이것도 시간문제겠지만……."

마구니들에게 같은 공격을 반복하면 곧 내성을 획득해서 저항해 버린다는 사실을 나는 이미 학습한 바 있다. 마구니들이 [천벌]에 내성을 획득했듯, 마라 파피야스도 언젠가는 [극도 사망]에 내성을 갖게 되리라라는 예상은 쉽게 할 수 있었다.

그럼 그때 또 다른 방법을 생각해 내야겠지.

"그 전까지 실컷 죽여놔야겠다."

즐길 수 있을 때 즐겨야지.

그건 그렇다 치고, 합체한 마라 파피야스는 경험치를 정말 많이 준다. 한 번 죽일 때마다 경험치가 쭉쭉 들어온다. 악마와 달리 죽일 때마다 들어오는 경험치량이 줄어드는 것도 아니라, 정말 막대한 양의 경험치가 쌓이고 있었다.

아쉽게도 지금의 내게는 별로 쓸데가 없는 게 경험치지만 말이다. 아무리 [한계돌파]가 있다지만 시스템이 인정한 최종 레벨에 도달한지라 이 막대한 양의 경험치는 레벨에 반영되는 일 없이 그냥 쌓이고만 있었다.

뭐, 나중에라도 쓸데가 있겠지. 경험치 쿠폰을 발행해서 다른 전직 레벨 업에 쓸 수도 있고 다른 사람한테 나눠 줄 수라도 있으니.

신성은 다른 마구니들을 죽일 때와 마찬가지로 +2밖에 안 준다. 마라 파피야스의 합체가 완벽하다는 또 다른 방증이었다. 시스템이 이놈을 단일 개체로 판정한다는 소리니까 말이다.

그렇게 다른 생각을 하고 있으려니, 마라 파피야스의 시체에 변화가 생겼다.

"오, 이제 슬슬 부활하겠군."

이제는 마라 파피야스가 죽은 후 몇 초가 지나야 부활하는지, 그리고 언제 [즉결 처형]을 꽂아야 되살아나자마자 죽는지 싹 다 꿰고 있다. 이미 몇 번이나 반복해서 한 작업이다. 당연하다면 당연한 일이다.

다른 잡마구니들은 이미 다 [천벌]과 [번개], 혹은 [불꽃]으로 처리해 놓은 터라 달리 할 일이 없었던 탓도 있었나. 상황이 이러니 마라 파피야스에게만 집중하게 된다.

나는 [폭군의 정당한 권리행사]의 스위치를 음에 놓았다.

이번에도 되살아나자마자 죽여 버릴 셈이다.

3, 2, 1.

제로.

푸악.

[극도 사망]의 기운이 마라 파피야스를 사로잡았다.

*　　　　*　　　　*

마라 파피야스의 반응이 이번에는 조금 다르다.

시간을 멈추는 타이밍, [천벌]과 [처형]을 넣는 타이밍. 이번에도 모두 완벽했다.

즉, 이건 내 실수가 아니다.

이변은 마라 파피야스 쪽에서 일어났다.

"드디어!"

나는 가슴이 떨리는 것을 느꼈다.

그래, 드디어.

마라 파피야스가 [극도 사망]에 저항해 낸 거다.

마음 같아선 [처형]을 즉시 다시 박아 넣어주고 싶지만 [즉결 처형-양]과 달리 [즉결 처형-음]은 재사용 대기 시간이 있다.

5초.

5초간 다른 방법으로 마라를 상대해야 한다.

나는 [폭군의 대역-음]으로 몰래 또 하나의 나를 만들어 마라 마피야스의 등 뒤로 보내뒀다. 재사용 대기 시간이 지나고 나면 즉시 한 번 더 [처형]을 꽂아줄 생각으로.

그리고 또 다른 나는 스위치를 양으로 돌려 모습을 드러내는 동시에 [폭군의 징수 환급]을 활성화시켰다. 마라 파피야스가 무슨 공격을 하든 이걸로 받아내 되돌려줄 생각이었다.

"자, 덤벼라!"

그러나 상황은 내 생각대로 돌아가지 않았다.

"용서를……."

마라 파피야스가 날 공격하지 않았다. 따라서 [징수]도 [환급]도 불가하다.

아니, 이게 아니라.

"뭐?"

방금 마라 파피야스가 뭐라고 말했지?

“부디 용서를! 항복하겠습니다! 제가 잘못했습니다! 제발! 제발 더 이상 죽이지 말아주세요!!”

어……. 그러니까 이건…….

마라 파피야스가 항복했다.

이건가?

“그, 그게 무슨 소리야……!”

마라 놈의 항복 선언을 듣고 나는 당혹해 외쳤다.

“항복이라니, 어째서!”

“그건…….”

좋아, 5초 지났다. 나는 마라의 등 뒤에 숨겨놓은 나로 [즉결 처형—음]을 꽂았다.

푸학.

[즉결 처형—음]의 [극도 사망]이 제대로 들어갔다. 마라 놈은 이렇다 할 반응조차 못 했다.

“좋아, 다음!”

이번에는 그냥 죽어버렸지만, 다음 부활 때 마라는 좀 더 풍성한 반응을 보여주리라. 내가 항복을 받아줄 생각이 없다는 것을 깨달았을 테니 말이다.

애초에 마라 놈의 항복은 거짓 항복이었다. 나는 그 사실을 간파하고 있었고 말이다.

비록 지배급 스킬을 만들어낼 때 [거짓 간파의 권능]은 갈아먹었지만, 그걸 원료로 한 스킬 옵션 [폭군의 추궁]은 남아 있었다. 거짓말을 간파하는 능력을 패시브로 부여해 주는 옵션 효과를 가지고 있다.

그래서 당황하는 척하며 시간을 끌어 [즉결 처형]의 쿨타임이 지나길 기다렸던 거였고, 쿨타임이 끝나자마자 등을 따준 거였다.

"어디서 밑장을 빼, 밑장을. 건방진 마라 놈이."

나는 싱글싱글 웃었다.

그러나 내 미소는 곧 굳었다.

"재사용 대기 시간이… 있는 모양이로군."

마라 파피야스의 목소리가 들렸다. 죽었을 터인.

"5초… 정도인가."

죽은 자는 말하지 못한다. 아니, 잘 찾아보면 스킬 중에 죽은 자를 말하게 만드는 게 있을지도 모른다. 그러나 나는 그런 스킬을 사용하지 않았고, 마라 파피야스도 굳이 죽어서까지 말을 남길 생각은 없었을 것이다.

마라 파피야스의 몸에서 분신 하나가 떨어져 나갔다. 박피된 각질처럼.

"이번에는 맞아떨어졌군."

방금 전 항복 선언을 할 때와는 전혀 다른, 자신만만한 마라의 목소리에 배알이 꼴린다. 이 순간을 계속 기다려 왔을 터인데도, 막상 들으니 기분이 별로 좋지 않다.

"스킬의 발동 타이밍과… 분신의 박리 위치를 감 잡는 데 오래 걸렸다. 하지만… 그것도 이제 끝이다."

마라 파피야스는 날 내려다보며 말했다. 오만하게도 말이다.

"죽여야지."

이제 안 봐준다. 봐준 적 없지만 아무튼 이제 안 봐줄 거다.

[세계를 혁명하는 힘]!

나는 시간을 멈췄다.
"흥, 타이밍과 위치를 맞춰? 그럼 다른 곳에, 다른 타이밍에 박아주면 그만이지."
나는 혁명력 1을 더 써서 1초 더 빨리 시간을 멈췄다. 멈춘 시간 속에서 모자란 재사용 대기 시간 1초를 채우고, 습관적으로 노렸던 위치인 뒷목 대신 정면의 목울대에 대고 [즉결 처형—음]을 질러주었다.
"시간은 다시 움직인다."
내가 혁명력을 거두자, 멈춰진 시간이 다시 움직이기 시작했다.
"크억!"
그리고 마라 파피야스는 죽었다. 타이밍과 위치를 감 잡았다던 선언도 무색하게, 별 변수 없이 놈의 몸에서 생명이 빠져나갔다. 경험치도 제대로 들어와, 시스템이 놈의 죽음을 인증해 주었다.
"그래도 난이도가 조금 올랐군."
이제 [처형]을 두 방씩 박아줘야 하니 부활한 즉시 다시 죽여줄 수는 없게 되었다. 지금까지처럼 경험치를 공짜로 주워 먹는 건 안 되게 된 셈이다.
"혹시 모르니 다음엔 심장에 박아줘야겠어."

불멸자인 마라 파피야스에게 있어 심장은 급소도 아니고 주요 장기도 아니지만 그럼에도 불구하고 부위 자체는 상징적이다. 사실 발가락에다 박아줘도 죽기야 죽을 테지만 [극도 사망]의 효과가 전신에 퍼지기까지 0.001초라도 더 시간이 걸릴 테니 심장으로 정했다.

"타이밍!"

나는 마라가 부활하자마자 곧장 [세계를 혁명하는 힘]을 발동했다. 그리고…….

"이번엔 심장이다!"

퍼억!

"끄어억!"

시간이 다시 움직이자마자 마라 파피야스는 비명을 질렀지만 단말마는 아니었다. 경험치도 들어오지 않았다. 예상대로다. 놈은 죽지 않았다. 한 번이지만 [극도 사망]을 저항해 냈다.

자, 5초다. 마라에게는 5초의 시간이 주어졌다.

물론 나는 혁명력을 대가로 이 5초를 4초로, 혹은 3초로도 줄일 수 있다. 그러나 나는 일단 반응을 지켜보기로 했다. 혁명력이 아깝기도 했지만, 죽기 직전 마라의 자신만만했던 목소리가 꺾인 걸 듣고 싶다.

"…후회하게 될 거다!"

그러나 마라는 내 예상대로 움직이지 않았다. 목소리는 조금도 꺾이지 않았고 의지가 살아나 있었다. 놈은 절망하길 멈췄다. 희망을 봤다.

"놈!"

그 희망의 근거가 뭔지는 몰라도, 시간을 멈춰놓고 관찰하면 될 일이다. 따라서 나는 즉시 시간을 멈췄다. 아직 2초밖에 지나지 않았음에도 말이다. 자, 이제 정지된 시간 속에서 [처형]의 쿨이 돌기만 기다리면 된다.

그렇게 생각했었다.

"……!"

나는 크게 놀랐다. 놀랄 수밖에 없었다.

마라 파피야스가 움직이고 있었다. 그것도 어마어마하게 빠른 속도로.

시간을 멈췄는데도!

손가락의 말단은 물론 동공, 머리카락까지도 시간 정지에 의해 얼어붙어 있음에도 불구하고 그 자세 그대로, 마치 컬링의 스톤이 미끄러져 나아가듯 내게서 멀어지고 있었다.

"이놈!"

아직 [즉결 처형]의 재사용 대기 시간은 3초. 아니, 이제 2초 남았다. 그러나 마라가 도망치는 속도가 더 빠를 것 같았다.

나는 놈에게 접근하기 위해 [진홍 혜성]의 부스터를 켰으나 이상하게도 내가 놈에게 다가갈수록 놈이 내게서 멀어지는 속도는 더 빨라지기만 했다.

마치 자석의 같은 극을 접근시킨 것처럼!

"이럴 수가!"

처음 보는 현상이다. [세계를 혁명하는 힘]의 시간 정지를 무시하고 움직이는 스킬은 이제껏 본 적이 없었다.

"시점을 되감는다!"

나는 [퀵 로드]를 사용했다.

마라 파피야스가 합체하고 이제껏 보지 못한 높은 격을 보이자, 혹시 몰라서 [선험]을 미리 발동하고 놈을 죽일 때마다 간간히 [퀵 세이브]를 해둔 게 이럴 때 빛을 발한다.

"……!!"

…고 생각했다.

내가 시점을 되감아 마라 파피야스가 일곱 번째 죽기 직전으로 점프했음에도 불구하고, 원래 자리에서 죽어 나자빠져 시체가 되어 있어야 할 마라는 없었다. 혹시나 싶어서 시야를 돌려봤더니 마라는 아까보다도 더 멀리 날아가 거리를 벌리고 있었다.

"[선험]……. [퀵 로드]조차 무시한다고?!"

여유는 완전히 사라졌다. 체온을 조절할 필요가 없어진 몸에 식은땀이 배어 나왔다.

모든 것이 확실해졌다.

권능급 스킬조차 무시하는 세계정상급 스킬인 [세계를 혁명하는 힘]을 무시하고 움직일 수 있는 스킬. 본래 아직 일어나지도 않은 미래의 시점을 미리 관측하는 개념인 [선험]조차 무시하고 인과를 뒤엎는 스킬.

그것이 지금 마라 파피야스가 발동하고 있는 스킬이다.

이럴 수 있는 스킬은……. 스킬의 정체는!

"지배급이다!"

*　　　　*　　　　*

마라 파피야스는 눈을 떴다.

"성공… 한 건가?!"

죽지 않았다. 그리고 이진혁의 모습이 보이지 않는다. 단순히 모습을 감추고 있는 것일지도 모르지만, 그렇다면 마라가 죽지 않은 이유가 설명되지 않는다. 더욱이 그의 주변에 빠르게 흘러가고 있는 별빛들.

마라의 시도가 실패했다는 근거는 없고, 스킬이 제대로 발동했다는 근거만이 남았다.

"사, 살았어……!"

이진혁 앞에서는 한껏 허세를 떨었지만, 이 시도가 성공할지 어떨지에 대한 확신은 없었다. 그렇기에 기쁨은 더욱 컸다.

"하하, 이 내가… 마라 파피야스가 고작 살아남았다는 것에 희열을 느낄 줄이야."

입으로는 자조의 말을 흘렸지만 그것이 마라의 가슴을 가득 채운 희열을 조금이라도 손상시키는 일은 없었다. 그야 그렇다. 살아남았으니까. 이제 죽지 않아도 되니까!

마라 파피야스는 수만의 분신과 하나가 되면서 각 분신이 각자 획득했던 스킬들을 한 몸에 몰아넣을 수 있었고, 하나의 존재로는 도저히 모을 수 없는 양의 스킬 포인트 또한 손에 넣었다.

본래대로라면 한계에 부딪혀 허공에 흩어져야 할 것들이었으나, 마라 파피야스라는 특수한 존재가 시스템에 오류를 일으켜 그 참사를 방지해 주었다.

수없이 많은 스킬들은 멋대로 합성, 융합, 초융합, 승화, 초월을 원했고 무수한 시스템 메시지를 통해 그 의지를 늘어놓았다. 마라 파피야스는 그저 동공을 움직여 그것을 승인하기만 하면 됐으나, 처음 합체한 상태의 마라는 그거 한 번 까딱 움직이는 것이 귀찮아 그냥 두었다.

그러나 이진혁에게 열 번을 죽으며 궁지에 몰린 마라 파피야스는 이 생전 처음 맞이하는 희대의 위기 상황을 해결할 방법을 필사적으로 궁구했고 그 시도 중 하나가 바로 스킬 초월이었다. 그마저도 [극도 사망]에 대한 내성을 얻고 난 후에나 이 정답에 이를 수 있었다.

마라 파피야스에게 주어진 시간은 4초와 한 번의 죽음, 그리고 부활한 후의 2초에 불과했으나, 초월적인 지각력과 인지능력을 지닌 마라에게는 충분한 시간이었다.

고작 6초 만에 마라 파피야스는 스킬을 초월시키고 초월시켜, 결국 기존에 가장 높은 등급이라 알려진 권능급의 스킬을 뛰어넘은 아예 새로운 등급의 스킬을 손에 넣게 되었다.

[세계를 집어삼키고 범람시키는 괴물]
—등급: 지배(Rule)
—숙련도: 초월 랭크

그리고 이 스킬이 마라 파피야스를 생존시켜 준 스킬이었다.

본래부터 갖고 있던 공간을 제어하는 고유 능력이 스킬 초월에 끼어들어, 완전히 상위호환인 데다 추가적인 기능까지 지닌 새로운 등급의 스킬로 탄생한 결과물이었다.

"이 스킬이 이진혁, 그놈의 시간 정지를 무시하고 날 우주 저 너머로 날려준 게 틀림없어."

마라 파피야스는 이 스킬을 오로지 이진혁을 상대로 도망치는 것만을 생각하고 발동했고, 스킬은 마라의 의도에 적절한 스킬 효과로 작용해 그 목적을 이루어주었다.

그 스킬 효과란 바로 이진혁을 대상으로 한 절대적인 척력. 이 스킬 효과로 인해 마라 파피야스와 이진혁은 자석의 같은 극처럼 자동적으로 서로를 밀어내게 되었다.

제아무리 이진혁이라 한들, 제아무리 상식을 벗어난 효과의 시간 정지 스킬이라 한들 사실상 현존 최고 등급인 지배급 스킬의 효과를 이길 순 없다.

마라는 그렇게 추측했고 그 추측은 정답이었다.

지배급 스킬을 손에 넣었다지만 그것만으론 마라가 정지된 시간을 인지하게 할 수는 없었다. 그러나 마라가 인지하지 못한 사이에도 스킬 효과는 자동적으로 작용했고, 멈춘 시간 속에서 움직인다는 모순적인 일을 가능하게 했다.

"…하지만 이것만으로는 이진혁을 죽일 수 없지."

마라 파피야스의 지배급 스킬은 분명 강력하나 생존만을 보장할 뿐 공격 능력은 없는 거나 다름없었다. 정확히는 공격할 방법이 존재하긴 하나 이 방법을 쓰기 위해서는 이진혁에게 접근해야 했고 마라는 그럴 생각이 없었다.

그렇기에 마라는 이런 결론에 이르렀다.

"새로운 지배급 스킬을 하나 더 손에 넣어야겠어."

지배급 스킬의 존재에 대해 알게 되었고, 어떻게 하면 얻을 수 있는지도 알게 되었으니, 새 지배급 스킬을 얻는 것도 시간문제다. 마라는 이렇게 판단했다.

그러니 지금 있는 지배급 스킬은 방패로 쓰고, 새로운 지배급 스킬을 창으로 쓴다. 그것은 나름 합리적이었다.

"이번에는 계획적으로, 생각을 하면서 합성해 봐야지."

이번 지배급 스킬은 6초 만에 만드느라 아무거나 되는 대로 집어넣은 감이 있었다. 남겨두고 싶던 스킬을 마구잡이로 넣는 통에 재료로 써 없애 버리기도 했고, 이래저래 아쉬운 점이 많았다. 그러니 안전해진 김에 느긋하게 스킬 초월을 생각해 볼 셈이었다.

그런데 그때.

"……!"

이변이 일어났다.

어떤 이변인지는 마라 파피야스도 잘 몰랐다. 그저 직감적으로 어떤 이변이 일어났다는 것만을 감지했을 뿐이었다. 뛸 필요도 없는 심장이 빠르게 뛰기 시작했다. 오한이 들고 손발 끝이 찬 것 같은 기분이 들었다. 분명 기분 탓일 테지만 지금은 그 기분이라는 게 중요했다.

"…별의, 위치가!"

우주에서 방향을 잃는 건 흔한 일이다. 전후좌우뿐만 아니라 기존에 신경 쓰지 않던 상하의 개념도 추가해야 하고 방향을 파악할 만한 구조물도 없다. 우주에서 지표가 될 만한 것은 오직 별, 별들의 빛뿐이었다.

그 빛이 빠르게 흘러가고 있었다.

조금 전까지와는 반대 방향으로!

“뭐!?”

그 사실을 깨달은 마라 파피야스의 얼굴이 차갑게 굳었다.

이유도 원인도 모르겠으나, 방금 전까지 이진혁에게서 멀어지고 있던 방향이 반대로 바뀌었다. 이것이 가리키는 바는 오직 한 가지뿐.

“이진혁이, 오고 있어!”

정확히는 그 반대지만, 마라 파피야스는 그조차도 헷갈릴 정도의 패닉에 휩싸였다.

Chapter 4

발상은 간단했다.

적이 지배급 스킬을 사용한다면, 나는 그 이상의 등급 스킬로 압도하면 될 일이다.

그러나 발상을 실행에 옮기는 것은 그리 간단하지 않았다.

무의미하게 스킬 포인트를 갈아 없애는 시행착오를 여러 번 반복하고 난 후에야 나는 비로소 이 지배 유일급 스킬을 얻을 수 있었다.

[이진혁의 혁명적인 군림 통치]

—등급: 지배 유일(Rule Unique)

—숙련도: 궁극 랭크

"해, 해냈다!"

아, 스킬 이름이 이게 뭐냐고? 이게 다 시스템 탓이다. 시스템이 이러는 게 하루 이틀 일인가.

아니, 일일이 따지고 보면 내 탓도 아주 조금은 있다. 지배급을 초월하는 무언가를 만들겠다고 [폭군의 정당한 권리행사]는 물론 [궁극 이진혁]에 [세계혁명의 대가] 스킬도 갈아 넣었으니 말이다.

워낙 활용도가 좋아 일부러 합성 안 하고 남겨두었던 [선멸의 대가]까지 희생양으로 삼았다. [폭군의 정당한 권리행사] 재료에 [반격의 대가]가 들어간 걸 생각하면, 이 스킬은 그야말로 내 플레이어 인생의 전부를 갈아 넣은 결과물이라 해도 과언이 아니었다.

이걸 생각하면 스킬 이름이 조금쯤 마음에 들… 지는 않지만. 그 효과는 마음에 든다.

지배급일 때와 마찬가지로 하위 스킬들이 스킬 옵션으로 거의 다 남아 있고 이 옵션 효과들을 다 지배 유일급으로 격상시켜 주니 말이다.

시야를 한가득 채운 스킬 옵션의 효과를 읽고 있자면, 저절로 이 스킬을 얻게 해준 마구니들에게 감사의 말을 올리게 된다.

아, 올려야 하고말고. 시행착오 도중에 스킬 포인트를 다 써버려서 마구니들에게서 뜯어 온 스킬을 다 갈아버린 것은 물론 마구니 시체에다 대고 [착취]를 써 남은 스킬 포인트까지 다 빨아 온 끝에야 이 스킬을 간신히 완성시킬 수 있었으니까.

그리고 나는 마구니들의 아낌없는 후원으로 빚어낸 이 스킬로 그들의 왕인 마라 파피야스의 숨통을 끊을 생각이었다.
"이번에야말로 반드시!"
나는 이를 갈며 혁명력을 발동했다.

[이진혁의 세계를 혁명하는 힘]

세계혁명가 25레벨 직업 스킬이었던 [세계를 혁명하는 힘]은 접두어로 내 이름 하나 박힌 것 말고는 큰 변화가 없는 것처럼 보이고 실제로도 그렇다. 그저 그동안은 내가 이 스킬의 진가를 제대로 활용하지 못한 것뿐이다.
"[세계를 혁명하는 힘]은 법칙을 거스르는 힘!"
나는 마라 파피야스가 날아간 궤적을 따라 혁명력을 발동시켰다.
그러자 내 의지에 따라 스킬 효과, 즉 세상의 룰이 바뀌었다.
척력이 인력으로!
자동으로 나와 마라의 거리를 벌리는 스킬 효과가 뒤집혀져, 이제는 나와 마라의 거리를 좁히는 스킬 효과가 되었다.
이렇듯 적 스킬에 간섭하고 무시하거나 때로는 뒤집어엎는 게 바로 혁명력의 진가다. 이걸 그냥 시간을 멈추는 데만 쓰고 있었다니, 나 스스로가 한심하다.
사실을 논하자면 시간을 멈추는 이외의 용도로 쓸 일이 이전까지는 전혀 없었지. 상대가 지배급 스킬을 들고 온 상황 자체가 이번이 처음이니 말이다.
만약 마라 파피야스라는 존재가 없었더라면 나는 지배 유일급이라는 새로운 스킬 등급을 발견하는 일도 없었을 거고 혁명력의 진가를 깨닫는 일도 없었을 것이다.

그런 의미에서는 마라 파피야스에게 감사 인사를 해야 할지도 모른다.

이따가 오면 꼭 해야지. 놈이 내 감사 인사를 들으면 되게 분해할 테니까. 그 모습을 상상하자 절로 웃음이 입가를 장식했다.

어느새 부쩍 가까워진 마라 파피야스의 모습이 시야에 들어왔다. 비명을 지르며 이쪽으로 날아 들어오는 걸 보니 너무너무 반갑다. 아, 진짜 놓치는 줄 알았네.

나는 마라 파피야스를 향해 시선을 보내며 이렇게 외쳤다.

"이걸로 끝이다! 이제 죽어라! 마라 파피야스!!"

아차. 감사를 한다는 게 깜박하고 살해 예고를 해버렸다.

에이, 뭐 어때.

"죽어라, 이진혁!!"

마라, 저놈도 저렇게 신났는데.

"오냐, 홍겹게 한번 놀아보자꾸나!"

내 외침을 들은 건지 어떤 건지, 마라 파피야스는 얼굴이 시뻘게져서는 나를 향해 무언가를 던졌다.

"이거나 처먹어라!"

작은 공? 그런 거였는데, 그런 내 첫 인식은 좀 틀렸다.

공은 내게 날아올수록 점점 커졌는데, 이게 단순한 원근법은 아닌 것 같았다. 쑥쑥 커진 공 모양의 그것은 이윽고 날 빨아들이기 시작했다.

"미친!"

이거 중력이다! 그럼 마라가 내게 던진 것의 정체는? 바로 별이었다! 별이라곤 해도 운석에서 소행성 정도긴 하겠지만 시야를 가득 채운 위압감은 도저히 앞에 '소' 자가 붙은 거라 상상할 수 없게 만들었다.

"이게 진짜배기 스타 폴인가?"

나는 헛웃음을 지었다. 그럼에도 불구하고 내가 여유를 부릴 수 있는 이유가 있다.

[세계를 집어삼키고 범람시키는 괴물]

—등급: 지배(Rule)

—숙련도: 초월 랭크

바로 이 스킬이 있기 때문이다.

이 스킬? 마라가 시간 정지 속에서도 날 밀어낸 바로 그 스킬이다.

왜 내게 이 스킬이 있느냐면, [이진혁의 혁명적인 군림 통치]의 하위 효과가 된 [이진혁의 대가급 반격] 덕이다. 이 옵션은 내가 반격가 시절 쓰던 스킬들을 그대로 활용할 수 있게 해준다. 물론 지배 유일급에 해당하는 등급으로 말이다.

그러니까 반격가 시절처럼 스킬을 반격함으로써 그 스킬을 그대로 뜯어 올 수도, 일부러 한 번 맞아서 저장했다가 다시 풀어낼 수도 있다는 뜻이다.

물론 평소에도 가능했던 일이지만 원래는 지배급 스킬을 대상으론 못 했는데, 지배 유일급으로 격상되면서 지배급 스킬도 대상으로 삼을 수 있게 되었다.

이번 경우는 전자다. 스킬을 뜯어 왔다.

그래서 스킬 효과를 뽑어내는 대신 스킬 그 자체를 응용하고 활용해 이런 것도 가능해지는 거다.

"흡!"

나는 손을 휘둘러 내게 날아오는 소행성을 먹어치웠다.

마라가 내게 소행성을 집어 던졌지만, 사실 소행성 그 자체는 스킬과 관계없는 그냥 진짜 소행성이다. 스타 폴은 스타 폴이어도 [스타 폴]은 아니라는 뜻이다.

이 소행성의 정체는 마라가 내 혁명력으로 변환된 인력으로 끌려오는 도중에 손에 스친 걸 빨아 온 것에 불과했다. 바로 이 스킬, [세계를 집어삼키고 범람시키는 괴물]로 말이다.

그래서 나는 마라와 똑같이 했다. 같은 스킬을 마라와 똑같은 숙련도로 활용할 수 있으니, 당연히 내게도 가능한 일이다.

"뭐……!?"

하지만 방금 전 보여준 장면이 마라에겐 꽤나 의외였던 모양이다. 크게 놀라 입을 쩍 벌린 모습을 내게 보여주었다.

"아, 이 스킬 고마워. 잘 쓸게."

나는 내친김에 아까 하지 못했던 감사 인사를 건넸다. 아, 그럼. 해야지. 감사해야 하고말고. 지배급 스킬을 주는 상대가 어디 흔한가? 내가 만나본 바로는 마라 파피야스가 최초다.

구멍가게도 개시 손님한테는 감사 인사를 하는데, 마라 파피야스 같은 큰손을 상대로 내가 어떻게 감사 인사를 거르겠는가.

고마워해야지. 감사하다.

"네, 네 이놈!!"

마라 파피야스는 급히 벌린 입을 닫고 내게 세 개의 소행성을 더 집어 던졌다. 이 행동이 아무런 의미가 없으리란 건 놈도 잘 알고 있으리라. 그리고 실제로도 의미가 없었다. 나는 마라가 던진 소행성들을 차분히 하나씩 집어삼켜 주었다.

"끝인가?"

나는 여유 있는 모습으로 마라 파피야스에게 물었다. 돌아온 것은 질문에 대한 대답이 아니었다.

"…크, 이걸로 이겼다 생각지 마라!"

그렇게 외치는 마라 파피야스의 낯빛이 어둡다. 자기 앞날이 밝지만은 않으리란 걸 눈치챈 모양이다.

"그래, 아직 이긴 건 아니지."

마라의 말이 맞다. 나는 고개를 끄덕였다.

저놈을 완전히 죽일 때까지는 이긴 게 아니다. 앞으로 몇 번이나 더 죽여야 할지는 모르겠지만, 마라에게 목숨이 몇 개 남아 있는지는 모르겠지만, 적어도 이 자리에서 목숨 하나는 거둬 가야 수지가 맞다.

[이진혁의 세계를 혁명하는 힘]

나는 혁명력을 움직여 시간을 멈췄다. [세계를 혁명하는 힘]의 급이 세계정상급이었던 때와 달리, 이번 시간 정지는 지배 유일급이다.

"이번에야말로 저항하지 못할 터! [처형]을 처먹여주마!"

그러나 그 순간, 나는 그 자리에 멈춰 섰다.

"뭣?!"

직감이 반응했다.

시간은 정지한 상태임에도, 이 정지된 공간 속에서 유영하는 건 오직 나 하나만이어야 함에도 불구하고.

마라 파피야스의 동공이 움직였다.

아주 잠깐.

놈은 시간 정지에 당한 척 그 자리에 굳어 있었지만 나는 알 수 있었다.

마라 파피야스는 정지된 시간 속을 움직일 방법을 발견했다.

놈의 연기는 아주 조금 어설펐다. 하기야 시간 정지를 인지한 상태에서 움직일 수 있는 건 이번이 처음일 테니 어설픈 게 당연했다.

그럼에도 불구하고 만약 직감의 알림이 없었다면 나는 그마저도 파악하지 못했겠지.

스스로가 한심하다.

잘 생각해 보니 조금 전의 마라가 보여준, 마치 절망한 것처럼 보이던 모습도 연기였을 것이다. 놈은 이미 시간 정지 속에서 움직일 수 있는 방법을 찾아냈지만, 그걸 숨기기 위해 연극 한판을 벌였던 것일 터였다.

거 참, 진짜 교묘하네. 탄탄한 빌드 업이었다. 나는 놈을 보며 감탄했다.

"후……."

그러고는 긴 한숨을 내쉬었다. 이번에는 안도의 한숨이었다. 만약 내가 무방비 상태로 놈을 [처형]하러 갔다면 아마도 나는 놈의 반격에 당했을 테니 말이다.

뭐, 자조하는 것도 감탄하는 것도 안심하는 것도 지금 할 일은 아니다. 놈이 움직일 수 있는 이유도 나중에나 생각하자.

지금 할 일은 놈을 처치하는 것. 이거 하나다.

마라 파피야스가 굳이 연기까지 한 데에는 따로 이유가 있을 것이다. 생각해 보니 아마도 그 이유란 날 가까이 끌어들이기 위한 것일 가능성이 높았다.

이게 아니라면 그냥 바로 움직여 내 허점을 찔렀을 테니까.

반대로 말하자면, 놈이 이 정지된 시간 속을 움직일 수 있는 건 아주 잠깐일 터였다. 그 잠깐의 시간을 빼앗을 수 있다면, 이 교전은 나의 승리로 끝날 것이다.

[세계를 집어삼키고 범람시키는 괴물]

나는 마라가 준 스킬을 써서, 마라를 향해 조금 전에 마라가 내게 집어 던졌던 소행성 네 개를 차례차례 던져주었다.

그러자 반응은 금방 나왔다.

"크아악! 네, 네놈!!"

마라는 더 이상 굳은 척 연기하지 못하고, 그 자리에서 재빨리 스킬을 써 자신을 덮치는 소행성들을 도로 집어삼켰다. 그렇게 행동을 낭비했다.

놈이 어리석은 행동을 한 건 아니다. 제아무리 마라라지만 소행성 여럿이 동시에 덮치면 무사하진 못했을 테니까.

그러나 그 대가는 치러야 한다. 행동권을 소모해 버린 마라의 몸이 다시금 굳기 시작했다. 동공의 움직임도 완전히 멎었다.

이번엔 연기가 아니다. 왜냐하면 방금 전과 달리 직감이 조용했으므로.

나는 굳어버린 놈을 내려다보며 조용히 웃었다.

"긴장감도 있었고, 흥분도 되는 좋은 전투였다."

아마 마라는 못 듣겠지만, 나는 그냥 나 혼자 만족하자고 입을 열었다.

"이번에 다시 부활하면, 다음에는 더 재미있게 놀자."

마지막으로 한 번 씨익 웃은 나는 마라에게 마지막 일격을 날렸다.

[이진혁의 극도 처형]

*　　*　　*

"해치웠나?"

나는 목숨이 끊겨 시체가 된 마라 파피야스를 내려다보며 말했다. 물론 '한 번' 해치운 건 맞다. 경험치가 들어왔으니 말이다.

그래도 뭐, 곧 부활하겠지. 그렇게 예상한 나는 놈이 부활하자마자 다시 한번 [극도 처형]을 우겨넣기 위해 타이밍을 쟀다.

그러나 다음 순간, 내 얼굴에 미소가 사라졌다.

그럴 만한 일이 일어났다.

—카르마 연산 중…….

원인은 바로 이 시스템 메시지였다.

"거, 거짓말……."

카르마 연산이 가리키는 바는 딱 하나뿐이다.

마라 놈이 완전히 죽었다.

"그럴 리 없어……. 시스템을 속이는 치트를 쓴 걸 거야!"

분명 그런 스킬도 있었다. 상대의 시스템 메시지에 사망 알림을 띄워 자신의 죽음을 위장하는 스킬. 그거에 한 번 당한 적도 있었지. 그래, 분명 그거일 거다.

—포지티브 카르마의 축적 한계를 넘어섰습니다.

—한계돌파!

그러나 다음에 뜬 메시지는 그런 나의 작은 희망조차 산산조각 냈다.

"…그러지 마."

나는 나도 모르게 고개를 젓고 말았다.

—에러!

—포지티브 카르마의 축적은 한계돌파 할 수 없습니다.

"아니야……."

나는 입으로는 아니라고 말했지만, 속으로는 이미 깨닫고 있었다. 아무리 위장 사망이라 해도 카르마 마켓에 관련된 메시지까지 속임수를 쓸 수는 없다.

마라 놈은 진짜로 죽은 거였다.

영원히.

"그렇게 쉽게?"

—여분의 카르마를 소모해 주시기 바랍니다.

—카르마 마켓으로 강제 이동합니다.

내 혼잣말에 시스템 메시지는 대답해 주지도, 어떤 반응을 보여주지도 않았다. 그저 가차 없이 자기 할 일을 수행할 뿐이었다.

"흐엉."

눈앞이 하얗게 부서졌다.

* * *

다음 순간, 나는 카르마 마켓 본점으로 이어진 길 앞에 서 있었다. 그리고 지난번과 똑같이 내 담당직원인 제우스 아저씨가 내 옆에 서 있었다.

"이렇게 빨리 다시 뵙게 되리라곤 생각지도 못했습니다, 고객님. 환영합니다. 사랑합니다. …고객님?"

제우스 아저씨가 나한테 뭐라고 막 말하고 있었지만 머리에 잘 들어오지 않았다.

"아, 죄송해요. 제가 그만……."

"뭔가 안 좋은 일이라도 있으셨습니까?"

내 표정이 그렇게 안 좋았나. 제우스가 걱정스러운 듯 물었다. 뭐, 안 좋을 만도 하지. 나는 솔직하게 고개를 끄덕였다.

"마지막 장난감이 부서졌어요. 이번엔 오랫동안 애지중지하면서 잘 갖고 놀려고 했는데……. 너무너무 아쉬워요."

"그러시군요. 안타까운 일입니다. 불멸자의 긴 일생에는 작은 즐거움도 허투로 놓칠 수 없는 법이지요."

제우스의 진심이 깃든 위로에 나는 얼마간 마음이 풀리는 걸 느꼈다.

"위로해 줘서 고마워요."

"별말씀을. 자, 그럼 가시지요. 쇼핑을 하시다 보면 기분이 좀 풀리실 겁니다."

"그렇겠군요."

나는 제우스의 인도에 따라 카르마 마켓 본점으로 향했다.

* * *

카르마 마켓 본점.

제우스의 말마따나, 내가 여기에 온 건 그리 오랜만의 일이라 할 수는 없었다.

그래서 아담으로부터 신상품의 설명을 듣는 건 별로 신선하지도 않았고, 오히려 질리기까지 하는 일이었다.

"아, 그러고 보니."

그래서 그런지 나는 문득 생각난 게 있어 입을 열었다.

"상위 세계에 대한 거, 혹시 알고 있어요?"

그러자 이제까지 그렇게도 신나게 나불나불대던 아담의 입이 딱 닫혔다.

"아담?"

"아, 죄송합니다."

내 부름에 아담은 허리를 깊숙이 숙이며 내게 사죄하곤 이렇게 말했다.

"고객님께서 벌써 상위 세계 키워드를 얻으셨다는 것에 놀라서 그만……."

아무리 나라도 이 대답을 듣고서도 놀라지 않을 정도로 수양이 깊지는 않았다.

"역시 상위 세계에 대해 알고 계셨군요."

하지만 어느 정도 눈치는 챘다.

그야 그렇다. 상대 이름이 아담이고, 저기 옆에 제우스가 서 있다. 내 세계에서 아주 유명하지만 아무리 찾아도 그 존재를 찾을 수 없었던 존재가 이 카르마 마켓에 있다.

이게 뜻하는 바가 뭐겠는가?

"네, 알고 있습니다."

아담은 부드럽게 미소 지었다.

"그러나 고객님께 상위 세계에 대해 말씀을 드릴 순 없습니다."

"아, 역시요?"

예상은 했기에, 나는 아쉬움에 혀를 찼다. 그러나 아담의 대답은 아직 끝난 게 아니었다.

"공짜로는 말이죠."

아담의 미소가 다소 익살스러워졌다. 이런 자본주의 미소!

"카르마 마켓에서는 정보 또한 상품입니다. 상위 세계에 대한 정보는 다소 비쌉니다만……."

아담은 윙크했다. 시커먼 남자라기엔 너무 새하얗고 잘생겨서, 윙크하는 모습이 도저히 어울리지 않는다고는 말할 수 없었다. 그래도 역시 굳이 찾아보고 싶은 광경이진 않았기에 내가 얼굴을 찡그리자, 아담은 헛기침을 하곤 급히 진지한 말투로 바꿔서 이어 말했다.

"고객님께선 큰 문제 없이 값을 치르실 수 있을 것 같군요."

그건 그럴 것이다. 마구니 동맹과의 전쟁에서 나는 정말 많은 양의 포지티브 카르마를 수확했으니까. 다른 마구니들도 마구니들이지만, 결정적인 건 마라 놈이었다. 그놈은 내게 정말 많은 양의 카르마를 물려주고 떠났다.

아니, 대체 사람을 얼마나 죽이고 다닌 거야? 이런 생각이 들 정도였다. 하긴 태고로부터 존재해 오던 마구니의 왕 마라 파피야스가 사람을 적게 죽였으면 그게 더 놀랄 일이지.

"좋아요. 거래하죠. 그런데 어떤 식으로 거래하면 좋을까요?"

상위 세계에 대한 모든 것을 다 알려달라고 하면……. 안 되겠지. 아담의 말을 들어보니 꽤 비쌀 것 같기도 하고 말이다. 게다가 아담이 워낙 말하는 걸 좋아해서, 진짜로 그런 요청을 했다간 여기서 한 달 이상 머물러야 할지도 몰랐다.

"질문을 하시면 제가 그에 대한 값을 말씀드리고 그 가격에 만족하신다면 대답을 들으시는 걸로 하시죠."

이러면 안심이다. 적어도 바가지를 쓸 일은 없겠지. 아니, 이게 아니지. 아담이 바가지를 씌울 것 같지는 않으니 말이다.

그래도 적어도 카르마 마켓에 얼마나 오래 있을지는 내가 정할 수 있을 것 같아 안심이라고 하는 게 더 옳은 표현이겠다.

이 아담이라는 남자, 내버려 두면 일주일 내내 떠들고도 남을 남자다. 내가 본 게 일주일이라 그렇지, 한 달 혹은 일 년 내내도 떠들 수 있을지도 모른다.

"그렇게 하죠."

고개를 끄덕여 아담의 제의를 받아들인 나는 신중히 생각해 첫번째 질문을 골랐다. 그 질문이란 바로 이거였다.

"카르마 마켓도 상위 세계에 속합니까?"

내 질문을 들은 아담은 환하게 웃었다.

"대단히 좋은, 날카로운 질문입니다. 그 질문에 대한 대답은……. 1,000 카르마 받겠습니다."

1,000 카르마라……. 내가 지닌 카르마 자산의 1%도 안 된다. 망설일 가격이 아니었다.

"알겠습니다."

내가 고개를 끄덕이자 아담은 입을 열었다.

"네."

겨우 이 한 마디에 1,000 카르마? 그런 생각은 들지 않았다. 대신 든 생각은 이것이었다.

"역시 그랬군요."

아담, 제우스. 모두 지구 신화로 익숙한 인물들이다. 물론 제우스는 자기가 그런 난봉꾼이 아니라고 부정하긴 했지만, 그거야 뭐 아무튼.

그런데 만신전이나 천계에는 이런 인물들이 없었다. 관세음보살은 물론이고 토르나 가브리엘 같은, 거기 있을 법한 유명한 존재들이.

그리고 또 한 가지의 힌트는 옥황상제가 주었다. 자신의 전임 옥황상제들이 모두 먼저 상위 세계로 떠나 버렸다고. 그렇다면 관세음보살을 비롯한 유명한 존재들이 어디 갔는지도 추측이 가능해진다. 대단히 높은 확률로, 상위 세계로 갔겠지.

그러니 여기 있는 아담과 제우스도 상위 세계로 향했을 거라는 추측이 가능해진다. 이건 가능성이 높지 않은 단순한 가설에 불과했지만 말이다.

이 가설이 방금 가설이 아니게 되고 말았다.

아담 본인의 대답으로 인해서.

"네, 라고 간단히 대답하긴 했습니다만 사실 카르마 마켓을 완전한 상위 세계로 보긴 힘듭니다. 굳이 구분하자면 상위 세계가 맞긴 합니다만, 명확하게 치자면 일종의 중간계라 하는 게 더 옳긴 하겠지요."

1000 카르마를 지불한 질문의 대답으로는 지나치게 짧다고 생각했는지, 아담은 그렇게 부연 설명을 했다.

"중간계요?"

"네. 저희는 고객님과 마찬가지로 상위 세계로의 도약 퀘스트를 수행했지만 자격이 조금 부족했고, 이 카르마 마켓에 머물며 부족한 자격을 채우기 위해 일하고 있습니다."

아담의 대답은 거기서 그쳤다. 이걸로 1000 카르마에 해당하는 대답을 했다고 판단한 모양이었다. 아담의 말이 너무 길어지지 않아 오히려 좋다고 느끼는 건 왜일까. 그건 지난번에 지나치게 시달린 탓이겠지. 나는 픽 한 번 웃었다.

이런 시답잖은 생각보다는 다음 질문을 뭘로 할지 고민하는 게 더 생산적이리라는 판단을 내린 나는 다시금 고심하기 시작했다.

* * *

아담과의 질답을 요약하면 대충 이런 내용이었다.

상위 세계로의 도약을 선택하면 모든 능력치, 레벨, 스킬이 초기화되며 모든 장비와 인벤토리의 아이템들도 기존 세계에 환원된다. 타이틀이나 고유 특성을 비롯한 특수 요소도 모두 초기화되며, 카르마와 신성도 마찬가지다.

문자 그대로, 다 놓고 떠나는 곳인 셈이다.

"그러니까 상위 세계는 저세상 같은 곳이로군요."

우연의 일치인지, 내가 처음 상위 세계에 대해 들었을 때 받았던 인상과 같았다.

"그렇다고 말씀드릴 수 있겠습니다."

아담도 내 요약에 딱히 불만은 없는 듯했다.

이번에 얻은 정보는 말하자면 의문이 확신이 되는 수준이었지만 그것만으로도 나는 만족스러웠다. 의문과 확신은 문자 그대로 차원이 다르니까.

더욱이 이 거래로 꽤 많은 카르마를 소모하긴 했지만, 이제 카르마나 신성에 크게 구애받지 않는 나로선 공짜나 다름없게 얻은 정보기도 했다.

"조언이랄까, 훈수랄까, 오지랖 좀 부려보자면 미련을 남기지 않은 상태에서 오시는 걸 추천 드립니다."

아담은 무료로 그런 말을 해줬다.

"하핫, 설마 제가 떠난 후 지구가 망해 버릴 줄 누가 알았겠습니까?"

그런 말을 꺼낸 아담의 얼굴은 웃고 있었지만 목소리는 웃는 것처럼 들리지 않았다.

나는 아담의 말에 대꾸하지 않았다. 역시 지구의 관계자였느냐, 뭐 그런 걸 지금 와서 굳이 물어볼 필요성은 느끼지 못했다.

나는 그에게 그저 이해한다는 듯 고개를 끄덕여 줬을 뿐이었다.

물론 실제로 뭔가 이해를 하거나 동질감을 느끼거나 한 건 아니었지만, 그렇다고 굳이 물어봤다가 아담의 긴 이야기가 대답으로 돌아올 걸 두려워해서 그런 건 아니었다.

*　　　*　　　*

카르마 마켓에서 적당히 쇼핑을 하고 마무리로 혁명력을 채워주는 [혁명의 열매 넥타르]를 마셨다. 넥타르의 효과로 인해 신성과 존재의 격, 보너스로 혁명력이 쭈욱 상승했다.

—최상급 신격에 도달하셨습니다!

—[상위 세계로의 도약] 퀘스트 완료 조건을 만족하셨습니다.

—퀘스트를 완료하시고 보상을 수령하시겠습니까?

"아니. 나중에 해도 되잖아?"

나는 시스템에게 말했다. 대답을 원하고 한 소리는 아니었지만, 놀랍게도 대답이 돌아왔다.

—알겠습니다.

어, 지금 시스템이 말을 건 거였나? 나는 시스템에게 말을 더 걸어보았지만 대답은 돌아오지 않았다. 하긴 뭐, 지 할 말만 하고 꺼지는 게 하루 이틀인가.

"쳇."

나는 혀를 한 번 차고 넥타르의 빈 병을 협탁에 내려놓았다. 이 빈 병은 아담이 10카르마에 수거해 준다. 정말 소소한 양이지만 넥타르를 마신 덕에 카르마가 0이 되었고, 이 이상 카르마를 수급할 곳이 있을까 싶은 내겐 무시할 수 없는 양이기도 했다.

"다시 뵐 날이 올지 모르겠군요."

아담이 아쉬운 듯 말했다.

"뭐, VIP 회원권 쓰면 언제든 올 수 있잖아요?"

"그건 그렇지만요. …자주 놀러오십시오."

아담이 뭔가 말을 하려다 삼킨 것 같지만, 나는 굳이 캐묻지 않았다. 저걸 캐물었다가 무슨 말이 며칠 동안 나올지 어떻게 알아. 어쩌면 함정일지도 모른다.

"네."

그래서 나는 순순히 고개를 끄덕였다. 내 대답을 들은 아담은 한층 더 아쉬운 듯 표정을 지었다. 진짜 함정이었던가? 아니, 아닐 것이다. 아니리라 믿자.

"그럼 안녕히. 다시 뵐 날을 기다리겠습니다."

아담은 공손히 양손을 모아 허리를 숙이며 내게 대답했다.

"네, 아담. 다시 뵙죠."

아담의 인사를 뒤로 하고, 나는 카르마 마켓을 나섰다.

*　　　*　　　*

카르마 마켓을 나오자마자 내가 본 것은 우주 공간에 둥실둥실 떠다니는 마라 파피야스의 시체였다. 이게 체구가 워낙 크다 보니 시선을 확 사로잡는데, 한눈에 다 들어오지도 않는다.

혹시나 싶어 다시 들여다봐도, 마라 파피야스의 시체에는 그 어떤 생명 활동의 기척이 느껴지지 않는다.

"야."

발로 몇 번 툭툭 차며 말을 걸어 봐도 대답은 없다. 그저 시체일 뿐이다.

"음……. 역시 아쉽군."

그게 마지막인 줄 알았으면 [극도 처형] 같은 건 안 박았을 거다. 다른 걸로 굴리면서 더 재밌게 오래오래 같이 놀고 싶었는데…….

"이미 죽여 버린 건 어쩔 수 없지."

미련은 있다. 하지만 이성을 잃을 정도는 아니었다.

따지고 보면 마라와의 게임을 계속할 방법은 존재한다.

방금 전에 카르마 마켓에서 사 온 [백년백련의 씨앗]으로 마라 파피야스를 되살리면 되니까.

그러나 막상 한번 죽이고 나니 별로 그러고 싶지 않았다.

마라 파피야스를 되살려서 다시 죽이는 걸로 얻을 것도 별로 없다. 이놈을 죽여서 얻는 게 크게는 경험치와 신성인데, 경험치는 이미 많이 얻어서 넘쳐흐르고 신성도 최상급 신격에 올라 굳이 더 쌓을 필요가 적었다.

마라를 다시 완전히 죽여서 얻는 카르마는 조금 군침 나지만, 방금 전에 카르마 마켓에서 필요한 건 다 산 데다 지난번에 산 것도 아직 다 못 썼는데 카르마 다 쓰고 온다고 필요 없는 것까지 굳이 사다 쌓아놓은 상태였다.

"흐음……."

줄줄 늘어놓긴 했지만 이거 다 변명이다.

솔직하게 말하자면 그냥 되살리기 싫어졌다. 흥이 식었다고나 할까, 즐길 대로 즐겨서 질려 버렸다고 해야 할까. 지금 와서 마라를 되살려 봤자 내겐 별 의미가 없을 것 같았다.

왜?

분석해 보니 답은 금방 나왔다.

내가 이겨서다. 그리고 앞으로도 이길 것이기 때문이다.

마지막 일전 중에는 마라가 지배급 스킬을 갑자기 들고 나오는 바람에 살짝 긴장감이 돌긴 했지만, 그것도 내가 지배 유일급 스킬을 만들기까지였다.

내 스킬창에 [이진혁의 혁명적 군림 통치]가 등록된 후엔 다 끝났다. 이미 승패는 결정되었고, 마라의 승리는 있을 수 없는 일이 되어버리고 말았다.

비록 마라 파피야스는 [극도 사망]에는 한 번 저항할 정도의 내성을 쌓았지만, 그건 지배급이었던 [즉결 처형]의 결과에 대한 내성일 뿐이다.

지배 유일급인 [극도 처형]을 맞고서는 다시 단매에 죽어버렸으니, 처음부터 새로 내성을 쌓아야 할 테고 그러려면 또 7~8번쯤 더 죽어야 할 거다.

아무리 아쉬워도 마라한테만 씨앗 7~8개를 써줄 의리는 없다. 마라를 죽여서 얻을 수 있는 카르마의 양이 설령 씨앗 100개 값을 상회한다고 해도 답은 같다.

이미 손익의 문제가 아니다.

마라는 내게 있어 시시한 존재가 되어버렸다.

즉, 마라와 노는 건 이걸로 끝이다.

"후……."

나는 긴 한숨을 내쉬었다. 이번 한숨은 아쉬움과 후련함이 뒤섞인, 기묘한 한숨이었다.

그래도 마라까지 잡고 나니 뭔가 하나 해낸 기분이다. 마라가 마지막까지 파닥거리며 저항해 준 게 내게도 긍정적인 영향을 끼친 것 같았다.

"고맙다, 마라."

[이진혁의 착취].

고마운 건 고마운 거고, 이건 이거지.

나는 마라 파피야스의 시체에서 건질 걸 건지기로 했다.

*　　　*　　　*

마라 파피야스는 지배급 스킬만 세 개를 갖고 있었다.

교전 중에 뜯어낸 [세계를 집어삼키고 범람시키는 괴물]을 제하면 새로이 두 개의 지배급 스킬을 얻게 된 셈이다.

"이거였구만."

[정지된 시간을 잡아 찢는 괴물]

—등급: 지배(Rule)

—숙련도: 초월 랭크

마라 파피야스가 내 혁명력으로 멈춘 시간 속에서 잠시나마 움직일 수 있었던 건 이 스킬 덕이었으리라. 내가 시간을 정지시키고 [처형]을 박아 넣었다는 걸 인지했는지, 아예 카운터 스킬을 준비해 왔다.

원래 스킬 효과로는 아예 정지된 시간을 찢어버리고 내 혁명력의 영향을 완전히 무효화시켜야 했는데, 내 [이진혁의 세계를 혁명하는 힘]이 지배 유일급으로 올라서는 바람에 마라의 계획이 뒤틀린 모양이었다.

"어째 연기가 어설프다 했더니만, 그것도 궁여지책이었던 건가."

결국 실패해서 내게 잡히긴 했지만, 그 정도면 즉석에서 대응한 것치곤 나쁘지 않았다고 평가할 수 있겠다.

[신을 한입에 집어삼키는 괴물]

—등급: 지배(Rule)

—숙련도: 초월 랭크

그리고 이것이 마라 파피야스의 세번째 지배급 스킬이다. 만약 내가 놈의 전술을 눈치채지 못했다면 이 스킬에 잡아먹혀 죽었을지도 모르겠다. 막상 당하면 배를 찢고 나왔을 수도 있지만 지금 와서 만약의 이야기를 늘어놓아 봤자 별 의미도 없겠지.

두 스킬 모두 내가 써먹기엔 조금 아쉬운 스킬이다. 하긴 써먹을 일이 있을지조차 의문이지만. 더욱이 전리품으로 지배급만 세 개를 뜯어먹고 아쉽다는 소릴 늘어놓는 건 뻔뻔한 짓이겠지. 고인, 아니, 고마가 된 마라가 억울해할 일이다.

"뭐, 지배급을 빨아먹었다고 이걸로 만족할 생각은 없지만."

당연하게도 나는 지배급을 제외한 스킬들도 쭈욱 빨아냈다.

괜히 마라 파피야스가 아니라 그런지, 지배급을 제외하고도 실로 풍성한 스킬들을 지니고 있었다.

"아니, 뭐 이렇게 권능이 많아?"

권능 스킬은 한 사람 앞에 하나만 가질 수 있는 게 아니었나? 하긴 나부터가 그 전제를 어기고 있고, 앞서 상대했던 브뤼스만도 권능을 여럿 가지고 있었으니 절대적인 규칙은 아닌 것 같지만. 마라 파피야스도 모종의 방법으로 규칙을 무시하고 복수 권능을 꿍쳐놓고 있었다.

"하지만 이제 모두 제 것입니다."

어디 스킬뿐이랴. 레벨, 능력치에 특성, 인벤토리의 아이템, 그 외 등등 빨아낼 수 있는 모든 것들을 남김없이 빨아냈다.

마라 이놈, [한계돌파] 특성이 있는 것도 아닌네 무슨 꼼수를 쓴 건지 능력치가 한계보다 높았다. 거의 내 수준… 이라고 하기엔 나도 표시 한계 때문에 내 수준을 모르니 섣불리 비교하긴 어렵지만 어쨌든 주요 능력치는 모조리 표시 한계인 999+를 기본으로 넘겼다.

게다가 고유 특성도 혼자서 여럿 지니고 있었다. 이제 와선 놀랄 일도 아닌가. 눈에 띄는 특성 중에는 [수만 분의 1인 나]라는 게 있었는데, 아무래도 이걸로 수만 개체나 되는 분신을 만들어낸 것 같았다.

분신의 숫자를 제외하면 내 [또 하나의 나]의 열화판이라 봐도 될 특성이었는데, 능력치를 복사해서 대역을 생성하는 내 스킬과 달리 능력치를 비롯해 스킬 포인트나 카르마에 이르기까지 분신마다 할당해서 나눠줘야 하니 내가 직접 써먹을 일은 없어

보였다.

"아, 혹시? 그 유사 [한계돌파]를 이걸로 한 건가?"

특성의 설명 문구 중에 분할한 요소는 합체할 때 되돌려 받을 수 있다고 기재되어 있었다. 짧은 문장이지만 의미심장하다. 성장한계에 도달할 때마다 분신을 만들어 나누고 각 분신을 계속 성장시키면? 그런 다음에 합체하면 어떻게 되는 거지?

"그 답이 이 합체 버전 마라 파피야스겠지."

[한계돌파] 특성도 없이 한계돌파를 할 수 있었던 건 바로 이 특성을 이용한 꼼수 덕이라고 하면 일단 설명은 된다. 내 일방적인 추측이지만 달리 설명할 수 있는 근거가 발견되지 않았으니 아마 맞을 것이다.

설령 내 추측이 틀렸다고 한들 뭐, 내가 곤란할 일도 없다. 마라는 죽었고, 이 특성 또한 내 특성 창에 고이 잠들 테니.

[마구니의 속삭임]이라는 고유 특성도 눈에 띄었는데, 아무데서나 눈에 띄는 누군가와 소통이 가능한 특성이었다. 이 고유 특성 덕에 매질도 없는 우주공간에서 나나 각 마구니들끼리 소통이 가능했던 모양이다.

"궁금증이 해결됐군."

원래는 [천옥봉호로]에 봉인해 둔 에르메스나 천원을 심문해서 답을 얻으려고 했는데, 내가 마라의 시체에서 답을 찾아버렸다. 이것들을 괜히 봉인해 놨나.

"뭐, 달리 쓸데가 있을지도 모르지."

나중에 생각하자. 적어도 지금 생각할 일은 아니었다.

마라 파피야스의 인벤토리에서 꺼낸 아이템들도 나를 정말 놀라게 만들었다. 마라 이 한 놈이 만신전이나 천계의 보물고보다 많은 보물들을 제 한 몸에 쌓아놓고 있었으니 말이다. 내 인벤토리에 [한계돌파]가 없었더라면 진작 넘쳐서 절반 이상 버렸어야 할 것이다.

아마 이것도 모종의 방법으로 한계돌파한 덕에 이만큼이나 쌓아놓고 있을 수 있었던 거겠지. 그리고 지금 내가 그 덕을 톡톡히 보고 있었다.

"이놈 참 잘 먹고 잘살았네."

양만 많은 것도 아니고 질도 좋았기 때문에 약탈한 내 입장에서는 정말 기분이 좋았다. 나치스의 침몰한 보물선을 건져도 이 정돈 아닐 것이다. 아니, 비교할 걸 비교해야지. 나는 싱글싱글 웃으며 전리품을 분류했다.

그러나 내 입가에서 웃음이 그치기까지 그리 오랜 시간이 걸리진 않았다.

당장 필요 없는 스킬이나 특성은 [쿠폰 발행인]으로 바로바로 쿠폰으로 만들어서 인벤토리에 쌓아놓거나 갈아내서 스킬 포인트로 전환시키고 보물들을 분류해서 인벤토리의 구획별로 나눠놓고 레벨도 [레벨 업 쿠폰]화 시켜놓고…….

익숙해진 작업이긴 하지만 그래서 더욱 지긋지긋한 작업이기도 했다.

"아, 마라 죽이는 거보다 이게 더 힘든 것 같은데."

이거 마치 사냥 같다. 사냥터까지 가기가 힘들고, 사냥감을 몰아넣는 것도 뼈 빠지지만, 정작 사냥은 한순간에 끝나고, 사냥감을 도축하고 정리해서 전리품을 갖고 돌아오는 게 또 큰일인 것처럼 말이다.

"끄으음!"

이름과 종족만 빼고 남은 모든 것을 전부 다 완전히 착취당한 탓에 바싹 말라 버린 마라 파피야스의 시체를 대충 둘둘 말아 인벤토리 안에 집어넣은 후, 나는 켤 필요 없는 기지개를 굳이 켰다.

"빨래 끝!"

빨래라기보단 탈수 끝이라는 게 더 어울리는 표현이려나? 마지막 한 방울까지 탈탈 털어먹었으니 말이다. 중간부턴 질릴 정도로 힘들었지만, 힘든 만큼 보람이 느껴지니 다행이다. 마라는 먹을 것도 많고 얻을 것도 많은 사냥감이었다. 아니, 빨랫감이었다.

"흐흐."

지긋지긋한 작업을 끝낸 해방감에 내가 혼자 그렇게 음흉하게 웃고 있을 때쯤이었다.

[레벨 업 마스터]의 수신음이 울렸다.

—해내셨군요, 폐하!

[레벨 업 마스터]를 켜자마자 크리스티나의 목소리가 크게 울렸다.

"그래."

나는 그녀에게 고개를 끄덕여 주었다.

"다 끝냈어."

그렇게 말한 순간, 나는 진짜로 다 끝냈음을 깨달았다.

천계에서 옥황상제를 패배시킨 후 깨달음을 얻었다고 생각했지만 그건 내 착각이었다.

내 유년기는 이제야 비로소 끝났다.

마지막으로 내 대적자가 될 수 있다고 생각했던 마라 파피야스를 죽임으로써, 나는 알려진 모든 강적을 상대로 승리를 거두었다. 놈을 쓰러뜨림으로써 레벨 업으로 강해져서 강자를 쓰러뜨린다, 는 루틴은 완전히 무너져 내렸다.

적어도 이 세계에서는 그럴 것이다.

상위 세계로 도약 후엔 내 능력치와 스킬을 비롯한 모든 성장이 초기화될 테니 이야기가 좀 달라지겠지만 그건 나중 이야기다. 미련을 남기지 말라는 아담의 조언을 새삼 마음에 새기며, 나는 그 선택지를 가슴 한구석에 묻어놓았다.

"미련, 미련이라……."

나는 씁쓸하게 고개를 저었다.

"뭔가… 담배가 다 떨어진 후에나 금연을 생각하게 된 흡연자 같은 기분이야."

—네? 폐하, 담배 태우셨어요?

"아니, 그런 건 아니지만."

고개를 저은 나는 어쩐지 웃음이 나와 그냥 웃어버렸다.

—인류연맹에 좋은 담배가 있는데 말이죠.

"그런 거 아니라니까 그러네. 비유야, 비유."

—아……. 네.

크리스티나는 시무룩하니 고개를 끄덕였다.

"뭐야, 그 반응. 너 담배 태워?"

—아니, 아닌데요. 폐하께서 태우신다면…….

"안 피운다니까."

—그럼 안 피워요.

"그러냐."

나는 낄낄 웃었다. 이상하게 웃음이 나왔다. 크리스티나의 표정이 조금씩 뾰로통해지기 시작했기에 슬슬 그만 웃어야겠다는 생각이 들었지만, 생각은 생각으로 끝났다.

"아무튼 이걸로 다 끝냈어. 그래, 맞아. 다 끝났다."

나 자신의 웃음을 멈추기 위해서라도, 나는 조금쯤은 억지로 선언했다.

—축하드려요!

크리스티나의 축하 인사가 이상하게 선연히 들렸다.

마치 졸업을 축하받은 것 같은 느낌이다. 묘하게 먹먹한 느낌. 이제까지 유지해 왔던 일상은 버리고, 새로운 일상을 받아들여야 하는 특유의 긴장감.

"그래, 고맙다."

나는 크리스티나의 축하 인사를 받았다.

그래, 나는 졸업했다.

이미 나는 삶의 방식을 바꿔보고자 마음먹었고, 이제는 그 결심을 행동으로 옮겨야만 하는 때가 기어코 찾아왔다.

"뭐, 굳이 서두를 필요는 없겠지."

나는 가슴 속에서 피어오르려는 조바심을 억지로 짓누르고 좌표를 확인했다.

마라와 싸우다 보니 인류연맹으로부터 꽤나 멀리까지 나와 있었다.

"일단 돌아가 볼까."

그렇게 혼잣말하며, 나는 [진홍 혜성]의 부스터를 켰다.

목적지는 인류연맹.

가자!

Chapter 5

“마라 님! 마라 님!!”

마구니 두령이 마라 파피야스의 첫 번째 분신을 숨넘어가는 목소리로 불렀다.

“뭐냐, 두령.”

“인류연맹을 향해 파견한 마구니 동맹의 총력이 모조리 증발했습니다! 소멸했습니다……!”

마라 파피야스의 첫 번째 분신은 마구니 두령이 이렇게까지 맹렬히 감정을 드러내는 것을 처음 보았다. 그걸 보며, 마라는 재미있다고 생각했다.

“지금 재미있다고 생각하실 때가 아닙니다! 마구니 동맹의 9할 9푼 9리의 전력이 잘려 나갔습니다! 이래서야 동맹의 운명이 백척간두에……!”

하지만 잔뜩 흥분한 두령의 말이 길어지다 보니 좀 많이 시끄러웠다. 다 듣다 못한 마라가 손을 내저어 두령의 말을 끊었다.

"아, 진정해. 모든 건 다 계획대로니까."

마라의 말을 들은 마구니 두령은 이제껏 떠들던 기세가 간 곳없이 말을 뚝 그치고 무서운 기세로 마라를 노려보았다.

"계획대로……? 모든 동족을 죽음으로 몰아넣은 게 계획대로라고 말씀하신 겁니까?!"

"그래, 맞아."

마라는 자랑스럽게 고개를 끄덕였다.

"더없이 마라답지?"

"그건 그러네요!"

마구니 두령은 뒤늦게 납득한 듯 손뼉을 쳤다. 그리고는 조금 전과 달리 희망에 찬 표정으로 마라를 올려다보며 물었다.

"계획대로라고 하셨지요? 그럼 방법이 있는 겁니까? 저희 마구니들이 살아남을 방법이!"

이놈도 마구니라고 죽은 동족들보단 자기 안위에 관심이 더 많은 것 같았다. 매우 바람직한 일이었기에 마라는 그를 타박하지 않았다.

"아, 그야 있지."

마라는 흐뭇하게 고개를 주억거리며 두령의 질문에 대답해 주었다.

"이미 성공했어."

"네?! 성공하셨다고요?!"

마구니 두령의 얼굴이 활짝 피었다.

"그럼 이진혁을 처치할 방법이 생긴 겁니까?!"
"아니, 그게. 그렇지는 않아."
"예?!"
마구니 두령의 목소리가 뒤집혔다. 그의 표정도 뒤집혔다. 그 변화가 매우 재미있다고 생각하면서, 마라는 손을 내저었다.
"그, 그럼……."
"진정해. 계획은 이미 성공했다고 말했잖아."
"그 계획이 뭔데요?!"
자신을 향해 달려들 듯 얼굴을 들이미는 마구니 두령의 머리를 밀어내며, 마라는 선언했다.
"계획의 이름은 '도약 계획'이다."
"도약 계획! …그게 무슨 계획입니까요?"
"골자만 대충 말해주자면……. 이진혁을 상위 세계로 도약시키는 계획이다."
수많은 마라 파피야스의 분신들과 자투리 마구니들을 죽인 이진혁은 대량의 경험치와 신성, 그리고 카르마를 얻었으리라. 그 양은 '상위 세계로의 도약' 퀘스트를 달성하고도 남으리라.
그걸 바탕으로 존재의 격을 성장시킨 이진혁이 도약 퀘스트를 완료하면 놈은 상위 세계로 도약해 사라질 테니, 그때부터 마구니 동맹은 이 세계에서 다시 평화와 번영을 구가할 수 있게 될 것이다.
이것이 첫번째 마라 파피야스의 분신이 세운 '도약 계획'의 골자였다.
"…그, 그걸 위해 동포들을 희생시킨 겁니까?! 마라 님!"

도약 계획의 진의를 알아챈 마구니 두령의 얼굴이 경악으로 물들었다. 그런 마구니 두령의 반응을 즐기며, 마라는 빙긋 웃었다.

"그래, 맞아. 마라답지?"

"마라답네요!"

역시 자기가 살아남는 게 더 중요했던지, 마구니 두령은 활짝 웃으며 마라에게 엄지까지 세워 보였다.

"크크큭, 그래. 너는 마구니답군."

"감사합니다. 하핫!"

"크크크크……!"

둘은 서로를 마주 보며 웃었다. 그 마라에 그 두령, 부창부수란 말이 딱 어울렸다.

주인과 마주 웃던 마구니 두령은 문득 걱정이 생겨났는지, 갑작스레 미간을 팍 찌푸리며 입을 열었다.

"하지만 마라 님, 만약 이진혁이 상위 세계로 넘어가지 않으면 계획이 어떻게 되는 거죠?"

두령의 말에 마라도 웃음을 그쳤다.

"그럼… 곤란하지."

"예?!"

마구니 두령이 다시금 목소릴 뒤집었지만, 마라는 귀찮은 듯 손을 흔들어 그를 안심시켰다.

"아니, 너무 걱정할 필요 없다. 우리가, 마구니 동맹이 이제까지 몇 번 고비를 넘어왔다고 생각하는 거야? 위대하고 강력한 존재들이 우리의 안위를 몇 번이고 위협했지."

부처. 예수. 알라. 베다에 기록된 신들과 라그나뢰크를 버텨내고 살아남은 강력한 존재들. 마라 파피야스는 꿈을 꾸듯 그들의 존재를 회상했다.

"그러나 놈들은 모조리 상위 세계로 넘어갔고, 우리는 이 세계에서 살아남았다."

그들 중 몇몇은 나중에 상위 세계로 도약할 후배들을 위해 마구니의 존재가 필요하다고 결론 내렸다. 그래서 마라는 살아남을 수 있었다.

개중에는 마구니와 마라의 분신을 볼 때마다 족족 없앤 이들도 있었지만 이 경우는 마라가 잘 숨어서 생존했다.

몇 번의 경험을 통해 교훈을 얻은 마라가 먼저 몸을 사려 마구니의 존재조차 모르고 도약한 이들도 있었다.

결과, 마라와 마구니는 생존했다. 태고로부터 지금 이 순간까지 존속할 수 있었다.

"그러니 이번에도 살아남을 거야."

이제까지 그래 왔으니, 앞으로도 그럴 것이다. 귀납적 추론이다. 세상의 모든 진리가 이런 식으로 발견되었다. 그러니 충분히 설득력 있는 추론 방식이라 할 수 있었다.

그럼에도 불구하고 마라의 말을 듣는 마구니 두령의 눈에는 두려움이 남아 있었다.

"하지만 그렇군. 이걸로 계획이 완전히 완성된 건 아니야. 이진혁에게 우리가 완전히 소멸했다고 믿게 만들 필요가 있어."

마라는 잠깐 생각한 후 곧 다시 입을 열어 이렇게 말했다.

"두령, 이 시간을 기점으로 우리 마구니 동맹의 마구니 전원은 모든 활동을 중지하고 모든 흔적을 철저히 지운 후 일체의 외부 활동을 금지하고 은거에 들어간다."

"일체의 외부 활동이라면……. 식량 확보까지 말입니까?"

"당연하지."

마라의 대답에 두령의 얼굴이 창백해졌다.

"그러면 굶어 죽어버리고 말 겁니다요!"

마라는 신격이다. 굶어 죽지는 않는다.

그러나 마라 또한 마구니다. 마구니는 특수한 존재로, 오랫동안 누군가를 유혹하지 않으면 존재 의의를 잃고 소멸해 버리고 만다.

누군가를 유혹해서 마구니의 숫자를 늘린다. 이 행위는 마구니에게 있어 식사와 번식을 양립시키는 의미를 갖고 있었다.

물론 신격을 지닌 존재를 직접 먹어 소화시키는 것도 가능하지만, 이것은 마구니에게 있어 음주나 끽연 같은 기호를 만족시키는 행위에 불과했다.

'식사'를 하지 않으면 소멸하는 것은 마구니들의 왕이자 최고 지도자인 마라도 마찬가지였다.

다른 생명체와 달리 마구니 각 개체가 각자 '식사'를 할 필요는 없다. 어떤 마구니든 누군가를 유혹해 마구니의 숫자를 늘리기만 하면 마구니의 존재의의는 유지된다.

달리 말하면, 마라의 지시대로 모든 마구니가 '식사'를 하지 않으면 모든 마구니가 존재의 위기에 처하게 된다.

그럼에도 불구하고 마라는 자신만만하게 말했다.

"문제없어. 밥 따위 안 먹어도 천 년 정도는 버티잖아?"

"그건 그렇습니다만……."

"내가 예언하지. 이진혁은 천 년 안에 승천할 거야. 그러니 딱 천 년만 은거한다."

그런 마라의 보증에 겨우 두령이 두려움을 떨친 듯 고개를 끄덕였다.

"…알겠습니다. 그러고 보니 마라 님께선 예언 능력을 지니셨죠. 제가 실언을 했습니다. 당장 마구니들에게 명령을 전파하겠습니다."

"그래."

마구니 두령은 헐레벌떡 떠나갔다. 그 등을 바라보던 마라는 한숨을 푹 쉬었다.

방금 전에 두령을 향해 장담하며 한 예언은 거짓이었다.

무슨 일인지 언젠가부터 이진혁이 마라의 예언에 비치지 않게 되었다. 사실 그것도 꽤 된 일이다. 정확히는 이진혁이 지배급 스킬을 얻고 난 후부터 그랬다.

이진혁이라는 가장 큰 변수가 포함되지 않은 미래 예언은 아무짝에도 소용이 없었다. 그래서 마라도 이번만큼은 단순히 과거 통계에 의존할 수밖에 없었다.

수만 개체의 분신이 합체한 마라 파피야스마저 이진혁을 상대로는 패배했다. 이제 겨우 99개체의 분신밖에 남지 않은 마라로는 이진혁을 상대로 전면전을 벌일 수 없다. 그 어떤 전투 방식을 택하더라도 그 결말은 죽음과 소멸뿐이리라.

그러니 천 년 후에는 이진혁이 상위 세계로 도약해 있으리라는 건 마라의 일방적인 소망이자 바람, 그리고 유일한 희망이었다.

“이 마라가 만약에 기대야 하다니. 갈 데까지 갔군.”

마라는 고개를 절레절레 내저었다.

그러나 이 방법 외에 마라를 비롯한 마구니 동맹이 살아남을 수 있는 경우의 수는 존재하지 않으니 그로서도 어쩔 도리가 없었다.

*　　　*　　　*

나는 인류연맹으로 개선했다.

개선식은 다소 즉흥적으로 이뤄졌으나 생각 외로 인류연맹 시민들의 반향이 대단했다.

“영웅이시여! 영웅왕이시여!”

“영웅왕 폐하 만세! 무궁토록 영광되소서!!”

인류연맹의 사람들은 내가 마구니 동맹과 싸우는 모습에 아주 큰 감명을 받은 건지, 지금도 실시간으로 이진혁교의 신도 수와 모이는 신앙의 양이 늘어나고 있었다.

“단순한 영웅이 아니다! 이진혁 님은 이미 신이시다!”

“오오, 우리의 신이시여!!”

늘어나는 신도 수가 단순한 숫자가 아님을 알리기라도 하듯, 일단의 무리가 군중 속에서 그런 소릴 지르며 나를 향해 절을 하고 있었다.

개선식을 마치고, 나는 크리스티나를 불러 물었다.

“뭐야, 인류연맹은 종교를 금기시하는 거 아니었어?”

애초에 인류연맹이라는 세력의 역사 자체가 만신전과 교단의 종교적 색채에서 벗어나고 인간은 신의 노예가 되지 않는다는 논리를 모토로 창설됐다고 한다.

그러니 따지고 보면 저렇게 대놓고 날 신이라 부르며 섬기는 건 곧 인류연맹의 근본을 부정하는 것이나 다름없는 행위라고 할 수 있었다.

그럼에도 불구하고 지금 내 신도 수는 급격히 늘어나고 있고 신앙도 잔뜩 모이고 있다. 그리고 이 증가분이 인류연맹 소속이리란 건 쉽게 유추할 수 있었다.

"결국 인간은 종교 없이는 살 수 없는 모양이네요."

크리스티나는 해탈한 듯 말했다. 천계 소속도 아니면서. 아니, 그 이전에.

"너희 인간 아니잖아."

인류연맹이라고 세력명 지어놓고 사람을 잔뜩 기대하게 해놓곤 사실 천사들의 세력이었다는 걸 알게 됐을 때의 배신감은… 솔직히 별로 들지 않았지만 트집 잡기에는 좋았기에 나는 그냥 이렇게 말했다.

"뿌리가 인간이니까요."

그렇게 변명하면 할 말이 없다. 사실 나도 아직 정체성은 지구인이니까.

지구에서 산 세월이 내 삶의 전체 비중으로 따지면 손톱만큼도 안 되는 수준이지만, 나도 사람이라 그런지 이상하게 뿌리를 부정하기가 힘들다.

"어쨌든 인류연맹 커뮤니티에서 폐하를 신으로 모시는 사이비

단체가 우후죽순 늘어나고 있어요. 아직까지는 진지한 레벨은 아니지만, 대놓고 헌금을 받으려는 놈들도 있어서 대책을 세우긴 세워야 하겠지만 폐하에 대한 여론이 워낙 좋은지라…….”

단순한 내 칭찬인 건 아니다. 어설프게 막았다간 반발이 생길지도 모른다는 우려 쪽에 무게중심이 실려 있었다.

“…이렇게 된 이상 차라리 정식으로 [이진혁교]를 포교하는 게 나을지도 모르겠어요.”

크리스티나도 [이진혁교]에 대해서는 알고 있었다. 확실히 괜히 사이비의 피해자를 늘리느니 시스템이 인증하는 질서에 편입되는 게 인류연맹으로서는 더 적은 리스크로 후환을 방지하는 방법이 될 수도 있겠다.

“그런데 그래도 되는 거야? 어쨌든 종교를 금기시한 건 너희뿐이잖아.”

아까도 말했듯, 뿌리는 좀처럼 부정하기가 힘들다.

그런데 크리스티나는 담백하게 고개를 끄덕였다.

“뭐 교단과 종전선언까지 했는데, 새로운 시대를 받아들일 때도 됐죠.”

그러고 보니 그렇긴 하다.

“폐하께서 허락해 주신다면 빠른 시일 내에 해당 안건을 최고회의에 올려보도록 하겠습니다.”

“응? 거기에 왜 내 허락이 필요해?”

군림은 하되 통치는 하지 않는다. 입헌군주의 기본이다. 그러니 법을 만들든 시행하든 내가 끼어들 여지는 존재하지 않는다. 나는 그렇게 생각했다.

크리스티나도 잠깐 고개를 갸웃거리다가, 변명처럼 이렇게 말했다.

"그야……. [이진혁교]의 이진혁 님이시니까요?"

본인도 의문문을 쓸 정도라니. 별 생각 없이 내 허락부터 받고 시작하려고 한 건가. 내 명령을 들어야 한다는 자각조차 없다니.

하긴 나한테 나쁜 건 아니지. 나는 굳이 지적하지 않고 그냥 고개만 끄덕였다.

"그럼 그렇게 해."

"허락해 주셔서 감사합니다."

크리스티나는 내게 깊숙이 허리를 숙여 보이며 대답했다.

*　　　*　　　*

그렇게 소집된 인류연맹 최고회의에서 이진혁교의 포교 허가는 당연하다는 듯 통과되었다.

누가 아예 이진혁교를 국교로 삼자는 소리까지 했지만 그건 내가 직접 기각했다. 넌 또 왜 오버질이냐. 물론 직접 이런 비난을 날리며 기각한 건 아니다. 잘 돌려 말했다.

내 지위가 입헌군주임에도 최고회의에 참석할 수 있었던 건 예전에 받은 회의 참석 권한을 활용한 덕이었다. 적법한 절차에 따라 참석한 거니 결코 월권행위가 아니다.

"그러고 보니 입헌군주는 세습이 가능했지 않습니까?"

방금 전의 말도 안 되는 국교 이야기를 거절한 후, 나는 화제 전환이라도 시도하듯 넌지시 한마디 흘렸다. 당연하지만 의장으로부터 발언권을 얻은 후에 꺼낸 이야기다. 의장은 미소 지으며 내 질문에 대답해 주었다.

"그렇습니다, 폐하. 폐하께서 누리시는 모든 권한을 이양하실 수는 없습니다만, 적어도 군주의 왕관과 그 칭호만큼은 세습하실 수 있습니다."

"그렇군요."

사실 이미 알고 있었던 사실이다. 굳이 다시 물어본 건 그저 이야기를 꺼내기 위한 수단일 뿐이었다. 기왕 이렇게 모인 김에 지난번에 생각해 놨던 걸 행동으로 옮겨야 쓰겠다.

"그렇다면 이 자리에서 태자를 봉하겠습니다."

내 갑작스러운 말에 모두의 눈이 커졌다.

"태자 말씀이십니까?"

"네. 왕태자가 되겠군요."

최고의원들의 눈 돌아가는 소리가 귀에 들리는 것 같았다.

"너무 걱정 마십시오. 태자는 인류연맹 소속입니다."

내가 그렇게 말하자마자, 어째선지 의원들의 시선이 획 돌아가 크리스티나에게 꽂혔다.

"왜, 왜, 왜들 그러세요?"

크리스티나는 영문을 모르고 바들바들 떨었다. 며칠 전까지 보여주던 당당하던 모습은 대체 어딜 간 건지. 그리고 저 의원들은 대체 무슨 오해를 하고 있는 건지……. 대충 알 거 같지만 별로 알고 싶지 않다.

이거 오해가 번지기 전에 빨리 처리해야겠다. 그래서 나는 이 자리에서 즉시 [신] 탭의 신도 소환으로 인류연맹 출신의 내 양자, 키르드를 소환했다.

본래 이름은 키르드 하워드. 그러나 로제펠트에게 납치당했다가 내게 구출된 이후, 내가 양자로 받아들여 키르드 리 하워드로 이름을 바꾸었다.

"여, 여긴……!"

—쉿.

내게 갑작스레 소환된 키르드는 당황한 듯했지만, 나는 그에게 정신파를 날려 조용히 시켰다.

"이 아이가 제 아들입니다. 그리고 인류연맹 영웅왕의 새로운 왕태자가 되겠죠?"

—여기선 날 아버지, 혹은 아빠라고 불러라.

그리고 나는 입과 정신파로 각각 다른 소릴 했다. 몸도 열세 개를 동시에 다루는데 이런 게 어려울 리 없다.

"키르드, 하워드!"

누군가가 내 아들의 이름을 불렀다. 이름이……. 리브드 하워드였나. 키르드의 삼촌 격인 인물인가 할 거다. 얼굴에 빛이 가득하고 눈동자가 반짝이는데, 어떤 기대를 갖고 키르드의 이름을 불렀는지 그 속내가 너무나도 투명하게 보였다.

"제 이름은 그런 이름이 아닙니다."

머리가 좋은 키르드답게 상황을 곧장 받아들인 건지, 그는 더 이상 당황하지도 않고 바른 목소리로 또박또박 말했다.

"저는 아버지의 아들, 이 키르드입니다."

별로 하워드 가문의 성을 포기하지 않아도 된다고 말했음에도, 키르드는 굳이 이렇게 말했다. 그것도 성을 앞에 붙이는 지구의 동양 방식으로 스스로를 소개하다니.

그만큼 하워드 가문에 쌓인 게 많다는 거겠지.

사실 키르드가 로제펠트에게 납치됐을 때 하워드 가문은 그의 구출에 적극적이지 않았고 사실상 방관 상태였다. 그 전에도 하워드 가문의 지원을 못 받다시피 하며 자라났다고 하니, 쌓인 게 많은 게 오히려 더 자연스러울 정도다.

"너, 너는 하워드 가문의 자손이다."

반대로 리브드 하워드가 당황한 것처럼 말을 더듬었다. 그러자 크리스티나가 끼어들었다.

"말씀 조심하십시오, 하워드 경. 이분은 영웅왕 폐하의 자식이며 왕태자로 임명되신 분입니다!"

오오, 크리스티나. 내가 할 말을 대신 해주는군.

"어, 어어……. 큭!"

리브드 하워드는 상황을 받아들이기 어려워하는 듯했으나, 과연 인류연맹의 3대 가문 소속답게 빠르게 태도를 바꿔 키르드에게 고개를 숙이며 말했다.

"무례를 용서하소서, 태자 전하."

리브드의 사죄를 들은 키르드는 나를 올려다보았다.

—크리스티나의 말대로, 넌 이제 영웅왕 태자다. 비록 입헌군주지만……. 그래도 어느 정도는 영향력이 있는 자리지.

나는 그런 키르드에게 빙긋 웃어 보이며 정신파로 말했다.

—헌법에 어긋나지 않는 선에서 마음껏 인성질을 하려무나.

이건 내가 키르드와 하워드 가문에 주는 소소한 선물이다.

*　　　*　　　*

인류연맹에 [이진혁교]의 정식 포교가 가능해지자, 나는 인류연맹 교구의 주교로 키르드를 임명했다. 그러자 인류연맹 커뮤니티에 난립하던 사이비 이진혁교는 모조리 사멸하고 정규 [이진혁교]에 입교하는 신도 수가 급증했다.

영웅왕의 태자라는 것만으로도 이미 강력한 발언권을 손에 넣은 키르드인데, 여기에 교구 주교가 덧붙여지고 추가로 유일교단에서 유명한 셀럽이 되었던 것도 재발굴되어 그는 인류연맹에서 대단히 강력한 영향력을 얻었다.

키르드는 그 영향력으로 하워드 가문을 두들겨 팼다.

뭐, 두들겨 팼다고 해도 진짜로 뭔가 정치적인 압박을 가한다든가 특권을 회수하려 시도한다든가 하는 식으로 직접적으로 공격하지는 않았다.

키르드가 한 거라고는 그저 TV 쇼에 나와서 자기가 하워드 가문에서 당했던 일들을 담담히 털어놓는 정도였다.

그런데 워낙 키르드의 영향력이 강하다 보니 그것만으로도 하워드 가문이 휘청거렸다.

애초에 3대 가문이 암묵적인 귀족으로 대우받고 있긴 하지만 원칙적으로는 귀족이라는 게 존재하지 않는 인류연맹 사회다. 그런 만큼 암암리에 행사하고 있던 특권이 깎여 나가는 것도 쉬웠다.

이게 무슨 뜻이냐면 타격을 입은 게 하워드 가문만이 아니라는 의미다. 다른 3대 가문도 휘말리는 식으로 특권을 빼앗기고 있었다.

쿠데타를 기획하고 실행까지 한 슈퍼 포스의 캡틴, 로터스 스트로하임이라는 배반자를 낳은 스트로하임 가문이야 말할 것도 없다. 여기에 전혀 관계없는 리 가문까지 같은 3대 가문이랍시고 통으로 묶여서 손해를 보는 판이었다.

그나마 리 가문은 특이한 방식으로 난관을 돌파했다. 자신들의 가문명이 원래는 리가 아니었다면서, 이씨 가문으로 가문명을 바꾼 게 그거였다.

당연히 직접적으로 말하진 않았지만 다분히 나와 키르드를 염두에 둔 방법이었고 신기하게도 이게 또 먹혔다. 사람들은 내가 리씨 가문, 즉 이씨 가문과 모종의 관계가 있으리라고 망상하기 시작했고 그래서 공격을 멈췄다.

그래서 리씨 가문을 공격하던 세력이 공격 방향을 하워드와 스트로하임으로 바꾸었고, 특히나 하워드 가문에의 공격이 심해졌다. 반란 분자를 낳은 가문보다도 더 많은 화살을 맞게 되다니, 내가 하워드 가문 소속이었다면 분하고 황당해서 미치고 팔짝 뛰었으리라.

결국 압박을 견디지 못하고 하워드 가문의 가주인 키에드 하워드가 직접 TV에까지 모습을 드러내 키르드에게 정식으로 사죄하며 용서를 구하고서야 비로소 여론의 뭇매가 잦아들었다.

"감사합니다, 아버지."

키에드의 사죄를 받은 날, 키르드는 내게 그렇게 감사 인사를 했다. 그의 감사 인사에 나는 약간의 아쉬움을 느꼈다.

아, 역시 아버지라고 부르는구나. 아빠라고 부르는 것도 잠깐 기대했었는데.

처음 봤을 때는 쬐끄맣던 키르드는 어느새 어른이 되어 있었다. 육체적으로도, 정신적으로도 말이다.

항상 옆에 끼고 살다 보니 몰랐는데 요즘 여기저기 돌아다니다 오랜만에 다시 보니 이렇게 장성해 있었다.

키르드가 갑자기 성장한 게 아니라 내가 그의 성장에 무심했던 거겠지. 양자로 받아들여 놓고도 아버지로서 제대로 된 역할을 못 해준 것 같아, 조금 반성하게 된다.

"아니요, 아버지. 이 모든 것이 아버지 덕임을 압니다."

내가 무슨 말을 꺼내지도 않았는데 내 마음을 헤아리기라도 한 듯, 키리드는 환하게 웃으며 내게 말했다.

진짜, 너무 컸다.

너무 잘 컸다.

흐뭇하고, 흡족했다.

*　　　*　　　*

키르드가 인류연맹에서 오로지 하워드 가문에의 복수에만 전념한 건 아니었다. 그는 인류연맹 교구 주교로서 교구 관리에 열과 성을 다했다.

그 덕에 [이진혁교]의 신도 수와 영향력은 날로 넓어지고 있었고, 그만큼 내게 쌓이는 신앙의 양도 더욱 빠르게 불어나고 있었다.

키르드가 이렇게 유능한지 처음 알았다. 이럴 줄 알았으면 진작 일을 시킬 걸 그랬다는 생각이 들 정도였다.

아쉽다면 아쉬운 일이지만, 최상급 신격이 된 나는 더 이상 신앙에 목말라 하지 않았다. 하급 신 때만 해도 신도들의 신앙에 반쯤 취한 것 같은 상태가 됐었지만, 이제는 아니다.

이번 한 번의 전투로 중급에서 상급을 거쳐 최상급으로 단번에 올라와 보자 왜 다른 높으신 존재들이 자기 신도들을 내버려두고 상위 세계로 가버렸는지 알겠다.

하급 신만 해도 존재를 유지하는 데 신도들의 신앙이 필수 불가결 했지만, 상급 신 이상은 그렇지 않다. 최상급 신은 그 누구의 신앙도 필요치 않았고 홀로 공고히 존재할 수 있었다.

신격이 낮을 때는 신도와 신의 관계가 상호보완적이었다가, 격이 높아짐에 따라 신은 신도가 필요치 않은데 신도들은 그 수혜를 받는 일방적인 관계가 된다는 의미다. 사람 관계도 그렇듯이 이런 관계는 오래가지 않는다. 기껏해야 수천 년쯤 지속되고 말겠지.

그럼에도 불구하고 만신전의 왕이 왜 그렇게 인류종의 신앙에 목말라 했는지는 뭐……. 내 예상이지만 아마도 [상위 세계로의 도약] 퀘스트를 깨는 데 필요했으리라.

아니, 그냥 가서 물어보면 알 수 있는 일이다. 굳이 예상할 것도 없다.

그럼 이다음에는 만신전에나 가볼까? 내가 그렇게 거의 의식의 흐름에 타서 다음 행로를 결정한 참이었다.

"…목소리가 들리는군. 나를 부르는 기도 소리가……."

나는 나지막하니 혼잣말을 흘렸다.

오해가 있을까 봐 말해두지만, 기도 소리는 원래 들렸다. 효과 범위에 한계가 있어서 그랬지. 내가 대상을 생각하며 귀를 기울이면 교단의 중심부에서 그랑란트로 강림이 가능할 정도로 멀리까지 닿지만 이걸 두고 범위가 넓다고 할 순 없다.

하지만 이제는 다르다. 특별히 집중하지 않아도 불특정다수의 기도 소리가 들린다. 그랑란트 신자들의 목소리만 들리는 게 아니라, 블루 마블의 기도 소리까지도.

효과 범위 이야기를 꺼낸 건 이것 때문이다.

블루 마블.

물론 듣고 싶지 않으면 듣지 않아도 상관없다. 상태창의 [신] 탭을 열고 뮤트 옵션을 체크하면 안 들린다. 애초에 그렇게 시끄럽지도 않지만. 그냥 라디오를 틀어놓는 감각으로, 화이트노이즈처럼 지나칠 수 있는 수준이다.

문제는 그 음량이 아니라 그 내용이었다.

—우리를 구원하소서!

—살려주세요! 주여!

그냥 지나칠 수 없는 내용이었다. 위치는 블루 마블. 그 청마인들의 세계에 대체 무슨 일이 벌어지고 있기에 다수의 내 신도들이 날더러 살려달라고 하는 걸까?

더욱이 천천히 그 숫자가 줄어들고 있다. 아직은 빠른 속도라고 할 정도는 아니지만, 그 속도에 가속도가 붙고 있다는 게 신경 쓰였다.

살려달라고 한 후에 그 목소리가 사라졌다는 건, 역시 죽었다는 뜻이겠지.

"…가봐야겠군."

아무래도 이것저것 재고 있을 여유는 없어 보였다. 지금도 죽어나가고 있을 내 신도들을 생각하면 말이다.

* * *

나는 곧장 [신] 탭을 열어 [강림]을 택했다. 그러자 내 앞의 시야가 파랗게 변했다. 이제 여기는 블루 마블이다. 차원 간 이동이 이렇게 쉬워도 될까 싶을 정도로 간단하게도 말이다.

"시, 신이시여!"

내게 기도를 한 청마인이 얼빠진 얼굴로 날 올려다보고 있었다. 마치 스스로가 기도하면서도 이 기도가 이뤄질 거라 내심 믿지 못했던 탓이겠지. 이거 자존심 상하는걸. 실제로 이제까진 이 기도가 들리지 않았으니, 청마인이 이러는 것도 무리는 아니지만 말이다.

"그래, 내가 네 신이다."

나는 씨익 웃으며 말했다. 나를 불러낸 신도의 얼굴이 점차 환하게 밝아지는 모습이 실로 보기 좋았다.

그런데 그때였다.

쿵, 쿵! 쿵, 쿵!

묵직한 소리가 내 신도의 얼굴을 다시 굳게 만들었다. 문을 두들기는 소리였다.

"이단은 나와라! 나오지 않으면 문을 부수겠다!!"

뭐야, 이거.

"너, 이단이냐?"

"아닙니다!"

아니라는데 왜 이러지? 나는 문을 열었다. 내게 기도한 신도는 날 말리려 들었지만 내가 너무 빨랐다.

열어보고 알았지만 문은 기름 범벅이 되어 있었으며, 문 앞에서 있던 청마인은 횃불을 들고 있었다.

건물째로 불이라도 지르려고 들었던 걸까?

"누, 누구냐!"

횃불을 든 자가 말했다. 상당히 당황한 얼굴이었다. 아무래도 날 알아본 것 같은데, 확신은 못 하고 있는 듯했다.

"내 이름은 이진혁이다."

나는 대답했다.

"거짓말이다!"

횃불을 든 자가 말했다. 정말로 거짓말이라고 생각해서 그렇게 말한 게 아니라, 내 말이 거짓말이어야 하기에 그렇게 말한 것 같았다.

"설명하라. 내 앞에서 무슨 일이 벌어지고 있는 건지……. 이 여자가 왜 이단인가?"

내게 기도해 날 강림시킨 청마인은 여자였다. 뭐, 여자인들 남자인들 무슨 상관이랴. 그래 봤자 청마인인데.

내 질문에 횃불을 든 자는 눈을 질끈 감더니, 이렇게 말했다.

"이단이다. 죽여라! 크헉!!"

횃불을 든 자가 마저 말하지 못하고 비명을 지른 이유는 물론

나 때문이다. [이진혁의 빛]이 확 퍼져 그의 눈을 멀게 만들었다.

"어억, 눈! 내 눈이……! 아악!"

놈은 횃불을 떨어뜨리고 말았다. 바닥까지 기름으로 흥건했기에 횃불은 곧 불을 일으켰지만 그것이 오래 지속되지는 않았다. 그 불이 내 [이진혁의 불]의 제어하에 놓인 덕이다.

횃불을 들었던 자에게 명령받은 이들은 그 자리에서 움직이지 못했다.

"나의 아이들아, 나의 세계에 무슨 일이 벌어지고 있는지 말하라."

이들 또한 내 신도다. 나는 그렇게 생각했다. 그냥 찍은 거지만, 내 직감은 믿을 만하다. 그리고 이번에도 믿을 만했다.

"시, 신이시여……!"

"위대한 이진혁 님이시여!!"

흉흉한 병장기를 들고 있던 이들이 일제히 무기를 거두며 내 앞에 무릎을 꿇고 엎드렸다.

*　　　　*　　　　*

이야기를 들어보니 상황이 아주 그냥 가관이었다.

"그러니까 이진혁교가 다섯 종파로 갈려서 서로를 이단이라 칭하며 정복 전쟁을 하고 있다고?"

"네……."

"이상하다. 분명히 화합하라고 말했을 텐데……."

내가 고개를 갸웃거리면서 혼잣말처럼 중얼거리자, 무릎 꿇고 앉은 애들이 움찔거렸다. 반응을 보아하니 모르고 있는 건 아닌 모양이었다.

하긴 지구에서도 그랬지. 네 이웃을 사랑하랬더니 자기 이웃을 찜쪄먹는 인간들만 그득했다. 그런 의미에서 보자면 청마인들도 훌륭한 인류인 셈이다.

"내참, 이거야 원."

이걸 어떻게 해결해야 할지 막막할 따름이다.

차라리 나쁜 놈이 쳐들어온 거라면 그 나쁜 놈만 처치하면 되지만, 이번 경우는 전원이 나쁜 놈이다. 그렇다고 이 나쁜 놈들을 전부 쳐 죽이면 내 신앙 산출의 상당량을 감당해 주는 청마인들을 잘라내는 셈이 된다. 난 그런 손해는 못 본다.

아니, 이게 아니라.

이들도 내 신도이자 내 백성인데 어떻게 내 손으로 처치하겠는가?

그러니 다른 해결 방법이 필요했다.

"일단 이 전쟁부터 막아놓고 생각해 보자."

다섯 종파 전쟁은 점점 격렬해지고 있었고, 이미 하나의 종파가 거의 소멸당해 가고 있는 판국이었다. 갑자기 살려달라는 기도가 늘어난 것도 그 때문이었고 말이다.

일단 살려놓고 봐야지.

"전쟁을 멈춰라! 러브 앤 피스다!!"

나는 내게 살려달라는 기도를 하는 신도들의 앞에 나타나 일단 살육을 멈춰놓고 봤다.

당연하지만 소멸당해 가고 있는 종파가 옳거나 정의로운 건 또 아니다. 그냥 세력이 작아서 가장 먼저 코너에 몰린 것일 뿐일 터였다. 그리고 그 세력이 작은 이유는 이들이 가장 극단적인 방법론을 택했기 때문이다. 쉽게 말해 어그로를 끌었다.

"쉬지 말고 일하라! 일하지 않는 너, 이단!!"

이게 그 멸절 위기에 놓인 종파의 가장 핵심적인 가르침이라더라. 아니, 이 또라이들이……. 처음 들었을 때는 괜히 살렸다 싶을 정도였다.

아무튼 이것들이 이런 말이나 하고 돌아다닌다는 소릴 듣고 난 결론을 내렸다. 바로 이놈들이 이 모든 사단의 원인 제공자라는 결론 말이다. 자기가 이단이란 소릴 듣고 발끈하지 않을 종교인은 없는데 무리수와 함께 그걸 던져대니 유혈 사태로 번지지.

게다가 내가 분명히 쉬라고 했을 텐데?

따지고 따져보니 역시 이단은 이놈들이었다!

* * *

어쨌든 내가 강림했다는 소문이 알음알음 퍼졌고, 다섯 종파의 지도자들의 귀에도 그 소식이 들어갔다. 일이 이렇게 되니 그것들도 내 앞에 호다닥 모여들었다.

나는 그렇게 나를 찾아 집합한 각 종파의 지도자들을 한곳에 모아 회합을 열도록 했다.

방금 전까지 칼과 칼로 대화를 나누던 사이인 이들이었지만, 내가 눈 시퍼렇게 뜨고 있는데 서로 칼부림을 하는 상황은 일어나지 않았다.

아무리 그래도 이들이 믿는 신인 내가 직접 강림했는데 전쟁이 이어질 리 없지.

다섯의 종파는 내 앞에서 겉으로나마 화합하는 모습을 보였다. 그게 내가 내린 가르침이니 당연히 해야 했다. 왜 내가 자릴 비운 후엔 안 따랐는지 모르겠지만 말이다.

아무튼 이걸로 전쟁은 잠시 멈췄다.

그러나 이것들이 서로에 대한 악감정을 접었다고는 볼 수 없다. 흉흉히 살의 깃든 눈으로 서로를 보다가 내 눈치를 보고 고개를 숙이는 일이 허다했다.

아무리 봐도 이거 휴전 상태지? 내가 없어지면 바로 다시 서로 죽고 죽일 기세다.

그나마 이것도 내가 어마어마하게 강해서 가능한 일이었다. 아니었다면 아무리 나라도 강림한 첫날 횃불을 들고 습격한 놈들한테 잡혀 죽었을지도 모른다.

"신이 우릴 보우하사, 우리 종파가 옳음이 증명되었다!"

소멸 직전의 약소 종파 지도자가 가장 희희낙락하며 나댔다. 과로 예찬론자, 그놈이 바로 이놈이다. 역시 이 모든 사단의 원인이 이놈들이라는 내 생각이 한결 단단히 굳어지는 순간이었다.

"조용히 해라!"

나는 나댈 자리도 못 보고 나대는 그놈의 정수리에 꿀밤 한 방을 박아주었다.

"꽥!"

놈이 그 자리에 길게 뻗었다. 물론 힘 조절을 한 거다. 내가 성질대로 힘껏 쳤으면 조금 과장해서 블루 마블이 반으로 갈라졌을 거다. 나는 뻗은 놈을 보고 한숨을 푹 내쉬었다.

"하……. 이것들 그냥 다 죽이고 새로 만들까?"

내 혼잣말을 들은 청마인들이 움찔 굳었다. 이들은 내게 그럴 능력이 있음을 잘 알고 있었다. 내가 만마전을 평정하고 혁명하여 악마들을 청마인으로 만들었음을 이들은 직접 목격했고 몸으로 경험했으니.

"토, 통촉하여 주시옵소서!"

"통촉하여 주시옵소서!!"

내 시야 안에 있는 모든 청마인들이 바들바들 떨면서 내게 절을 했다. 하지만 이 경험을 한 세대가 수명이 되어 죽고 내 이야기가 한낱 옛이야기가 되어버리면 이런 반응도 안 보여주고 그냥 대들겠지?

역시 다 죽일까?

후……. 그만두자. 좋은 생각, 좋은 생각.

지구에서 있을 적, 내가 아는 종교들은 거의 다 종파가 갈려 서로 싸웠다. 그러니 블루 마블의 이진혁교도 교파가 갈리는 건 차라리 당연한 일이라고도 할 수 있었다. 내전까지 벌인 건……. 좀 용납하기 힘들지만.

그런데 왜 블루 마블보다도 내가 더 오래 자리를 비웠던 그랑란트에선 교파가 갈리지 않았을까? 답은 명백하다.

"케이랑 테스카가 잘해서 그렇지."

누가 관리하고 안 하고 차이가 참 크다. 그런 의미에서 볼 때 인류연맹의 이진혁교는 안전하다고 볼 수 있다. 키르드가 잘할 테니 말이다.

그런 의미에서 나는 블루 마블에도 이진혁교의 관리인이 필요하다는 결론에 이르렀다. 전문 용어로는 블루 마블 교구의 주교가 될 인물이 필요하다.

내가 여기 천년만년 머무를 거라면 상관없겠지만, 나도 바쁜 몸이다. 실은 은퇴한 지 몇 달 되지도 않아 한가하긴 했지만 아무튼 바쁜 몸이다.

그런데 블루 마블 청마인들의 상황상 이것들 중 하나를 주교로 임명하면 인정 못 하느니 하면서 날뛰겠지. 그리고 또 내전으로 이어질 테고.

결국 외부인 중 내가 신임할 수 있는 인물, 덤으로 청마인들이 떼로 몰려와도 혼자 제압할 수 있는 인물이 필요하다.

"그게 딱 한 명 있네."

악마 여왕 비토리야나.

아, 이젠 악마가 아니라 내 천사지만.

비토리야나는 처음 내 일행에 합류할 때부터 나 다음으로 강한 존재였던 데다, 일전에 나한테 기적과 축복과 신비를 얻어 훨씬 강해졌다. 그녀라면 청마인 전체가 연합하고 쳐들어와도 혼자 능히 제압하겠지. 만마전 출신이라는 점도 플러스다.

그렇게 결정을 내린 나는 비토리야나를 소환했다.

"주여! 주께 쓰임 받는 것을 기쁘게 여기나이다!"

비토리야나는 소환되어 나오자마자 내게 부복하며 경의를 표했다. 그러고 보니 비토리야나도 첫인상과는 상당히 달라졌다. 하긴, 첫인상은 별로 좋지 않았다. 나한테 [유혹의 권능]부터 날렸지. 그걸 생각하면 달라진 게 다행이다 싶다.

나는 비토리야나에게 대강 일의 전말을 알려주었다. 그러자 비토리야나가 부들부들 떨기 시작했다.

"이놈들, 이 배은망덕한 놈들! 이것들이 얼마나 큰 은혜를 입었는지 모르나?! 아직 악마로 산 지 일만 년도 안 돼서 그런가? 그래서 그렇네! 틀림없네! 내 이것들을 그냥……!"

"죄, 죄송합니다! 여왕님!"

"죄송합니다! 죄송합니다!"

비토리야나의 분노에 찬 일갈에, 안 그래도 파란 얼굴이 더욱 새파랗게 질린 청마인들은 그 자리에서 꿇어 엎드리며 용서를 빌었다. 악마에서 인류종이 되었다 한들, 그들 사이에 악마 여왕 비토리야나의 위명은 아직 살아 있는 모양이었다.

그러나 비토리야나는 그들의 용서를 받아주지 않았다.

빠악!

두개골이 쪼개지는 소리가 선연히 들렸다. 보통 저 정도 일격을 맞으면 그 자리에서 죽는다. 치료를 받지 않으면 그렇다는 소리다. 비토리야나의 손에서 찬란한 황금빛이 번뜩이자, 갈라졌던 두개골이 도로 붙었다. 치유 스킬이다.

"일어서! 이것들, 오늘 여기서 못 죽는다!"

죽인다고도 안 하고 안 죽인다고도 안 하고 못 죽는다고 한다. 거참, 솔직하기도 하지. 딱 사실만 말하네.

"주여! 살려주시옵소서! 주여!!"

같은 내용이긴 해도 며칠 전과는 사뭇 다른 분위기의 기도가 쏟아졌다.

그러나 그들의 현실은 변하지 않았다.

"안 죽는다잖아."

나는 비토리야나를 말리지 않았다. 그래서 그들은 맞았다. 하염없이 맞았다. 반항해도 맞았고, 가만히 있어도 맞았으며, 죽은 척해도 맞았다. 그러다 보니 그들의 기도 내용이 바뀌었다.

"주여, 차라리 죽여주시옵소서!"

"못 죽는다잖아."

그제야 청마인들은 자신들이 당하고 있는 게 내리 갈굼이라는 걸 깨달았는지 표정이 멍해졌다. 그리고 그 뒤통수가 빠악, 하는 소리와 함께 빠개졌다.

물론 그 일격으로도 청마인들은 죽지 못했다.

"이것들이 아직도 정신을 못 차렸어! 이 버러지 같은 것들! 아니지? 이 버러지들! 일어나서 덤벼라! 제대로 교육해 주마!!"

와, 터프하다. 반하… 지는 않지만.

그렇게 비토리야나의 교육은 사흘 밤낮 동안 이어졌고, 몇 명은 몇 번 죽었다 되살아났다. 그녀가 너무나도 분노에 차 힘 조절에 실패한 까닭에 죽여 버린 게 그 원인이었다.

그리고 사흘째 되는 날.

"죄, 죄송합니다! 주여! 저희가 잘못했나이다!"

"저희가 틀렸나이다! 바로잡을 기회를 주시옵소서!!"

그 대답이 나오고서야 비로소 비토리야나의 폭력이 멈췄다.

"하니까 되잖니."

비토리야나는 화사하게 웃었다.

온몸에 청마인들의 파란 피를 묻힌 채.

…그 모습은 내가 봐도 좀 무서웠다.

Chapter 6

비토리야나의 교육 후, 서로를 죽일 듯이 노려보던 각 종파 지도자들의 태도가 바뀌었다. 그들의 가슴속에 남아 있던 마음의 앙금은 어느새 사라졌고, 대신 그 자리에는 같이 고난과 고통을 헤쳐 나왔다는 동반자 의식이 자리 잡았다.

"마치 군대 훈련소 같군."

차이점이라면 훈련병이 아닌 청마인 지도자들이 비토리야나에겐 감히 악감정을 못 갖는다는 점이 다르다. 이들이 조교의 험담을 하며 유대감을 쌓는 것만은 불가능했다. 오히려 이들은 비토리야나에게 어떤 카리스마를 느꼈는지 그녀를 믿고 따르기 시작했다.

태생이 악마라 그런가?

…아니, 깊게 생각하지 말자.

어쨌든 방법이 좀 거칠긴 했지만 이진혁교 교인들 사이의 내분을 봉합하고 중앙의 통제 능력을 확고히 하는 것에는 성공한 듯했다.

그러니 내가 비토리야나를 블루 마블 교구의 주교로 삼는 데 망설임이 있을 리가 없었다.

"알겠습니다, 주여. 이 비토리야나가 모든 것을 주의 뜻대로 행하겠나이다!"

"그럼 믿고 가도 되겠지?"

"예, 주여!"

다른 볼일이 없는 것도 아닌데 여기에만 눌러앉아 있을 수도 없고. 여기 오래 있다 보면 내가 이상해질 것 같아 더 못 있겠다. 좀 불안하긴 하지만 나중에 다시 와서 확인하면 되겠지.

자, 그럼 가볼까? 그런데 뭔가 깜박한 것 같은데…….

"아, 맞다."

그러고 보니 블루 마블에서 할 일이 한 가지 남아 있었다.

이 행성은 내가 처음으로 세계혁명가로서 혁명을 이룩한 곳이다. 그 말은 곧 이 스킬을 사용할 수 있다는 의미다.

[이진혁의 혁명의 열매]

세계혁명가 30레벨 때 얻은 스킬인데 아직 개시도 못 했었다. 물론 지배 유일 등급 스킬의 옵션이 되면서 스킬 이름이 좀 바뀌긴 했지만 효과는 여전하다. 나는 즉시 [혁명의 열매]를 써보았다. 그러자 내 손 위에 아이템 [혁명의 열매]가 뿅 하고 나타났다.

"한 번에 하나인가."

지금은 혁명력이 999+라 당장 쓸 일이 없다. 과연 이걸 쓸 만한 위기 상황이 다시 찾아올지 의문이지만, 그렇다고 굳이 낭비할 이유도 없지. 그냥 보험으로 놔둘까. 그래서 나는 [열매]를 인벤토리에 집어넣었다.

"됐다."

이로써 블루 마블에서 볼일은 끝났다. 비토리야나도 남겨뒀겠다, 달리 볼일이 생기면 언제든지 강림할 수 있으니 마음을 가볍게 하고 떠나야지.

나는 [진홍 혜성]을 불러냈다.

"다음으로 향할 곳은……. 정해져 있지."

만신전을 먼저 갈까, 천계를 먼저 갈까.

고민은 길지 않았다.

*　　　　*　　　　*

[진홍 혜성]의 워프 항법으로 만신전으로 향하는 여정 중에 문득 생각난 게 있었다.

그러고 보니 나는 아직 만신전의 왕의 이름도 모른다.

"…뭐, 아는 이름도 아니겠지만."

제우스도 카르마 마켓에 있었다. 내가 이름을 알 정도로 유명한 신은 거의 다 상위 세계에 가 있을 테니, 아무리 현 만신전의 왕이라 해도 모르는 신일 가능성이 높았다.

뭐, 그래도 안 물어볼 이유도 없다. 가면 물어봐야지.

그렇게 별 생각 없이 만신전에 도착하고 보니, 만신전엔 난리가 나 있었다.

"잉? 뭐야, 왜들 저래?"

난리란 게 다른 난리가 아니었다.

만신전은 전쟁 중이었다.

"뭐야, 이것들. 누구 맘대로 죽고 죽이고 난리야?"

나는 격분했다.

"저게 다 누구 신성인데!"

물론 전부 내 것이다.

모조리 착취해 줄 생각으로 희희낙락 만신전에 왔는데! 서로 신성을 써서 죽고 죽이면 내가 착취할 신성이 줄어들잖아!

그러나 나는 곧 다른 결론에 이르렀다.

이미 최상급 신격이 되어버린 이상, 내게 중요한 건 신성이 아니다. 신성이야 그냥 존재만 하고 있어도 숨 쉴 때마다 늘어나는 자원이 되어버렸다. 물론 불멸자인 내가 숨을 쉴 이유는 없지만 비유하자면 그렇다는 소리다.

그보다는 쓰다 보면 언젠가 다 닳아 없어질 혁명력이 중요하다. 아무리 지금도 혁명력이 999+라지만, 이건 숨 쉰다고 늘어나는 자원이 아니니까 말이다.

그러므로 나는 오랜만에 이 스킬을 썼다.

[이진혁의 시대정신의 씨앗]

혁명력을 파밍하는 가장 쉬운 방법. 그것은 혼란한 세계에 이 [씨앗]을 심는 거였다.
나는 곧장 씨앗을 심었다.

[시대정신의 씨앗]: 발아에 필요한 조건이 만족되었습니다.

그러자 씨앗의 발아 조건이 즉각 만족되었다. 아주 혼란하다, 혼란해!
나는 곧장 다음 스킬을 사용했다.

[이진혁의 시대정신의 맹아]

그러자 [씨앗]이 발아하면서 [시대정신의 새싹]이 되고 동시에 혁명력 +10이 내게 더해졌다. 꿀 한번 달콤하다. 이미 혁명이 많이 가까워진 건지, 새싹은 순식간에 무럭무럭 자랐다.
뿌리가 내리고, 줄기가 굵어지고, 가지가 뻗어지고, 잎이 무성하게 났다. 어느새 새싹은 더 이상 새싹이라 부를 수 없는 것이 되어 있었다.

―[시대정신의 나무] 육성에 성공. 혁명력 +10

그렇다, [시대정신의 나무]가 자라났다.

[시대정신의 나무]: 개화에 필요한 조건이 만족되었습니다.

곧 다음 스킬을 쓸 때가 되었다. 이렇게 빨라도 되는 건가 싶지만, 그만큼 만신전의 혼란이 나무에겐 영양 만점이라는 소리다.

[이진혁의 시대정신의 개화]

나는 스킬을 썼다.

—[시대정신의 나무]가 개화했습니다.
—시대가 진전했습니다.
—새로운 시대!

그러자 나무에선 꽃이 피었다. 순식간의 일이었다.

—세계가 혁명가의 혁명을 기대합니다.
—혁명가는 새로운 시대에 거대한 카리스마를 얻습니다.

"자, 그럼 혁명하러 가볼까?"
수확의 때가 되었다.

*　　　*　　　*

이미 한 번 했던 일이라 그런지, 혁명은 수월하게 진행되었다.

애초에 내가 있는 시점에서 대적할 상대가 있을 리 없다. 오히려 어려웠던 건 누구 편에 서느냐를 고르는 것이었다.

만신전은 크게 세 개의 세력으로 나뉘어 싸우고 있었는데, 내게 지배당했던 만신전의 왕을 축으로 했던 세력과 그 세력에 반발해 일어난 신진 세력, 그리고 뜬금없이 악마 세력이 등장해 서로 죽고 죽이는 멸망 전쟁을 하고 있었다.

아, 만신전의 왕이 속한 세력에 대해 말할 때 왜 과거형을 썼냐면 그는 이미 전사한 몸이었기 때문이다. 죽었다곤 해도 이름도 모르는데 애도를 할 수야 없다.

악마 세력은 뭔지 봤더니, 만신전의 악신들 중 일부가 힘을 얻기 위해 자의적으로 타락해 악마가 된 거였다. 일부라고 말하긴 했지만 악신들 거의 전부가 타락했다.

지금 돌아가는 구도로 보자면 세력 판도는 악마 세력이 가장 유리했다. 만신전의 왕이 전사한 기존의 주류 세력은 멸망 직전이었고, 그들을 내버려 두고 신진 세력과 악마 세력이 패권을 두고 신과 악마의 전쟁을 치르고 있는 형국이었다.

사실 내 이득만 놓고 보자면 악마 세력이 승리해 새로운 만마전이 탄생하는 게 가장 좋았다. 악마를 죽이면 얻을 수 있는 게 많으니 말이다. 몸에도 좋고 맛도 좋은 악마들을 다시 맛볼 수 있다니 이 얼마나 좋은 일인가?

그러나 개화한 시대정신은 신진 세력을 택했다. 혁명을 완수하고 혁명력을 얻느냐, 향후 꾸준히 신성을 수확할 밭을 얻느냐. 둘 중 하나를 선택하라면 당연히 혁명력이다.

그래서 나는 신진 세력을 이끌고 만신전을 혁명으로 이끌었다.

이 과정에서 대량의 혁명력을 손에 넣은 것은 물론이고 완전히 개화한 [시대정신의 나무]에서 [혁명의 열매]를 하나 더 수확할 수 있게 되었다. 여분이 생긴 셈이다. 나쁘지 않군.

그런데 만신전의 상태가 이상해졌다.

우선 만신전의 밑바닥 계층을 이루고 있던 수많은 잡신들과 이번 분쟁에서 새로 생겨났던 하급 악마들이 인류종으로 뒤바뀌며 신인(Godlike race)이라는 새로운 인류종으로 재탄생했다.

그리고 하급 신들은 귀신인(Noble Godlike race), 중급 이상의 악마들은 악신인(Demonic Godlike race)이 되었다.

만마전 때와는 달리 중급 신들은 그대로 신격을 유지한 채 남았다.

뭐지, 이거? 왜 이렇게 된 거지?

"이진혁 님, 감사합니다. 이로써 저희는 새로운 가능성을 손에 넣었습니다. 미래로 향할 동력을 얻었으니, 우리는 이제 정체되어 있던 현재를 뚫고 앞으로 나아갈 수 있을 겁니다."

만신전 신진 세력의 리더이자 혁명전쟁 때는 내 부관을 맡았던 상급 신 드비어스가 감격스러운 목소리로 내게 말했다.

그제야 나는 이 모든 변화의 원리를 알아챌 수 있었다.

"이게 너희가 원했던 혁명이로군."

만신전이 에르메스의 선동에 낚여 총력을 이끌고 그랑란트까지 가려던 이유가 있었다. 그것은 단순히 만신전의 왕 혼자만의 의지가 아니라, 만신전의 모든 구성원이 그것을 원했기 때문이었으리라.

인류종에게서 얻는 신앙이 없이는 잡신은 하루 먹고살아 갈 신성을 얻는 것조차 빠듯하다. 하급 신도 마찬가지. 스스로 생산하는 신성이 존재에 필요한 신성을 상회하는 건 아무리 높아도 중급 신부터다.

세계의 패권을 잃고 신앙을 얻을 만한 인류종이 아예 전멸하다시피 한 세상에서 만신전은 세력을 유지하는 것조차 버거웠으리라. 그렇게 만신전은 황혼을 향해 미끄러져 내려갈 수밖에 없는 세력이 되어버렸다.

그런 만신전의 구성원들에게 있어 새로운 인류종이 태어난 세상인 그랑란트는 사막의 오아시스나 다름없이 보였으리라. 그 갈증 때문에 에르메스의 선동에 더욱 쉬이 넘어갔을 것이고.

그러나 이제부터는 다르리라. 고유의 인류종을 손에 넣은 이들은 드비어스가 말한 대로 미래로 나아갈 동력을 새로이 얻었다. 외부의 인류종을 필요로 하던 모순에서 벗어났기에, 더 이상 그랑란트를 노리고 침략을 감행하지도 않으리라.

"그렇습니다, 이진혁 님."

드비어스는 반짝이는 미소를 지으며 내 말에 대답했다.

* * *

이럴 때 쓰는 말이 있다.

"그건 그거고, 이건 이거지."

나는 구 만신전의 왕성 보물고를 싹 털어버렸다.

이래도 되는 이유가 있다.

혁명 후에 새로운 세력이 된 신 만신전은 구 만신전의 유산을 물려받길 거부했다.

현명한 선택이었다. 만약 신진 세력이 구 만신전의 유산을 물려받으리라 천명했다면 구 만신전의 악행에 대한 책임도 함께 물려받아 그 대가를 치러야 했을 테니까. 막대한 전쟁 보상금을 치러야 하는 것은 물론이고 무장해제, 즉 신성의 착취도 함께 이루어졌을 것이다.

하지만 그들이 유산의 상속 권리를 포기했으므로, 이 보물고 속 보물의 주인도 없어졌다.

그러니 이 보물은 내 거다.

뭔가 이상하다고? 좀 이상해도 된다. 아무튼 다 내 거다.

내 입장에서 볼 때, 나는 이미 최상급 신격에 올라 이전만큼 신성에 큰 가치를 두지 않는다. 보물이 훨씬 낫지. 그래서 이 결과는 나한테도 좋고 신 만신전에도 좋다고 볼 수 있었다.

"난 이제 부자다!"

외치고 보니 원래 부자였던 것 같은 느낌이 들지만 뭐 상관없다.

아무리 재물이 재앙의 근원이라지만 그건 자기 소유물을 지킬 힘이 없을 때 이야기다. 나는 지금 이 세상에서 가장 강력한 존재니 가진 재물은 아무리 많아도 상관없었다.

"아, 그렇지."

뭔가 깜박했다 싶더니, 에르메스를 깜박했다. 인벤토리 안의 호리병 속에 봉인해 뒀었지. 정확한 명칭은 [기적적으로 축복받은 신비한 천옥봉호로]다.

날 고생시킨 대가로 고문한 뒤에 마지막 신성 한 방울까지 착취해 낸 후에 소멸시키려고 했었는데, 마음이 바뀌었다. 이젠 내겐 많은 신성이 필요하지도 않은 데다 고문하는 것도 상당히 귀찮고 심력을 낭비하는 일이다.

"드비어스, 선물이다."

그러므로 나는 그냥 에르메스를 신 만신전의 세력에게 넘기기로 했다.

이들도 에르메스에게 원한이 있을 것이다. 구 만신전은 에르메스의 선동 때문에 그랑란트를 쳤고, 그 때문에 내게 보물고를 뜯겼다. 만약 그런 일이 없었더라면 그냥 유산을 물려받기로 하고 보물들을 다 자기들이 먹었을 테니 저들의 입장에서도 배가 안 아플 수가 없다.

그러니 나 대신 에르메스를 충분히 벌해줄 거다.

뭐, 보물고의 보물들이 상당히 좋았던지라 개평 조로 주는 것도 없진 않고.

[천옥봉호로]에서 풀려난 에르메스는 눈동자가 멍하니 풀려 있었다. 봉호로가 주는 옵션 중 하나로, 갇힌 죄수를 [제압] 상태에 빠뜨리는 기능이 그에게 적용된 탓이었다.

그런 에르메스의 얼굴을 확인한 드비어스의 얼굴이 흉신악살처럼 일그러졌다.

"이, 이놈! 이 새끼는……!"

내 예상이 맞았군. 드비어스 반응 좋은 거 봐라. 나는 만족스럽게 웃었다.

"아, 죄송합니다. 이진혁 님. 감히 제가 이진혁 님 앞에서 욕설을 쓰다니."

"아니, 이해한다. 너희 입장에서는 세력의 쇠락을 불러온 특급 전범일 테니."

나는 에르메스를 상대로 [폭군의 착취]를 써 마구니 티켓을 쏙 하고 뽑았다. 그러고는 드비어스 쪽으로 데굴데굴 굴려다 주었다.

"이놈을 너희에게 넘겨주도록 하지."

내 제안에 드비어스의 동공이 커졌다.

"이놈……. 에르메스를 정말 저희에게 주시는 겁니까?"

"그래, 완전히 신병을 넘길 테니 재판을 하든 구워서 먹든 삶아서 먹든 마음대로 해라."

내 말에 드비어스의 표정이 좋아졌다.

"감사합니다, 이진혁 님."

고맙긴. 괜한 짐 덩이를 받아준 거 같아 오히려 내가 다 고맙다.

*　　　　*　　　　*

신(New) 만신전에서 볼일을 끝낸 나는 바로 다음으로 넘어갔다.

여기서 다음이란 당연하게도 천계를 뜻한다.

천계도 혹시 만신전처럼 내전을 벌이고 있는 게 아닐까 기대 반 걱정 반 했었지만, 아쉽게도 그러지는 않았다.

천계는 생각보다 평온했다. 겉보기에만 이렇고 사실 속은 썩어 문드러져 가는 거 아닐까 싶어서 [시대정신의 씨앗]을 생성해 심어보았지만 씨앗은 발아하지 않았다.

뭐지?

"아, 스승님!"

구시렁거리면서 옥황상제를 찾아갔더니, 옥황상제가 의외의 호칭으로 나를 불렀다.

"왜 내가 네 스승이냐?"

"제게 가르침을 주시고 깨우침을 주셨으니 스승님이죠!"

그러고 보니 천계를 떠나기 전에 천계 수뇌부에게 [폭군의 지배]를 걸어놨었다. 그 탓에 머리가 이상해지고 만 걸까? 불쌍하게도…….

나는 손가락을 따악 하고 튕겨주었다. 그러자 옥황상제에게 걸려 있던 [폭군의 지배]가 해제되었다. 이제는 좀 정상적인 대화를 할 수 있겠군. 나는 그렇게 기대했다. 그러나…….

"감사합니다, 스승님!"

옥황상제, 넌 내 기대를 배신했다!

아니, 이게 아니라.

[지배] 상태에서 풀려났음에도 태도에 변함이 없다는 건 하나의 결론으로 귀결된다. 바로 대상이 자진해서 시전자를 따르고 있다는 것.

즉, 옥황상제는 진짜로 나를 스승으로 여기고 있다는 소리밖에 안 된다.

"흠, 그렇군."

왜 만신전에선 일어났던 내전과 혁명이 천계에서는 일어나지 않았는지도 나는 납득할 수 있게 되었다. 내 [지배]를 거의 저항하지 않고 받아들인 옥황상제는 부작용인 지능 저하에서 빨리 벗어날 수 있었을 테고, 패전으로 인한 혼란을 빠르게 수습할 수 있었을 것이다.

여기에 만신전의 경우, 왕을 내가 너무 세게 때려서 신격이 떨어질 정도로 신성이 많이 깎여 나간 탓도 있으리라. 반드시 지도자가 강할 필요는 없지만, 만신전 같은 수직적인 사회에서 지도자의 신격이 낮다는 건 반란이 일어날 이유로 충분했을 것이다.

반대로 옥황상제는 내게 맞지 않아서 지도력을 잃을 정도로 약해지지 않았다. 이것도 만신전과 천계의 차이를 불러일으킨 이유 중 하나가 되었을지도 모른다.

"뭐, 좋아. 그럼 더 좋지."

나는 상황을 받아들이고 이용하기로 마음먹었다. 상식적인 선에서 배상금을 협상하고 받아 가면 되는 일이니.

그러나 그건 내가 너무 쉽게 생각한 것임이 금방 드러나게 된다.

"다 가져가십시오."

내 말을 들은 옥황상제는 천계의 보물창고를 활짝 열고 내게 이렇게 말했기 때문이다.

"다?! 다라니?!"

나는 되도록 많이 가져가려고 협상을 준비하고 있었는데, 오히려 저쪽에서 다 내주겠다고 하니 당황이 안 될 수가 없다.

"예. 본래 도가에서 이르기를 도는 무욕에서 온다고 했습니다. 불가에서도 유가에서도 마찬가지구요. 이 모든 재물은 저와 천계의 모든 이들에게 미혹과 분쟁의 씨앗밖에 되지 않습니다. 그러니 차라리 스승님께서 전부 가져가 주신다면 모두가 납득할 것입니다."

옥황상제의 입장에서는 오히려 이 모든 재물이 내게 짐이 될 것이 분명하나, 이미 득도에 성공해 등선을 바라보고 있는 내게는 그리 부담이 되지 아니하리라 생각하고 한 말이라 한다.

"…맞는 말이네!"

잘 생각해 보니 당황할 이유가 없다. 내가 천계 사정 봐줄 이유가 없으니 말이다. 이걸 내가 다 가져가서 이들이 어떤 불편을 겪든 나와는 큰 상관이 없는 일이다. 더욱이 말은 신선이라곤 해도 이들은 신격에 오른 이들이다. 좀 굶어도 죽거나 하지는 않으리라.

그래서 나는 천계의 보물창고를 쓸어 담았다.

이걸로 내 인벤토리에 두 개 세력의 보물창고가 들어찬 셈이다. 마라 파피야스의 인벤토리도 내가 흡수했으니 세 개 세력이라고 우길 수도 있다.

"…좋군!"

만족했다.

*　　　*　　　*

천계에서 볼일은 이걸로 마쳤다. 그렇게 생각했다. 그런데 뭐가 하나 걸려서 곰곰이 생각해 보니, 아직 볼일이 하나 더 남은 것 같다.

"아, 맞다."

그러고 보니 [천옥봉호로]에 가둬둔 천원, 얘 어떻게 하지?

사실 내가 천원을 사로잡은 이유는 천원의 입에서 먼저 등선했다던 천원 어머니의 이야기를 듣고 상위 세계에 대한 힌트를 얻기 위해서였다. 그랬는데……. 카르마 마켓에서 그 정보를 거래해 버린 탓에 지금의 나한테는 천원의 가치가 그리 높지 않았다.

에르메스는 이견의 여지없는 전범인 데다 만신전 애들이 알기 쉽게 놈을 증오해 줘서 그냥 걔네들한테 떠넘겼는데, 천원의 경우는 그렇지만은 않을 것 같았다. 그래서 천계에다 넘기는 것도 좀 애매한데…….

일단 말이라도 꺼내볼까? 싶어서 나는 [봉호로]에서 천원을 꺼내다 보였다.

"얘 말인데……."

"아, 아아! 저, 저거!!"

[봉호로]에서 천원이 굴러 나오자마자 누가 큰 목소리로 외쳤다. 옥황상제는 아니었다. 목소리의 범인은 황급히 조아리며 내게 말했다.

"태사부께 무례를 범한 죄, 부디 용서하여 주소서!"

누가 네 태사부야? 나는 그렇게 묻는 대신 그의 얼굴을 확인했다. …모르겠다. 누구더라? 그런데 상대는 친절하게도 자기 이름을 스스로 밝혔다.

"소인은 계유라 합니다."

"그렇군. 계유라."

아는 척 고개를 끄덕였지만 역시 처음 듣는 이름이다. 다행히 계유는 곧장 자기 용건을 밝혔다.

"무례하게 목소리를 높이게 된 것은 저자, 천원과 면식이 있었기 때문입니다. 저자는 천계가 위험에 처해 있을 때 도망쳤습니다. 그것도 그냥 도망친 게 아니라 자기 파벌을 모조리 데리고 모습을 감춰 버렸습니다!"

그때만 생각해도 열불이 터지는 듯 계유의 목소리가 다시 뜨거워지고 얼굴은 시뻘겋게 달아올랐다.

아니, 그런데 그 천계가 위험에 처한 게 내 탓이었던 것 같은데. 뭐, 굳이 지금 지적할 일은 아니지만 말이다.

옆에 있던 옥황상제가 크흠, 크흠 하고 몇 번 헛기침을 했지만 계유는 너무 흥분해서 듣지 못한 건지 계속 외쳤다.

"이런 곳에서 배반자의 얼굴을 다시 보게 된 것이 놀라워 큰 목소리를 내게 되었으니, 그 죄를 태사부께 아뢰옵고 사죄하고자 합니다!"

계유는 내게 절을 하며 이마로 땅을 쿵 하는 소릴 내며 찍었다.

"되었다."

나는 짐짓 관대한 척 손을 내저었다. 사실 그렇게 화를 낼 일도 아니었다. 오히려 잘됐다 싶었다.

나는 어떻게 해서 천원을 사로잡게 되었는지 대충 설명했다. 이야기를 들은 좌중에 있던 모든 이들의 얼굴에 충격의 빛이 서렸다.

"천계 최고회의의 삼선 중 하나가 마구니였다니……."

"천계가 이렇게까지 마구니에 침식되어 있었다니!"

그들 중에서 특히 옥황상제의 충격이 커 보였다.

"…제가 조카를 잘못 키웠군요. 제가 조카를 잘못 키웠습니다, 스승님."

아니, 그걸 왜 나한테 말해.

그건 그렇고, 천원이 옥황상제의 조카였군. 어째 귀한 집 자식 같더라니.

"이 여자는 너희에게 넘기도록 하지."

아무리 옥황상제의 친인척이라지만 여론이 이렇게 안 좋은데 그냥 풀어주진 않으리라는 계산도 섰겠다, 나는 그냥 에르메스 때와 똑같이 이 여자를 천계에 떠넘기기로 했다.

"…배려는 감사합니다만 스승님, 부디 그 아이를 데려가 주시기 바랍니다."

그런데 이번에는 옥황상제가 의외의 대답을 했다.

"그 아이는 천계의 신선들로 하여금 도의에 어긋나는 마음을 불러일으키는 존재가 되었습니다. 도를 걷는 자가 결코 분노에 휩싸여서는 안 될진대, 보셨다시피 모두가 그 아이의 행위로 인해 분노를 느끼게 되었습니다."

"스, 스승님……!"

옥황상제의 말은 계유에게도 의외였던 모양이다. 아니, 계유뿐만 아니라 다른 신선들도 크게 놀란 표정을 짓는 걸 보니 이전까지 옥황상제는 천원에게 대단히 물렁했던 것 아닐까 싶다.

계유의 부름에도 아랑곳 않고, 옥황상제는 할 말을 맺었다.

"설령 그 아이가 제 조카라 한들 천계에 두고 있을 수 없는 일이니, 부디 거두어주소서."

"…그러냐."

사실 나는 내심 보물고를 다 털어 가는 것의 개평 조로 천원을 넘겨줄 셈이었는데, 지금의 천계에 천원은 짐이나 다름없는 존재라니. 이래서야 넘겨주는 게 더 미안한 일이 되었다.

"알았다."

나는 다시 천원을 [봉호로]에 집어넣었다. 이걸 어떻게 할지는 나중에 정하자.

"나는 이제 여길 떠날 생각인데, 혹시 내게 바라는 것 있나?"

내 말에 옥황상제는 싱긋 웃었다.

"스승님의 가르침으로 큰 깨달음을 이미 얻었사온데, 무엇을 더 바라겠습니까? 그저 언제든 다시 천계에 방문해 주시길 바랄 따름입니다."

옥황상제가 말하고 행동하는 걸 보니 확실히 도인이 된 듯싶었다.

도관법인 천계의 지도자인 옥황상제라면 응당 그래야 하겠지만, 지난번의 첫인상은 그렇지 않았으니 놀랄 일이 맞다.

옥황상제가 저렇게 변했으니, 적어도 저자가 상위 세계로 가서 다른 이가 저 자리를 물려받지 않는 한 천계가 그랑란트를 비롯한 다른 세계를 위협할 일은 없겠지 싶다.

"그래, 그럼 언젠가 다시 보자고!"

만족한 나는 [진홍 혜성]을 불러내 탔다. 그리고 곧장 천계를 뒤로했다.

*　　　*　　　*

이다음에는 어딜 가지? 라고 생각했다가, 나는 픽 웃어버리고 말았다.

"할 일 없으면 집에나 가자."

나는 [레벨 업 마스터]를 꺼내 들었다. 그리고 통화 버튼을 눌렀다.

—네, 선배.

그러고 보니 선배란 소리 오랜만에 듣네. 그런 생각이 떠올랐지만 입 밖에 내진 않았다.

"기도해."

—네!

다음 순간, 나는 그랑란트의 이진혁 월드 타워 최상층에 서 있었다. 그리고 내 맞은편에는 울먹거리는 안젤라의 모습이 있었다.

"오실 날을 기다리고 있었어요!"

무슨 전쟁터에 끌려갔다 살아 돌아온 아버지를 맞아들이는 딸 같은 표정이었다.

나는 그런 안젤라의 반응에 어이가 없었다. 잘 생각해 보니 전쟁터 다녀온 건 맞는데, 그래도 이런 반응을 보일 정도는 아니다.

"아니, 왜? 자리 비운 거 한 달도 안 된 거 같은데?"

"그래도요!"

안젤라도 머리로 생각하고 이런 반응을 보이는 건 아닌 것 같았다.

"…그러냐."

"네!"

그럼 됐지, 뭐. 나는 픽 웃었다.

"아, 그렇지. 키르드가 갑자기 사라져 버렸어요."

"내가 불렀어. 지금은 인류연맹에 있을 거야. 이제 거기 교구 주교야, 걔."

"출세했네요."

딱히 알고 싶어서 물어본 건 아닌 것 같았다. 그냥 말 걸고 싶어서 이러는 건가? 아니나 다를까, 안젤라는 곧 다른 화제를 떠올린 듯 다시 입을 열었다.

"그러고 보니 비토리아나도 어디 갔던데……."

"갠 블루 마블 교구 주교."

"와오."

안젤라의 반응이 조금 재미있었다. 그래서 조금 골려줄 생각으로 질문을 하나 던져봤다.

"왜, 너도 출세하고 싶어?"

"아뇨."

대답이 의외로 단호했다.

"그러냐."

"네."

그런가 보다.

나는 내 집무실의 의자에 앉았다. 너무 화려하다고 고개를 저었던 게 언제였던지 이젠 기억이 안 난다. 그냥 괜스레 웃음이

나온다.

"돌아왔군."

일주일도 채 안 되는 여정이었건만, 왠지 오랜만에 집에 온 것 같은 기분이다. 뭐, 거리로 치면 꽤 멀리 돌다 오긴 했지만 다 워프로 다녔으니 거리가 별 의미가 없기도 했고.

"잘 돌아오셨어요!"

혼잣말이었는데, 안젤라가 큰 목소리로 대꾸했다.

그런 안젤라의 모습이 오늘따라……. 무지 개 같았다.

스스로의 생각이 웃겨서 난 피식피식 웃었다.

"그래."

*　　　*　　　*

레벨 업이라는 인생 최대의 목표이자 동기부여 원천을 잃은 나는 마치 은퇴 후의 삶을 준비하는 것처럼 새로운 시도를 해보기로 했다.

가장 먼저 도전한 건 인류연맹에서 꽤 인상적으로 봤던 2차 산업 직군으로의 전직이었다.

요리사를 제외하면 내 보조 직업은 거의 대부분이 1차 산업으로 편중되어 있었다. 요리사도 굳이 구분하자면 3차 산업인 셈이니, 2차 산업은 첫 경험인 셈이 된다.

"우선은……. 대장장이 레벨부터 올려볼까?"

그랑란트에는 광물이 풍부했고, 우수한 광부이자 대장장이인 드워프들이 있었다. 그들은 내게 좋은 재료 수급처가 됨과 동시에 스승도 되어주었다. 조건이 워낙 좋았다.

보조 직업은 [레벨 업 쿠폰]도 안 통하고 전투 경험치로 레벨 업을 시킬 수도 없었기 때문에, 일일이 제작을 하면서 수련치를 모으고 스킬 숙련도를 올리면서 직업 경험치를 쌓아야 했다. 이거 완전 시간을 잡아먹는 괴물이나 다름없다.

그러나 레벨 업을 은퇴해서 시간이 남아도는 내게는 이 정도가 딱 좋았다.

나는 금방 새로운 직업에 푹 빠졌다. 넋을 잃고 매일 망치를 두들겼다.

"엇……."

그리고 어느새, 나는 대장장이 직업의 만렙에 도달해 있었다.

여기서 만렙이란 통상적인 만렙인 20레벨을 뜻하는 게 아니다. [한계돌파]로 계속 뚫고 올라가 히든 전직이 열리는 50레벨을 뜻한다.

문제는 대장장이 직업에는 히든 전직이 없었고, 50레벨은 그냥 숫자에 불과했다. 물론 [한계돌파]가 있으니 더 레벨을 올릴 수도 있지만, 보조 직업의 레벨을 올린다고 스킬 포인트를 주는 것도 아니고 능력치도 더 이상 오르지 않으니 이 이상 올려봤자 별 의미가 없었다.

"그럼 뭐, 다른 직업으로 전직할까?"

사실 일반적인 경우 동시에 가질 수 있는 보조 직업의 개수에는 한계가 있었지만, 내게는 큰 문제가 되지 않았다.

[한계돌파]로 더 많은 보조 직업을 동시에 가질 수 있다는 이야기는 아니다.

아, 물론 [한계돌파] 덕도 보긴 했다. 40레벨 찍고 대가급 스킬로 하위 직업 스킬들을 빨아 올린 후 그냥 전직할 수 있다는 점에서 말이다. 20레벨이 한계인 다른 이들보다는 포기할 것이 훨씬 적은 셈이다. 아니, 없나?

그럼 더 끌 거 없이 바로 전직을 할까, 생각하던 나는 곧 마음을 바꿔먹었다.

"그 전에 자랑 좀 하자."

* * *

과거 인류연맹에 갔을 때 약속한 대로, 나는 내 용포와 왕관을 제작해 준 장인들을 그랑란트로 초대하기로 했다. 그다지 어려운 일은 아니었다. 어느새 그들은 내 신도가 되어 있었으므로, 상태창의 [신] 탭을 이용해 소환하면 될 일이었다.

원래 이 소환 기능으로는 내 천사들만 소환할 수 있었지만, 최상급 신이 되면서 신도들도 아무 때나 소환할 수 있게 제한이 풀려 있었기에 가능한 일이었다.

이들을 소환하기로 한 건 일전의 약속을 지키기 위함인 것도 있었지만, 더욱 주된 목적은 내 제작품을 자랑하기 위해서였다.

"이게 참 훌륭하단 말이지……."

나는 내 제작품들을 진열한 창고를 황홀한 눈으로 바라보며 미소를 지었다. 물론 내가 제작한 모든 제작품들이 다 훌륭하지는 않다. 그러나 적어도 여기에 있는 제작품들은 어디에 내놔도 부끄럽지 않은 명작들뿐이다.

당연하지. 내가 고르고 또 고른 것들만 이 창고에 들어올 수 있으니. 대가급 스킬을 얻기 전에 만든 제작품들은 모두 폐기하고, 그 이후에 만든 것 중에서도 상위 10%만이 이 창고에 들어올 자격을 얻는다.

그 결과, 창고의 그 어느 것을 봐도 내가 통째로 들고 온 만신전과 천계의 보물고에 귀중히 보관되어 있던 그 어떤 보검보다도 훌륭하다.

하긴 생각해 보면 비교하는 게 이상한 일이다. 전례 있을 리 없는 대장장이 레벨 50에 솜씨가 999+, 행운이 999+로 품질 보정도 [한계돌파] 한 물건이니 말이다.

아무리 당연한 훌륭함이라지만 이렇게 막상 창고에 쭉 늘어놓고 보면 그 뿌듯함도 한계돌파였다. 누군가에게 자랑하지 않고선 배기지 못할 정도로 뿌듯했다.

사실 이미 자랑했지만 말이다.

그랑란트의 시민들에겐 여러 차례 자랑한 바 있었다.

내 이름을 건 전시회를 열어서 보여주는 건 당연했고, 시민들이 거의 다 내 신도들이다 보니 제대로 된 평가를 못 받을까 봐 제작자의 이름을 숨기고 드워프 동네 대장간에 섞어놓기도 했다. 경연 대회에 슬쩍 무명으로 출품했다가 내 제작품인 걸 들키기도 했다.

그래, 맞다. 내가 좀 주책이긴 하다. 그건 인정한다.

그래도 이렇게 훌륭한 걸 자랑하지 않고 넘어갈 수는 없지!

아무튼 이렇게 그랑란트에서 실컷 자랑하고 나니, 새로운 관심이 필요해졌다. 그것은 바로 외부인의 관심이었다. 그런 의미에서 인류연맹의 장인들을 초대하기로 약속했던 건 내게 있어서 좋은 핑곗거리가 되었다.

"오오, 이것은……!"

"이것이 정녕 인간이 만들어낸 물건이란 말입니까?!"

"신의 영역입니다, 이것은!"

그리고 인류연맹 소속 장인들은 매우 흡족한 반응을 보여주었다.

"이 맛에 제작하지."

인류연맹 소속 장인들의 반응에 만족한 나는 그들을 위해 연회를 열어주기로 했다.

당연하지만 단순한 연회가 아니라 테스카의 [즐거운 회식]으로 인한 특성 블랜딩이 첨가된 특별한 연회가 될 터였다.

이 자리에서 장인들은 [별 하나 더]와 [나 혼자 두 배]의 덕을 톡톡히 볼 터였다. [한계돌파]로 한계 레벨이 뚫리는 경험은 덤일 테고 말이다.

"아차, 그렇지."

나는 자랑하고 싶은 마음에 깜박했던 걸 뒤늦게 생각해 냈다.

깜박했다는 건 다름이 아니라 크리스티나, 링링, 주리 리를 언제 한번 그랑란트에 초대하기로 한 약속이었다.

이걸 깜박하고 장인들만 꼴랑 초대했으니, 이대로 장인들을 돌려보내면 분명 문제가 될 거다.

주리 리는 크게 신경 안 쓸 수도 있지만 링링이나 크리스티나가 삐칠 수도 있었다. 아니, 링링은 분명 삐칠 거다.

"그럼 안 되지."

특히나 주리 리는 최근에 날 대장장이로 전직시켜 준 적이 있었다. 그때 이야기를 꺼냈어야 했는데, 나는 깜박했고 주리 리는 날 보채질 않았으니 이야기를 꺼낼 기회가 없었다. 아니, 기회가 없다는 건 변명이고 그냥 깜박했지.

하지만 아직 늦지 않았다. 나는 [신] 탭을 눌렀다. 혹시나 했더니 역시나 세 사람 다 내 신자로 등록되어 있었다. 이로써 내 신자가 아니라서 초대를 못 했다는 변명도 안 통하게 됐다. 지금이라도 기억해 내서 다행이라고밖에 할 수 없다.

"그럼 당장……. 아니지."

기왕 이렇게 된 거, 정식으로 초대를 해야겠다.

나는 [레벨 업 마스터]를 들었다.

* * *

내 판단은 늦긴 했지만 틀리지는 않았다. 크리스티나를 비롯한 여자들은 연회에 참석할 준비를 위해 사흘의 말미를 달라고 요청해 왔기 때문이다. 무슨 준비가 필요한지는 모르겠지만, 아무튼 그냥 [신] 탭으로 소환시키지 않아서 다행이다.

기왕 전화를 돌리는 김에, 나는 키르드에게도 오랜만에 전화를 걸었다. 그러고 보니 요즘 망치 두들긴다고 영 연락을 안 했었다.

—아, 아버지.

"바쁘냐?"

—아버지 연락을 받지 못할 정도로 바쁘지는 않습니다.

말은 저렇게 하지만 크리스티나에게 듣기론 키르드도 꽤 바쁜 모양이었다.

이진혁교 교구 주교로서의 업무에 쫓기는 건 물론 내 대신 영웅왕 대행권자로서 여러 행사에 참여해야 했다. 참고로 영웅왕 대행권자 권한에는 내가 지난번에 별 생각 없이 받아두었던 인류연맹 최고회의에서의 의결권까지 포함되어 있었다.

이뿐만이 아니다. 하워드 가문의 현 가주인 키에드 하워드의 의향으로 차기 가주로 임명된 데다 리세나, 아니, 이세나의 이씨 가문에도 상당한 권한을 행사하게 되었다. 이씨 가문은 또 왜? 대충 감이 짚이긴 하지만 다시 잘 생각하면 역시나 이상하다.

아무튼 인류연맹 3대 가문 중 2개 가문에도 발을 걸치게 되어, 키르드는 인류연맹에서 가장 큰 영향력을 지닌 인물로 손꼽히고 있다고 한다. 사실상 직함이 전부인 인류연맹 국무총리보다도 발언권이 세다니 더 말할 게 없다.

많은 권한은 곧 많은 업무를 봐야 함을 뜻한다. 직함이 많다 보니 그만큼 해야 할 일도 많은 건 당연하다 볼 수 있다. 키르드는 지금 몸이 서너 개라도 모자랄 것이다.

그나마 크리스티나가 많은 도움을 주고 있어 좀 낫다고는 하는데, 이건 그녀 본인의 입에서 나온 말이라 반절 정도는 깎아서 들어야겠지.

"그래, 바쁘구나."

나는 별 생각 없이 전화한 건데, 바쁜 아들을 상대로 내가 좀 너무했다 싶었다. 더욱이 사실 따지고 보면 다 내가 해야 할 일인데 키르드가 대신하고 있는 거나 다름없었다는 점에서 내 죄

책감은 극대화되었다.

—소식 들었습니다. 크리스티나가 휴가를 요청하더군요. 그랑란트에 아버지를 뵈러 간다고요.

그런데 키르드가 먼저 말했다. 바쁜데 방해해서 미안하다고 말하고 전화를 끊을 생각이었던 나는 다소 당황해 대꾸했다.

"으, 응? 응, 그렇지."

—저도 가겠습니다.

갑자기?

"어, 어딜?"

—그랑란트요.

나는 '왜?'라고 묻고 싶은 강한 충동을 느꼈지만, 동시에 그 질문을 해서는 안 된다는 직감적인 판단으로 간신히 그 충동을 참아내었다.

—뭔가 파티를 하신다고 들었습니다만, 저도 참석하겠습니다. 제게도 사흘 말미를 주시죠.

"어, 어?"

—설마 안 된다고 말씀하시진 않겠죠?

"아니, 당연히 되지. 그럼 그때 오거라."

나는 휩쓸리듯 대답했다.

—네, 아버지. 뵐 날을 고대하고 있겠습니다.

뭘 고대까지야. 나는 그렇게 웃어넘기려고 했지만 이상하게 웃음이 나오지 않았다. 그만큼 키르드의 목소리가 결연했다. 왜? 어째서? 무슨 이유로? 물어보고 싶었지만 질문이 입안에서만 머물다 도로 쏙 들어가 버렸다.

"그래. 그럼 그때 보자꾸나."

결국 난 그렇게 키르드와의 통화를 마무리하고 전화를 끊었다.

뭔가 이상하게 내가 내 손으로 무덤을 판 것 같은 기분이 들었지만, 분명 기분 탓일 거다. 암, 그렇고말고. …그러니까 더 생각하지 말자. 좋은 생각, 좋은 생각.

"잡념이 들 때는 역시 망치질이 최고지!"

나는 내게 들러붙는 상념을 억지로 내려놓은 채 작업실로 향했다. 저쪽에서 준비를 한다니, 이쪽에서도 나름 준비를 해야 했다.

뭐, 준비라곤 해도 요리는 당일 하는 게 가장 맛있고 연회장은 상비되어 있으니 준비할 거라곤 저들에게 넘겨줄 선물 정도였다.

나는 내 실력을 자랑도 할 겸 네 사람에게 적당한 검을 벼려서 줄 생각이었다.

"아무리 평화의 시대라지만 플레이어가 검 한 자루도 없으면 말이 안 되지."

정작 나 자신은 주무기로 포를 쏘고 홀을 휘두른다지만 그런 거야 뭐 크게 신경 쓸 일은 아니다. 사실 선물 그 자체보다 내 실력 자랑에 무게가 더 실린 것 같지만 그게 뭐 어쨌단 말인가!

선물 준비는 하루도 채 걸리지 않았다. 사실은 반나절도 걸리지 않았다.

"완성은 당일 해서 줘야지."

[별 하나 더]를 생각하면 회식 자리에서 완성시키는 게 맞았

다. 회식에 초대한 인류연맹 장인 중에 보석세공사와 금속공예가도 있었기 때문에 그들의 손도 빌릴 셈이다.

아주 멋진 합작품이 탄생할 것이다.

"기대가……. 되는군!"

나는 내 실력을 자랑할 생각에 가득 차 연회 날을 손꼽아 기다렸다.

Chapter 7

약속된 시간에 맞춰 나는 인류연맹의 네 사람, 크리스티나와 링링, 주리 리, 그리고 키르드를 [신] 탭으로 불러냈다. 넷 모두 소환에 응해 곧장 내 앞에 나타났다.

그리고 나는 깜짝 놀랐다.

"수염!"

"예?"

"너, 수염!!"

너무 놀란 나머지 어휘력이 퇴화되고 말았다.

그렇다, 수염.

키르드는 수염을 덥수룩하니 기르고 있었다. 지난번에 봤을 때는 분명 앳된 티가 남은 청년이었는데, 잠깐 안 본 새에 액면가가 확 올라가 버린 느낌이었다. 수염 탓일까?

아니, 수염 탓만은 아니다. 선 얇은 미소년에서 미청년 사이 정도의 외견이었던 키르드는 어느새 어깨가 떡 벌어지고 근육이 울퉁불퉁한 선 굵은 아저씨가 되어 있었다.

아저씨라곤 해도 중년까지는 아니고 그냥 예비군 아저씨 정도지만 내 인식으로 볼 때 귀엽고 귀여운 내 양아들인 키르드가 저런 모습으로 변모해 버리다니 충격을 안 받을 수가 없었다.

"…그렇게 이상합니까? 그래도 오기 전에 신경 써서 다듬은 건데……."

내 반응에 상처받은 듯 키르드가 시무룩해졌다. 다 큰 아저씨가 어깨를 축 늘어뜨리고 풀이 죽으니 뭔가……. 징그러웠다. 하지만 이런 소감을 솔직하게 말해봤자 키르드의 기분만 더 상할 뿐이겠지. 그래서 나는 고개를 내저으며 말했다.

"아니, 아냐. 좀 당황했을 뿐이야. 너무 많이 바뀌어서……."

"그야 그럴 법도 하죠."

키르드와는 달리 이전과는 조금도 변함이 없는 모습의 크리스티나가 끼어들어 말했다.

"폐하께선 키르드 전하를 7년 만에 보시는 거니까요!"

"7년?"

벌써 7년이나 지났나?

하긴 그렇다면 키르드의 변화도 이해가 간다. 7년이라는 시간은 소년이 어른으로 변모하기에 충분한 세월이다.

"예, 아버지. 아버지께서 마지막으로 인류연맹을 방문하신 지 7년 3개월 12일 13시간 5분 21초가 지났습니다."

크리스티나의 말을 받아 키르드가 이어 말했다. 그렇게까지 세세하게 짚어줄 필요는 없지 않았을까? 왠지 집착하는 것 같아서 느낌이 별론데…….

키르드는 좀 망설이더니 이런 말을 덧붙였다.

"그러니까……. 그……. 가끔은 인류연맹에도 들러주십시오……."

"전하, '꼭'이 빠졌습니다. 그리고 '가끔은'도 빼주십시오."

그러는 키르드 옆에서 크리스티나가 소곤거렸다. 다 들리거든? 아니, 저거 분명히 나 들으라고 한 소리다. 아니나 다를까, 크리스티나가 직접 내게 물었다.

"그치만 폐하! 너무 그랑란트에만 계시는 거 아닌가요?"

"그렇군. 가끔은……. 블루 마블에도 가고 그래야지."

"그게 아니라요!"

크리스티나의 반응에 나는 큭큭큭 웃었다. 물론 저 반응을 노리고 한 말이었다.

"폐하! 키르드 전하의 수염만 보시지 마시고 제 드레스도 칭찬해 주세요!"

내 반응에 한쪽 뺨을 부풀리고 있던 크리스티나는 화제 전환이라도 하듯 그렇게 말했다. 목소리에는 여전히 새침한 기운이 남아있어 전혀 분위기 전환이 되진 않았지만, 그 내용 자체는 맞는 말이었다. 그래서 나는 말했다.

"그래, 예쁘구나."

"폐하께서는 오늘도 아름다우세요!"

내가 뭘 잘못했나? 분명 나도 칭찬을 받은 것 같긴 한데 이상하게 이런 생각이 드네.

나는 크리스티나에게서 시선을 돌려 주리 리에게도 말했다.

"흠, 흠. 주리 리, 그 드레스 잘 어울리는군."

"아……. 감사합니다. 폐하."

주리 리의 얼굴이 발갛게 물들었다. 이 반응은 오소독스해서 안심되는군.

그때였다.

"폐하!"

링링이 발작적으로 외쳤다.

"그래, 예쁘다!"

"네! 헤헤!!"

만족했다니 다행이다. 링링의 천진난만한 반응을 보며, 나는 큭큭 웃고 일행을 인도했다.

"일단 뭐라도 먹으면서 이야기하자고. 회식 준비 다 끝내놨어."

* * *

키르드 일행을 소환한 건 이진혁 월드 타워 최상층인 내 집무실이었고, 연회장은 바로 그 아래층에 있었다. 나는 연회장의 문 앞에 대기하고 있던 안젤라를 불렀다.

"안젤라, 키르드 데려왔다."

"아, 네! 키르드 왔구나! 키르드?!"

안젤라가 제자리에서 펄쩍 뛰었다. 마치 활어처럼.

"네가 키르드야?"

"그래, 안제 누나. 내가 키르드야."
키르드가 굵은 목소리로 대답했다.
"목소리가 중년이야!"
"변성기는 그랑란트 있을 때 왔었는데."
"그 수염은 뭐야!?"
"방금 말 돌린 거 맞지?"
7년이나 떨어져 있었는데 여전히 가족 같은 두 사람의 대화를 들으며 나는 킥킥 웃었다. 그런데 의외의 반응이 생겨났다.
"안젤라 씨, 키르드 전하랑 친해 보이네요."
링링이었다.
"그야 남매 사이 비슷한 사이니까."
"그렇군요……."
링링은 안젤라와 키르드가 살갑게 대화하는 모습을 보며 뭔가 마음에 안 드는 듯했다.
어, 설마?
에이, 아니겠지.
나는 그냥 모르는 척하기로 했다.
"아, 손님들을 두고 제가 이 무슨 결례를. 안녕하세요, 제 이름은 안젤라입니다."
"알아요, 안젤라. 저도 아시잖아요."
"그야 그렇죠, 크리스티나. 그랑란트에 오신 걸 환영해요."
그러고 보니 안젤라가 처음 내게 항복하고 인류연맹에 망명할 때 선을 대준 게 크리스티나였다. 직접 얼굴을 마주하는 건 오늘이 처음일 테지만 낯은 익겠지.

안젤라는 링링, 주리 리와도 인사를 나눈 후 연회장의 문을 열었다.

즐거운 연회의 시작이다!

*　　　*　　　*

연회를 마친 후, 나는 생각에 잠겼다.

"그래, 그랑란트에만 있지 말고 가끔은 인류연맹이나 블루 마블에도 가야지."

사실 망치질에 푹 빠져 있어 거절하긴 했지만 교단에서도 간혹 초대장이 온다. 심지어 만신전과 천계에서도 들러주십사 하는 연락이 오곤 한다. 마침 대장장이 만렙도 찍었겠다, 간만에 여행을 다니는 것도 나쁘지는 않아 보였다.

그런데 문제가 생겼다. 연회에서 인류연맹의 보석 세공사와 합작으로 보검을 만들었을 때 생긴 문제였다.

아니, 결과물 자체는 훌륭했다.

훌륭한 게 문제였다.

"이번엔 보석 세공을 하고 싶은데……."

합작도 좋지만, 내가 직접 만든 검에 내가 직접 세공한 보석을 박고 싶어졌다. 그것은 충동적인 욕망이었으나, 쉽사리 식지 않는 욕망이기도 했다.

이성적으로는 슬슬 대외의 인맥 관리에 들어가야 한다고 생각하고 있는데, 지금 당장 보석 세공사로 전직해 제작에 몰두하고 싶다는 충동이 날 괴롭히고 있었다.

“좋아, 그럼 동시에 하자.”

나 하나는 그랑란트에 남겨 보석 세공에 진력하고, 다른 나를 다른 세력에 보내면 된다.

[이진혁의 대역]의 유효 거리는 지배 유일급이 되면서 많이 늘어나긴 했지만 그래도 행성 간의 거리까지 초월할 정도는 아니었다. 그러니 이 계획을 진행하려면 [이진혁의 대역]의 유효 거리를 더 늘릴 필요가 있었다.

그렇다면 할 일은 한 가지다.

“오랜만에 스킬 합성이나 뛰어볼까?”

정확히는 스킬 초월을 할 생각이다. 지배급 스킬을 더 강화시키려면 보통 방법으로는 안 될 테니까.

마라 파피야스로부터 새로 얻은 지배급 스킬과 그 외 잡다한 스킬들, 그리고 마구니 동맹을 처치하면서 얻은 위엄 능력치를 뷰티 포인트로 전환해 얻게 된 스킬 포인트. 이것들을 재료로 스킬 초월을 진행하면 뭐가 나오긴 나오겠지.

“그럼 해보자.”

결과.

“이게 가능할 줄은 몰랐는데.”

전례 없는 지배 유일급 스킬을 만들어낸 것에 이어서 그 이상을 가버릴 줄이야. 게다가 지난번과 달리 실패도 몇 번 안 했다. 하긴 지배 유일급을 베이스에 지배급만 두 개를 빨아들이고 권능급도 있는 대로 벅이면서까지 초월을 시켰으니 이런 게 나올 법하긴 했다.

[이진혁의 이진혁]
—등급: 초월 지배급
—숙련도: 궁극 랭크

비록 스킬명은 좀 이상하지만 그래도 목적은 달성했다. 스킬 등급이 지배 유일급에서 초월 지배급으로 올라서면서, [대역] 옵션의 사거리는 기존의 두 배 정도 늘어나는 것에 그쳤지만 유효거리는 거의 무제한이 되었다.

즉, 일단 [대역]을 생성만 하면 이 [대역]을 차원문을 통해 인류연맹으로 보내든 교단으로 보내든 [대역]이 소멸하지 않는다는 의미다.

이로써 나는 더 강해졌고, 행동반경 또한 크게 늘어났다.

"이제 와서 이게 무슨 의미가 있겠냐만."

아니, 의미 있지. 내 [대역]을 인류연맹을 비롯한 타 세력에 보낼 수 있게 되었다는 의미. 원래 이러려고 시도한 스킬 초월이고, 그 목적을 달성했으니 좋아하는 게 맞다.

"그럼 당장 써먹어 볼까?"

나는 씨익 웃었다.

* * *

비토리아나는 오늘도 아침에 눈을 뜨자마자 일과인 눈물 흘리기를 시작하고 있었다.

"훌쩍훌쩍."

사실 비토리야나는 지금이 아침인지, 바깥에 해가 떴는지 아닌지조차 모른다. 그녀가 틀어박힌 방은 태양빛을 완전히 차단하고 있었고, 소음도 완벽히 막아내고 있었으니까.

누가 아침이라고 해가 떴다고 말해주는 사람도 없었다. 사람을 마지막으로 만난 것도 생각나지 않을 정도로 오래되었으니까. 그러니 사실 아침이 되어 일과인 눈물 흘리기를 시작했다는 말에는 어폐가 있었다.

그냥 눈을 뜨니 아침인가 보다, 했고 잠에서 깨어났으니 저절로 눈물을 흘리기 시작한 것에 불과했다.

그렇다. 비토리야나는 방구석에 혼자 틀어박혀 있었다.

비토리야나가 이런 상태가 된 지도 어느덧 2년이라는 세월이 흘렀다. 이진혁의 연락이 끊기고 이렇게 되기까지 고작 5년밖에 걸리지 않은 셈이다.

당연히 처음부터 이러지는 않았다. 그 전까지 비토리야나는 자신의 신인 이진혁의 명령을 충실히 이행했다. 다섯 교파로 갈라져 싸우던 블루 마블 교구의 이진혁교를 다시 하나로 봉합하고 서로가 서로를 이단이라 부를 정도로 달라져 버린 교리를 하나로 통합했다.

비토리야나는 주교로서 할 수 있는 모든 일을 행했다.

의욕적으로, 정력적으로.

그러나 비토리야나는 어느 시점을 기점으로 그 의욕과 정력을 깡그리 잃어버리게 되었다.

"주여……. 돌아가고 싶어요……."

그 원인은 바로 향수병이었다.

따지고 보면 여기 블루 마블이 비토리야나의 고향이었다. 블루 마블의 전신이 만마전이고, 비토리야나는 악마 여왕이었으니 말이다.

그럼에도 불구하고 비토리야나가 향수병에 걸려 버린 원인은 당연히 이진혁이었다.

블루 마블에는 이진혁이 없었다.

원인은 그것 단 하나였다.

비토리야나는 그녀 자신도 모르는 새 이진혁이 있는 곳을 자신이 있을 곳이라 정의하고 있었다.

물론 블루 마블이 비토리야나가 알던 만마전과 지나치게 달라져 버린 것도 큰 원인 중 하나긴 했다.

마른 풀 하나 자라지 않던 만마전의 황야는 목초지로 뒤바뀌었으며, 그중에서도 특히 이진혁이 갈아엎고 간 땅은 기름진 평야가 되어 가을이 되면 황금빛 밀이 출렁이는 장관을 이뤘다. 장관은 장관이었으나…….

“내가 아는 만마전은 이러지 않아.”

비토리야나에게 있어선 그저 위화감을 조성하고 향수병 발병을 가속화하는 풍경에 불과했다.

더욱이 비토리야나는 본래 고대 악마로서 만마전이 발생하기 전부터 존재해 왔던 악마였다. 만마전에서 새로 태어난 악마들과는 결을 달리하는 존재였다. 원래부터 이방인이었던 셈이다.

그것만으로 모자라 만마전의 악마들은 청마인으로 거듭나 근본부터 달라져 버렸다.

“이것들 그냥 인류잖아.”

비토리야나의 말대로, 거듭난 청마인들은 그냥 인류종이었다. 악마 시절이었다면 그 혼을 뽑아내 달콤하게 핥아 먹으며 즐겼을 그런 대상이었다.

그런데 비토리야나는 이제 혼을 핥아 먹지 않는 존재가 되었다. 그 행위에 아무런 즐거움도 느끼지 못했고 그 어떤 충동도 느껴지지 않았다.

그야 그렇다. 비토리야나 본인도 악마에서 천사로 바뀌어 버렸으니 말이다.

그러나 설령 그것이 비틀리고 잘못된 욕망이었다 한들, 과거에 갖고 있던 욕망이 거세된 그 감각은 비토리야나의 향수병을 한층 더 가속화시켰다.

결국 비토리야나는 주교청의 문을 닫고 혼자 방에 틀어박히고 말았다.

다행이라면 다행이랄까, 비토리야나는 신격에 올라 더 이상 먹을 필요도 쌀 필요도 없어졌다.

아니, 사실 다행이지는 않다. 바깥으로 나갈 계기 자체가 생성되지 않으니, 이대로라면 백 년이고 천 년이고 방에 혼자 틀어박히게 될 테니까.

오늘도 똑같은 하루가 시작될 거란 생각에 죽고 싶어진 비토리야나였지만, 그날은 조금 다른 일이 일어났다.

—비토리야나.

그렇게나 듣고 싶었넌 수, 이진혁의 목소리가 들린 것이 그것이었다.

"뭐지? 환청인가? 아아, 주여. 보고 싶습니다."

평소와 다르다곤 해도 아주 없는 일은 아니었다.

불도 켜지 않은 채 혼자 어둠 속에 엎드려 있다 보면 환청을 듣는 일이 잦았다.

비토리야나의 레벨과 능력치를 생각하면 사실 있어선 안 될 일이지만, 그만큼 그녀의 정신이 외로움과 낯선 환경에 좀먹혔다는 방증이기도 했다.

—비토리야나!

다시 한번 환청이 들렸다. 비토리야나는 마치 기도라도 하듯 외쳤다.

"주여, 주여!"

—야!

주의 목소리가 어느새 꽤 거칠어지고 말았지만, 비토리야나는 평소 듣지 못한 바리에이션의 환청에 흥분했다.

"환청이라도 좋사오니 계속 목소리를 들려주소서!!"

—아오, 진짜!

비토리야나의 앞에 이진혁의 모습이 뾰로롱 하고 나타났다.

"야!"

정신파가 아닌 진짜 이진혁의 목소리가 비토리야나의 고막을 울렸다.

"아, 아아……. 드디어 환상까지 보는군요! 주여!!"

그러나 그렇다고 비토리야나가 바로 제정신을 차릴 수 있었던 건 아니었다.

"…이거 안 되겠군."

이진혁은 혀를 한 번 차고, 주먹을 꽉 쥐었다.

따악!

*　　　*　　　*

나는 비토리야나에게 시선을 던졌다.

"야."

"…네에."

비토리야나는 잔뜩 토라져 있었다. 내 부름에도 2초나 있다가 대답하는 걸 보니 그랬다.

비토리야나는 꿀밤을 다섯 대나 맞고서야 내가 환상이 아니고 내 목소리가 환청이 아님을 받아들였다. 그것도 마지막 한 대는 되게 세게 때렸다. 능력치가 두 자릿수라면 그 자리에서 반으로 쪼개져 죽었을지도 모를 정도로. 물론 비토리야나는 버텨냈다.

그런데 비토리야나가 토라진 이유는 나한테 얻어맞아서가 아니다. 얘가 나한테 좀 맞았다고 토라질 상대인가? 아니다. 그렇지 않다. 평소의 비토리야나는 나한테 맞으면 오히려 좋아했다. 이렇게 말하면 좀 변태 같긴 한데, 얘는 변태 맞으니까 굳이 바꿔 말할 필요는 없겠다.

이번에도 그리 다르진 않았다. 오히려 마지막 한 대를 맞고선 펑펑 울며 좋아한 게 이 전직 악마 여왕이었다.

비토리야나가 진짜 토라진 건 내가 블루 마블에 들르지 못한 핑계를 듣고 난 후였다.

내가 댄 핑계란 다음과 같았다.

"대장장이 직업 레벨 올리느라 못 왔어."

비토리야나의 얼굴이 화악 굳는 그 모습에, 위치상 그녀의 눈치를 볼 필요가 없는 나조차도 철렁했다.

…내가 너무 솔직하게 말했나? 선의의 거짓말은 사람 관계에 윤활유가 되지만, 들키면 오히려 그 윤활유가 굳어서 더 빡빡해질 수도 있다. 그래서 사실을 말한 건데……. 그게 안 좋았나 보다. 좀 포장이라도 할걸.

"이제 자주 올 거야."

나는 비토리야나를 위로하듯 말했다. 아니, 위로가 아니라 사실이다. 초월 지배급 스킬을 만들어서 언제든 대역을 바깥으로 돌릴 수 있게 되었으니 말이다.

내 말에 비토리야나는 여전히 내게 등을 보인 채지만, 기분이 풀린 듯 헤실헤실 웃기 시작한 게 뒤에서도 보였다. 내가 자주 올 거란 말에 기분이 풀린 게 아니라 나한테 위로를 받은 것 자체가 기쁜 거란 건 나도 이해하고 있다.

…그래도 앞으로는 자주자주 와야지.

나는 픽 웃었다.

"자, 그럼 우리 비토리야나가 블루 마블을 얼마나 잘 관리했는지 보러 갈까?"

분위기도 전환할 겸, 내가 이렇게 말하자 비토리야나가 갑자기 움찔 굳었다.

뭐야, 반응이 왜 저래.

불길한 예감이 들긴 했지만, 나는 그 예감을 애써 무시하며 비토리야나의 방문을 열고 바깥으로 나섰다.

그리고 5분 후.

"야!!!!!!!!!!!!"

나는 고성을 내지르며 비토리아나의 방에 다시 뛰어 들어올 수밖에 없었다.

*　　　　*　　　　*

내가 불과 5분 만에 블루 마블의 이진혁교 상황을 파악할 수 있었던 이유는 간단하다.

청소도 안 되고 인기척도 없는 스산한 성당의 모습에 당황한 나는 블루 마블의 종교 탭을 확인했다. 신도 수가 늘어나기는커녕 오히려 줄어들고 있었고, 신도당 신앙 생산량도 눈에 띄게 줄어들었다. 이게 가리키는 바는 대단히 간단했다.

비토리아나는 일을 안 했다.

그것도 전혀.

신도 수가 급격히 줄어든 시기가 3~4년 전이니, 아마 그때쯤부터 태업이 시작됐을 거다.

"그치만, 그치만, 주여. 그치만……."

비토리아나는 울먹거리기 시작했다.

달리 변명할 거리가 있는 것도 아닌지, '그치만'만 반복하고 있었다.

나는 긴 한숨을 내쉬었다.

뭐, 비토리아나가 그렇게 큰 잘못을 한 건 아니다. 아니, 잘못을 한 건 맞지만. …최대한 긍정적으로 생각해 보자.

나는 최상급 신격이 되었다. 이게 뜻하는 바가 뭐냐면 내게 있어서 더 이상 신도로부터 얻는 신앙이 중요하지도 않게 되었다는 것이다. 신성 없으면 죽는 것도 옛말이지, 이제 나 혼자서도 나 스스로의 존재를 충분히 감당할 수 있게 되었다.

더욱이 신앙으로 신성을 많이 생산해 봐야 어디다 특별히 쓸 곳도 없다.

그리고 무엇보다 일을 안 한 건 나도 마찬가지다. 비토리야나가 교구 관리를 안 하긴 했지만, 나도 비토리야나를 관리하지 않았으니까.

"아니, 아무리 그래도 그렇지. 전임 악마 여왕이 향수병으로 우울증에 걸려 방에 틀어박힐 줄 누가 알았겠냐고……."

나는 나도 모르게 그렇게 한탄했다가, 다시 울먹울먹거리며 불에 닿은 말린 오징어처럼 쪼그라드는 비토리야나의 모습을 보고 흠칫했다.

"그래, 이제부터라도 잘하면 되지……."

그나마 지나치게 늦지 않은 게 어딘가. 지난번에 블루 마블에 왔을 땐 종파 싸움이 너무 심해져서 신도들끼리 유혈 사태까지 냈었는데, 이번엔 그렇게까지 일이 나빠지진 않았으니 그때보단 상황이 낫다.

"주, 주여……. 으아아앙!"

내게 용서를 받았다는 안도감 때문인지, 비토리야나는 그 자리에 주저앉아서 아이처럼 울기 시작했다.

"어이구, 이걸 어쩌나."

내게 안겨드는 비토리야나의 등을 토닥여 주며 나는 문득 이런 생각을 하고 말았다.

내가 고작 7년 연락을 안 준 걸로 이렇게 되어버린다면, 만약 내가 상위 세계로 승천해 버렸을 때 이 녀석은 어떻게 되는 걸까?

물론 당분간, 아마 한 천 년쯤은 상위 세계에 갈 마음이 없다.

하지만 사람 마음이 어찌 변할지 모르고 사람 일은 모르는 일이다.

그러니 이 생각을 안 할 수가 없었다.

내가 떠난 뒤의 대비를 해야겠다는 생각을 말이다.

* * *

일단 나는 비토리아나가 저질러 놓은 일의 뒷수습부터 시작했다.

각 교파의 지도자들을 모으고 그들을 다시 통합시킨 후, 신도들에게 내가 블루 마블에 돌아왔음을 선포토록 했다. 오직 그것만으로 줄어들었던 신도들은 다시 많아졌다.

이야기를 듣자하니 갑자기 불어난 배교자들은 비토리아나가 혼자 절망하여 외부와의 접촉을 피한 걸 보고 내가 블루 마블을 버렸다고 생각했기에 신앙을 버린 거였다고 한다. 그러니 내가 모이라고만 해도 다시 모여들게 된 거였다.

뭐, 비토리아나만 탓할 일은 아니다. 요 7년여간 내가 블루 마블에 거의 관심을 두지 않은 건 사실이니 말이다.

나는 신도들 사이에서 어느 정도 신용을 잃어버린 비토리아나를 보조하는 형태로 루시피엘라를 불러 블루 마블 교구의 공동 주교를 역임토록 했다. 루시피엘라를 부른 것만으로 비토리야나는 많이 낙담했지만, 그녀 자신이 저지른 일이 있는지라 반발하지는 못했다.

나는 당분간 블루 마블에 머물기로 했다. 별로 무리한 일은 아니었다. 지금 이 순간에도 또 다른 내가 인류연맹을 방문하고 있었고, 또 하나의 나는 교단을 방문하고 있었다. 그리고 별로 본체라 할 순 없지만 그랑란트에 남은 나는 보석 세공에 여념이 없었다.

네 명의 나를 유지하는 것이 그리 큰 부담은 아니었다. 신성을 좀 소모하긴 하지만 최상급 신격이 그냥 명칭만 최상급인 게 아니라, 소모하는 분보다 회복하는 분이 더 많아서 유지 자체에는 아무 문제가 없었다.

이걸 유지하면서 동시에 초월 지배급 스킬을 연달아 쓰면 좀 힘들어질지도 모르겠지만 글쎄, 과연 그럴 일이 있을까 싶다.

어쨌든 블루 마블에 새로 부임해 온 루시피엘라가 정말 열심히 일하고 거기에 자극받은 비토리야나도 본래의 열정을 되찾으면서 상황은 나아짐을 넘어서 이전보다 더 좋아졌다. 이제 슬슬 내가 그냥 아무것도 안 하고 성소에 멍하니 있어도 될 정도였다.

그렇다고 그냥 멍하니 있을 나는 아니었다.

기왕 이렇게 된 김에, 나는 블루 마블에서 적절한 보석을 사 모으기 시작했다.

보석 세공사 레벨을 올리는 데는 원석이 필요한데, 과거에 광부 레벨 올릴 때 캐둔 보석은 이미 다 세공해 버렸고 천계나 만신전의 보물고에는 이미 세공된 완제품만 가득했기에 원재료를 지속적으로 수급할 필요가 있었다.

블루 마블과 그랑란트는 토질이나 형질이 많이 달라 각 세계만의 독특한 보석이 나기도 했고, 그랑란트에선 희귀한 보석이 블루 마블에선 흔하거나 반대의 경우도 많아서 꽤 보석 사 모으는 재미가 있었다.

당연하지만 내가 나인 채로 다니면 내게 보석을 그냥 주려고 하는 신도들이 많았기 때문에, 나는 스스로를 위장하고 정당한 거래를 통해 보석을 입수했다. 말하자면 무역이다. 그랑란트의 보석을 주고 블루 마블의 보석을 받아 오는 공정거래 무역.

이건 모든 내가 같은 인벤토리를 공유하기 때문에 가능한 무역이었다. 운송과 보관에 드는 비용이 아예 없는 거나 다름없으니 그랑란트의 보석상도 블루 마블의 보석상도 이득을 보는 게 가능했다.

물론 양 세계 간의 보석 희귀도가 서로 다르니 설령 물물교환만 한다고 해도 나 또한 큰 이득을 보는 건 맞았다. 아무리 그래도 그렇지 내가 땅 파서 장사할 순 없지 않은가? 잘 생각해 보면 보석은 땅에서 채굴하는 거니 땅 파서 장사하는 게 맞긴 하지만 그거야 뭐 아무튼.

"주님."

그렇게 오늘도 재미있는 장사를 하고 성소로 돌아오니 루시피엘라가 찾아왔다.

"갑자기 무슨 일이야? 무슨 문제라도 생겼어?"

내가 약간 긴장하며 묻자, 루시피엘라는 부드럽게 미소를 지으며 말했다.

"그냥 뵙고 싶어져서 왔어요."

"그렇구나."

별일 아니어서 다행이다. 나는 안도하며 성소 안에 마련된 내 작업대 앞에 가서 앉았다.

사실 요즘 난 블루 마블에서도 보석 세공에 몰두하고 있었다. 여럿의 나로 동시에 수련을 하면 수련치 모으는 게 두 배 가까이 빨라졌는데, 왜 진작 이 방법을 떠올리지 못했을까 싶다.

왜긴, 신성 소모가 너무 커서 그랬지.

내가 최상급 신격을 달고 [이진혁의 위광]으로 빠르게 신성을 회복시키면서 초월 지배급 스킬로 또 하나의 나를 만들어 유지하고 있어서 그렇지, 이 중 하나만 빠졌어도 적자였다.

따지고 보면 지금도 말도 안 되게 비효율적인 짓을 하고 있는 거였다. 이 세계에 내게 위협이 될 만한 적대 세력이 하나만 있었어도 절대 하지 않았겠지만. 뭐, 지금은 태평천하니 누릴 수 있는 호사다.

"주여."

내가 그렇게 다른 생각을 하며 보석 세공용 도구를 인벤토리에서 꺼내고 있으려니, 루시피엘라가 갑자기 날 불렀다.

"왜?"

"…떠나시는 겁니까?"

"…어?"

루시피엘라가 한참을 망설이다 꺼낸 말이 너무나도 의외여서 나는 잠깐 손을 멈췄다.

"그게 무슨 소리야?"

그야 언젠가 블루 마블을 떠나긴 할 거다. 비토리야나의 불안정한 정서가 완전히 회복되고 블루 마블의 체제가 확립된 후에.

그러나 루시피엘라의 입에서 나온 말은 이걸 뜻하는 게 아닌 것 같았다. 그녀의 목소리에는 물기가 묻어 나오고 있었다. 마치……. 내가 언젠가 죽을 것처럼.

그런데 불멸자가 된 내가 죽을 일은 없다. 루시피엘라도 그 사실을 잘 알고 있다. 그녀도 불멸자고, 내가 그녀를 불멸자로 만들었으니.

그럼에도 불구하고 루시피엘라가 이런 식으로 이야기를 꺼내는 이유는 무엇일까.

짐작이 갔다.

"말씀드린 적이 있을 겁니다. 저와 비토리야나는 이미 한번 신을……. 주인을 잃은 적이 있습니다."

루시피엘라는 타천사였고, 비토리야나는 고대 악마였다. 고대 악마는 신의 명령을 받아 인간을 타락시키는 것이 임무였고, 루시피엘라는 천사로서의 의무를 방기하고 타천사의 낙인을 받았다.

루시피엘라에게 낙인을 찍고 비토리야나에게 임무를 부여한 신은 어느 날 갑자기 사라져 버렸다. 아무런 전조도 없이, 문자 그대로 갑자기. 그 때문에 루시피엘라는 낙인찍힌 채 용서받을 기회를 영영 잃어버렸고, 비토리야나는……. 만마전에서 자기 마음대로 살았다.

이 둘의 소원은 자신의 주인을 찾는 거였다. 수천 년의 세월

동안 줄곧. 그렇게 세월을 보내던 이들은 곧 이 세계 어디에도 이미 주인의 모습은 존재하지 않는다는 것을 깨달았다. 그것은 곧 그들의 소원이 이뤄질 일이 앞으로도 없다는 의미이기도 했다.

오죽하면 내가 [한계돌파] 특성을 지니고 있다는 것을 알고, 내가 신이 될 가능성이 있다고 보고 나를 따랐겠는가. 나는 이들에게 있어 대용품에 가까웠다. 물론 나는 이 사실을 알고 있다. 이들의 소원을 들어준 것이 나이니.

"그래, 네 주인이었던 신이 어디로 떠난 건지 지금은 대충 짐작이 간다."

나는 잠깐 고민하다 그냥 사실대로 말해주기로 했다. 숨겨서 뭘 어쩌겠는가. 속일 이유도 없다. 더욱이 이들은 이미 한 번 당한 적이 있는 이들이다. 같은 일을 두 번이나 당하게 하는 것도 도리에 어긋나는 일이다.

루시피엘라의 동공이 커졌다. 꽤 놀란 모양이었다.

"…그곳으로 가시는 겁니까?"

거기가 어딘지는 묻지 않는다. '원래 주인'을 찾으러 갈 생각은 들지 않는 모양이다. 그럴 만도 한가. 루시피엘라는 이미 수천 년을 좌절했다. 그 정도 세월이면 포기할 만도 했고, 마음을 끊어낼 만도 했다.

"당장은 아냐. 한 천 년쯤은 안 갈 생각이야. 그다음 천 년은……. 그때 가서 생각해 보고."

"…그러시군요."

루시피엘라는 안도한 듯 나를 바라보았다. 그 표정 변화가 오히려 더 인상적이었다. 그녀가 내 대답을 듣기 전까지 얼마나 긴장하고 불안해하고 두려워하고 있었는지 알려주는 것이나 다름없었으니 말이다.

"그런데 왜 갑자기?"

"…주께서 이곳에 계속 머무실 거라면, 사실 제가 여기에 올 필요가 없었다는 생각이 문득 들어서요."

루시피엘라는 쓸쓸히 말했다.

"그렇게 생각하다 보니, 주께서 여길 떠날 때를 대비하고 계실지도 모르겠다는 생각에까지 이르게 되었습니다."

"그렇군."

역시 루시피엘라는 날카로운 면이 있다. 그녀의 말대로였다.

내가 완전히 이 세계를 떠난 후에 비토리아나를 혼자 남겨두면 그녀는, 그리고 블루 마블은 어떻게 될까. 그걸 상상하면 도저히 비토리아나를 혼자 둘 수 없다.

그래서 루시피엘라를 블루 마블에 불러온 거였다. 그래도 하나보다는 둘이 낫겠다는 생각에.

보니 내가 판단을 잘한 것 같다. 루시피엘라도 비토리아나와 마찬가지로 내가 사라지는 것에 트라우마에 가까운 반응을 보이는 것 같으니.

"…가시기 전에 한 말씀이라도 해주세요."

말리지는 않는다.

아니, 정확히는 말리지 못하는 것이리라.

나는 픽 웃었다.

"그러지."

*　　　　*　　　　*

나는 보석 세공사 레벨 50에 도달했다. 그럼 다음은 뭘 할까? 결론은 금방 내려졌다. 몇 년 동안 작은 돌을 깨고 있으려니 감질이 났다. 이번엔 석공을 해볼까. 큰 돌을 쩍쩍 쪼개는 게 호쾌하니 재밌어 보였다.

나는 석공 50레벨에 도달했다. 그럼 다음은 뭘 할까? 돌을 만지는 데 질렸으니, 이번엔 좀 부드러운 걸 다루고 싶다. 나는 재봉사를 하기로 했다. 외부 활동이 잦았으니, 이젠 실내에서 바느질이나 해야겠다.

나는 재봉사 50레벨에 도달했다. 그럼 다음은 뭘 할까? 패션의 완성은 구두지. 나는 피혁 장인을 하기로 했다. 직접 짐승을 잡아 가죽을 벗기고 무두질을 해 가공하는 일련의 작업은 힘들고 더럽고 위험했지만 그래서 오히려 하는 맛이 있었다.

시간은 금방금방 갔다. 아무리 대역을 통해 수련 시간을 극적으로 줄일 수 있다 한들, 직업 하나 만렙 다는 데 몇 년씩 걸리는 건 어쩔 수 없었다. 더욱이 제작 레벨만 올리고 있을 수는 없어서, 여기 저기 돌아다니고 사람 만나고 관리도 하고 그러느라 나름 바쁘기도 했다.

그렇게 내가 제작 계열 보조 직업 50개를 50레벨을 달아 50개의 대가급 스킬을 스킬창에 차곡차곡 쌓아 올렸을 때의 일이었다.

—히든 직업 개방 조건을 만족하셨습니다.

—히든 직업 [창조자(Creator)]

[주의!] 히든 직업으로 전직하기 위해서는 전직 조건을 만족해야 합니다.

—상급 이상의 신격 (만족!)

—5성 이상의 제작물 1,000개 이상 제작 (만족!)

—제작계 보조 직업 최고 레벨 달성 50회 (만족!)

—히든 직업 [창조자]로의 전직 조건을 달성하셨습니다. 해당 직업의 설명을 열람하실 수 있습니다.

[창조자(Creator)]

—창조자는 창조하는 이입니다. 이는 흔히 제작자를 가리키는 말로도 쓰이지만, 그것은 진짜 창조라고 볼 수 없습니다. 무에서 유를 창조해야 진정한 창조자라 할 수 있겠지요. 그리고 창조자의 스킬은 당신으로 하여금 그것을 가능케 할 것입니다. 창조자의 레벨을 올리고 창조에 익숙해질수록 당신은 더욱 위대해질 것입니다.

"여기서 히든 전직이 튀어나오네."

나는 헛웃음을 지었다.

그런데 이 전직 조건이 변태 그 자체다. 나야 [한계돌파]로 레벨 한계를 뚫어서 대가급 스킬로 직업 스킬을 회수할 수 있다지만, 다른 이들은 다르다.

이런 고유 특성도 없이 보조 직업 50개의 최고 레벨을 달성한다는 건 그냥 그동안의 노력을 다 무로 돌린다는 의미기도 하니까.

진짜 변태가 아니면 열 수 없는 전직 조건이라 할 수 있겠다.

"하긴, 오래 살다 보면 뭐라도 하게 되겠지."

전직 조건으로 상급 이상의 신격을 요구하는데, 상급 신은 당연히 불멸자다. 긴 수명으로 인한 무료함에 몸부림치며 온갖 변태 짓을 하다 보면 언젠가는 달성할 수 있는 조건일 수도 있겠다 싶다.

이거에 비하면 5성 이상 제작물 1,000개는 너무너무 낮은 허들이다. 내가 만든 것만 천만 개는 넘겠다. 애초에 5성 제작물은 실패작이라 분쇄하고 7성은 달아야 박물관 전시물에 올라갈 자격이 생긴다.

물론 내가 조건이 좀 좋아서 이렇게 된 거긴 하지만 누구나 달성 가능한 목표란 섬엔 변함이 없다. …아닌가? 아니면 말고.

아무튼.

다행인지 뭔지 창조자 전직 퀘스트는 튀어나오지 않았다. 그러니 이 물음에 대답하기만 하면 바로 전직할 수 있다.

—전직하시겠습니까?

"전직한다."

나는 당연히 전직을 택했다.

그러자 내 보조 직업이 창조자로 바뀌었다.

주 직업이 아니라.

"뭐야?"

전직하자마자 [레벨 업 쿠폰]으로 50렙까지 찍어줄 생각이었던 나는 약간 맥이 풀렸다. 내 [레벨 업 쿠폰]은 주 직업 전용이다. 보조 직업엔 [레벨 업 쿠폰]을 쓸 수 없으니 수련치를 하나하나 쌓아가며 일일이 레벨을 올려야 된다는 소리다.

그러나 곧 이게 내게 나쁜 일인 것만은 아님을 깨달았다. [레벨 업 쿠폰]으로 단번에 최고 레벨에 도달해 봐야 별 성취감을 느끼지도 못한다. 역시 수련치를 쌓아 레벨 하나하나를 쌓아가는 게 진짜 기쁨임을 나는 지난 세월 동안 느꼈다.

"좋아. 해보자고."

어차피 제작 직업 레벨만 올리는 것에 슬슬 매너리즘이 느껴지던 차였다. 기왕 이렇게 된 거, 새로운 전직에 몰입해 보자.

*　　*　　*

창조자 레벨 올리기는 처음부터 만만치가 않았다. 먼저, 다른 직업이나 보조 직업과 달리 1레벨 스킬을 주지 않았다. 그리고 경험치를 올릴 수 있는 유일한 수련 항목이 다음과 같았다.

—무에서 빛을 창조하기 (0/1)

"이게 뭐야?"

밑도 끝도 없는 내용이었다. 이제까지는 이런 일이 한 번도 없었다. 적어도 첫 수련 항목은 그냥 1레벨에 얻는 스킬을 열심히 쓰는 게 보통이었다.

"직업명이 창조자라고 창조적으로 생각하라는 건가."

나는 픽 웃었다.

일단 나는 스킬을 사용해 빛을 만들어보았다. 크게 어려운 일은 아니었다. [이진혁의 빛]을 쓰면 되니까.

스킬을 사용한 결과, 반짝하고 빛이 태어났다.

—무에서 빛을 창조하기 (0/1)

그러나 수련치는 오르지 않았다. 이 방법은 틀린 것 같았다.

"기대도 안 했다."

다음은 스킬을 쓰지 않고 빛을 만들어내는 것을 시험해 보자. 쉬운 일이다. 나는 [이진혁의 위광]에 신성을 불어넣었다. 그러자 내 머리 주변에 자연스럽게 신성한 빛이 번졌다. 흔히 말하는 신성한 후광, 헤일로다.

예상은 했지만 이 방법으로도 수련치는 오르지 않았다.

"하긴, 이건 신성을 소모하지."

엄밀히 따지면 무에서 빛을 창조하는 건 아닌 셈이다.

"그럼……. 어쩌지?"

나는 갖가지 방법을 시험했다. 손가락을 따악 하고 튕겨서 빛을 만들어보기도 하고, 빛 스킬들을 융합해 노 코스트 스킬을 만들어 빛을 만들어보기도 했다. 그러나 분명 그 어떤 재화도 투입하지 않았음에도 무에서 빛을 만들어내는 수련치를 만족시킬 수는 없었다.

"포기하자."

생각난 방법 모두를 시험하고 모조리 실패한 후, 나는 깔끔하게 포기했다. 이런 건 어느 날 갑자기 방법이 떠오르게 마련이다. 그때까지는 다른 일이나 하는 게 나을 것 같았다.

* * *

변경에 위치한 데다 세력으로 일궈진 지 얼마 되지도 않아 아는 사람도 별로 없었던 약소 세력인 그랑란트가 갑자기 핫한 관광지로 부상한 이유는 바로 나, 이진혁 덕이었다.

아, 물론 내가 좀 유명하긴 하지만, 이것만으로 세력이 유명해지지는 않는다.

내가 만든 수천만 개의 제작품을 전시하는 전시관과 박물관을 잔뜩 세워서, 그 전시품을 찾는 관광객들이 연일 늘어나고 있다고 한다.

확실히 관광 수입이 대단했다. 전시품을 구경하는 데에는 소정의 입장료만 내면 되지만, 그랑란트에 오기 위해 사용해야만 하는 차원문 이용료와 전시관 사이를 이어주는 대중교통을 이용하기 위한 교통비, 그리고 빠질 수 없는 식비와 숙박비 수입은 어마어마한 수준이었다.

사실 내 제작품이 너무 많아서 아무리 전시관을 많이 세워도 단번에 다 보여줄 수는 없었다. 그래서 고르고 고른 내 작품들로 전시품을 구성해 로테이션을 돌려 60% 정도는 창고에, 30% 정도만 전시하고 있었다. 나머지 10%로는 다른 세력에도 전시품을 돌려 특별전을 열고 있었다.

즉, 전시품을 다 구경하려면 적어도 세 번은 그랑란트에 와야

했다. 필연적으로 전시품 목적인 관광객의 재방문 비율이 높을 수밖에 없었다.

10%의 전시품을 다른 세력에 돌려 특별전을 여는 것도 효과적이었다. 이 '미끼'에 물린 사람들이 나머지 90%를 마저 보기 위해 그랑란트에 방문하게 되니 말이다.

"테스카는 돈 버는 법을 아는구나."

그리고 이 사업을 주도한 게 테스카였다. 내 이 칭찬을 듣고도 테스카는 고개를 저었다.

"아뇨, 주여. 이건 신앙 사업입니다."

그러고 보니 확실히 내 신도도 늘어나고 있었다. 성지 이진혁 시티에 들러 나 이진혁이 만든 각 박물관과 전시관을 구경한 후 이진혁 월드타워에서 신도로 등록하는 외국인이 늘어난 덕이라고 했다.

잘 만든 물건 하나가 신앙심을 불러일으키다니. 본인 입장인 나로서도 조금 얼떨떨하다. 하긴 지구에선 2차 대전기에 미크로네시아 섬 사람들이 하늘을 날아다니는 비행기를 보고 그 비행기를 신앙의 대상으로 섬기기도 했다니 아주 불가능한 일은 아니라지만.

"돈만 벌자면 주기적으로 경매를 여는 것만으로 충분하죠."

확실히 돈 받고 파는 것 이상으로 돈 되는 일이 없다. 그러나 테스카는 경매 대신 전시를 택했다. 그 판단의 이유가 신도 수를 늘리기 위함이었다니. 나는 단지 더 많은 사람들에게 내 작품을 보여줄 수 있어서 찬성한 것이었는데.

"물론 감히 제가 멋대로 주의 창조물들을 그저 돈푼 조금 벌자고 팔아넘길 수는 없다는 게 더 크지만요."

말은 이렇게 하지만, 나는 이미 그랑란트 몫으로 배분한 내 작품들의 소유권을 완전히 테스카에게 떠넘겼다. 즉, 팔아넘기는 걸 이미 동의한 거나 마찬가지다. 그래도 테스카는 내 작품들을 끌어안고 누구에게든 넘길 생각이 없어 보였다.

아, 떠넘겼다는 건 잘못 표현한 게 아니다. 아무리 내가 직접 만든 작품들이라지만 인벤토리에 수천만 개씩 쌓아놓고 있을 수는 없으니 창고 정리를 겸해 주기적으로 테스카, 키르드, 비토리야나에게 떠넘기고 있었다.

하지만 당분간은 그럴 일이 없을 것이다. 왜냐하면 나는 제작을 그만두었기 때문이다. 제작을 그만둔 나는 예술로 빠졌다. 요즘은 악기 연주자 레벨을 올리고 있는 중이었다.

요즘 나는 내가 직접 만든 악기로 연주하기 바빴다. 사실 한창 제작하던 시절 7성 악기들을 만들어 쌓아둘 때 내 걸 따로 빼놨었다. 이럴 일이 있을 거 같아서 쟁여둔 게 뒤늦게나마 빛을 발하는 거다.

전직을 한 것도 얼마 전의 일이다. 지금 이 시점에 이르러 어느 정도 레벨도 올랐고 내 생각에도 내 연주가 사람들에게 들려줄 수준이 되었다 판단해서, 나는 오늘 첫 연주회를 갖기로 결정했었다.

"오늘 연주회에 꼭 가겠습니다."

"그래, 꼭 와서 자리를 빛내줘."

"주께서 이미 빛이신데 제가 어찌 자리를 빛낼 수 있겠습니까?"

"재미있는 말을 하는구나."

내가 이미 빛이라면 창조자 레벨을 이미 올렸겠지.

나는 여전히 보조 직업 슬롯 1번을 차지하고 있는 창조자를 보며 한숨을 내쉬었다. 레벨은 여전히 1레벨. 언젠가 레벨을 올릴 방법이 떠오르리라고 기대하며 유지해 두고 있는 창조자 직업이지만, 지금으로선 영 요원하다. 이미 전직한 지 50년이 지났는데 말이다.

"그런데 오늘 손녀분은 부르지 않으셨습니까?"

"응. 걔는 50레벨 찍고 부르려고."

테스카가 말하는 손녀란 키르드와 링링 사이에서 태어난 아이, 이령령을 가리킨다. 지금 다섯 살인데 나와 직접적으로 피가 이어져 있진 않지만 아주 귀엽다.

성을 이씨로 한 것에 대해 하워드 가문의 가주 키예드 하워드가 아주 섭섭해했지만 별수 있겠는가? 가주고 뭐고 실권은 키르드가 다 가졌는데.

더욱이 지금 인류연맹에선 한국식 이름을 짓는 것이 유행이기도 해서, 링링도 반대는커녕 그녀가 먼저 밀어붙여서 저런 이름을 지어주었다고 한다.

아무튼 내 손주 이령령은 귀엽다. 너무 귀여워서 내 모자란 연주를 들려주고 싶지 않다. 내 연주가 완벽해지면 들려줘야지.

나는 그렇게 생각했었다.

"할아부지!"

귀여운 손녀딸의 목소리를 듣기 전까지는 말이다.

"령령이 왔어? 령령이가 여긴 웬일이야?"

"할아부지 연주 들으러 왔어여!!"

령령이 애미애비 이야기를 듣자 하니, 령령이가 어디서 내 소식을 미리 듣고 오겠다고 떼를 썼다고 한다. 아이구, 이래서야 손녀딸에게 완벽한 연주를 들려주겠다는 야망은 포기하고 그냥 들려주는 수밖에 없겠다.

최상급 신인데도 세상엔 아직 마음대로 안 되는 일이 많다. 물론 마음을 먹으면, 그러려고 하면 할 수 있지만, 귀여운 손녀딸을 상대로 무슨 스킬을 쓰겠는가. 그냥 당하는 수밖에 없지.

"그래, 령령아. 할아부지가 우리 령령이를 위해 특등석을 마련해 놓았단다! 거기 앉아서 들으려무나!"

원래 그 자리는 키르드의 자리였지만, 나는 그 자리에 손녀딸을 앉히기로 방금 결정했다.

"네! 헤헤!"

령령이는 내 대답이 기꺼운지 헤실헤실 웃었다.

아이고, 이 귀여운 거 같으니라고!

수염 나고 근육질의 징그러운 아들내미보다야 손녀딸이 낫지! 암!!

Chapter 8

예술 계열 보조 직업을 거의 다 50렙 달아갈 때쯤엔 손녀딸 이령령이 장성해서 결혼하고 증손녀를 낳은 후 그 증손녀가 장성해 고손녀를 낳을 정도의 시간이 흘렀다.

그렇다고 키르드나 이령령이 수명이 다해 죽는다거나 하는 일은 벌어지지 않았다. 그야 그렇다. 천사니까. 하워드 가문의 키예드 하워드조차 아직 살아 있으니, 역시 천사의 수명은 필멸자라 생각할 수 없을 정도로 길었다.

이렇게 세월이 흘렀음에도 세계는 변함없이 평화로웠다. 모든 세력이 황금기를 맞이해 풍요와 번영의 시대를 보내고 있었다.

사실 그동안 약간의 오해로 긴장 상태가 되는 일이 몇 차례 일어나긴 했지만 결국 전쟁으로 이어지지는 않았다. 내 눈치를 본 덕이었다고 말하진 않겠다. 말하지 않아도 알 수 있는 일이니까.

그런데 세월이 흐르면서 재미있는 현상이 일어나고 있었다. 아직 나를 영웅왕으로 기억하는 사람도 많지만, 그보다 훨씬 더 많은 사람들이 나를 예술가로 인지하기 시작했다는 사실이 바로 그것이었다.

이유는 간단했다. 내가 싸우는 모습을 본 이들보다 그 이후에 태어난 이들이 더 많기에 일어나는 현상이었다.

그만큼 모든 세력을 통틀어 인구가 많이 늘었다. 그야말로 폭발적이라고 해도 좋을 만큼.

물론 단순히 인구가 많다고 이런 일이 일어나는 건 아니다. 내가 흥행 보증 수표인 예술가이기 때문이기도 하지. 고이고 고인 예술왕 이진혁은 연일 티켓을 매진시키고 있었다. 콘서트도, 연극 무대도, 시 낭송회도, 뮤지컬도, 오케스트라도, 무슨 공연이든 가리지 않고 말이다.

그야말로 슈퍼스타 이진혁의 시대였다!

"하지만 이것도 오늘로 마지막이지."

나는 오늘 은퇴할 생각이었다. 당연하지만 예술가로서의 은퇴다. 누군가 예술에 끝은 없다고 말했지만 내겐 있었다. 50레벨이라는 끝이.

아니, 사실 하고자 하면 더 할 수는 있었다. 그러나 내게 의욕이 없었다.

사실 인류연맹에 등록된 예술 계열 보조 직업 중 단 하나도 남기지 않고 전부 다 만렙을 찍었기에 이렇게 생각하는 걸지도 모르지만, 설령 그렇다고 인정한다 한들 이미 증발한 의욕이 새로 솟아나진 않을 테니 내 판단 자체는 번복되지 않을 터였다.

"이제 다음에는 뭘 할까?"

고민하며 상태창을 연 나는 문득 한숨을 내쉬었다.

"저놈의 창조자. 이럴 거면 되지 말 걸 그랬어."

여전히 보조 직업의 슬롯 한구석을 차지하고 있는 창조자 1레벨이 영 눈에 거슬린다. 여전히 무에서 빛을 만들어내는 방법은 생각이 나질 않았다.

"저거 올리는 게 가능은 한 건가?"

나는 신경질적으로 상태창을 닫았다. 다음 보조 직업을 뭘 해야 할지 생각해 내야 했지만, 그조차도 좀 질렸다. 이번에는 좀 색다른 일을 해보고 싶었다.

"…그래."

그때 문득 떠오른 생각이 있었다.

"지구에 가보자."

정말 뜬금없이 떠오른 생각이었다. 그동안은 한 번도 해보지 않은 생각이기도 했고. 하지만 일단 떠올리고 나니 왜 이제야 떠올린 건지 이상하기도 했다.

"그래, 한 번은 가봐야지."

아무리 내 일생에서 손톱만큼의 비중조차 차지하지 못하는 곳이라곤 하나, 그래도 고향이다. 누구에게나 고향은 특별한 법이다. 한 번쯤은 가봐도 괜찮겠지.

나는 다소 충동적으로, 하지만 굳게 다짐했다.

*　　　*　　　*

내 파이널 콘서트는 성공리에 치러졌다.

그야 그럴 만도 하다. 사전에 은퇴를 암시하는 문구로 콘서트 홍보를 했고, 파이널 콘서트라고 내 대부분의 예술 스킬을 동원한 공연 목록을 배포했으니.

아니, 사실 이러지 않아도 성공했겠지만. 내 신자들을 동원하면 얼마든지……. …이러면 내가 내 유명세를 이용하는 쓰레기처럼 보이잖아.

그래도 나는 내가 보여줄 수 있는 거의 모든 것을 보여줬다고 자부한다. 52명의 내가 동시에 오케스트라를 연주하는 장면과 군무를 추는 장면을 아무 데서나 볼 수 있는 건 아니잖은가.

콘서트를 마친 후, 나는 모여든 군중을 향해 정식으로 은퇴 발표를 했다.

예술 활동을 그만두는 것뿐만 아니라 당분간 이 세계를 떠나 있을 거라는 내 발언에 많은 이들이 슬퍼하는 모습을 보였다.

특히나 비토리아나와 루시피엘라의 상심이 컸다. 그녀들은 내가 상위 세계로 갈 거라고 오해했던 모양이었다. 물론 뒤풀이 자리에서 그런 게 아니라고 오해를 풀어주긴 했지만 그럼에도 불구하고 반신반의하는 모습을 보였다.

"아. 그리고 안젤라, 크리스티나, 주리 리."

뒤풀이 자리의 마무리에서, 나는 세 사람의 이름을 콕 짚어 불렀다. 이유가 있다.

"너희 이제 결혼해라."

세 사람은 서로 정도와 방식은 달랐지만 한결같이, 그리고 꾸준히 내게 어프로치를 해왔다. 이 때문인지 나를 처음 만난 지

벌써 200년 가까이 흘렀음에도 불구하고 셋 모두 아직 결혼도 안 했다.

아무리 셋 다 천사라 수명이 길다지만 그렇다고 신격에 달한 건 아니라 천천히 나이를 먹어가고 있음에도 불구하고 말이다.

나만 바라보면서 혼삿길을 스스로 막고 있는 모습이 안타까워 몇 번이고 정식으로 차줬지만 그럼에도 달리 연애하는 모습을 보이지 않으니 나도 답답한 노릇이다.

그렇다고 내가 무책임하게 이 셋을 상대로 사랑도 없는 결혼을 해줄 수도 없다. 그러니 이참에 아예 혼자 지구로 떠나면서 모습을 감춰줘야 각자 자기 삶을 살리라.

그런 계산으로 꺼낸 말이었다.

그래도 쉽게 받아들이지는 않겠지. 나는 그렇게 예상했지만.

"알겠어요."

의외로 안젤라가 담담히 말했다. 크리스티나와 주리 리도 고개를 끄덕였다.

내 입장에서는 의외의 반응이었기에 나는 눈을 크게 뜰 수밖에 없었다.

"저희는 이진혁 님과 결혼하겠습니다."

주리 리의 이어진 말에 나는 답답해서 돌아가실 뻔했다.

"아니, 그게 아니라……."

"저희도 그게 아니에요."

그런데 의외로 크리스티나가 보기 드물게 내 말을 끊으며 말했다.

"이진혁교 수녀원을 만들 생각이에요."

"으, 응? 뭐라고? 수녀원?"

내 되물음에 안젤라와 주리 리가 이어 말했다.

"비록 이진혁 님 본인과 결혼하지는 못했지만……."

"신앙과 결혼하는 셈이죠."

나는 멍하니 셋을 바라보았다. 솔직히 뭐라고 해야 할지 잘 생각이 나질 않았다. 아니, 아예 예상 밖의 일이 일어나다 보니 생각 자체가 굳어버린 것 같았다.

"저희만 모인 게 아니에요. 이진혁 님을 사모하는 이진혁교의 여인들과 함께할 거예요."

"모두가 다 찬동했어요."

"이미 건물 부지도 알아놨고, 운영 방식에 대해서도 이야기가 끝났어요."

저들의 굳은 결심이 배어 나오는 목소리를 들은 나는 모든 것을 내려놓기로 했다. 말려도 안 들을 거란 게 눈빛으로 뿜어져 나오는데, 뭐라고 설득한단 말인가.

"…그렇구나."

꼭 누군가와 결혼을 해야 인생인 것은 아니다. 나도 잘 알고 있는 사실이다. 나 자신도 결혼을 하지 않은 상태이기도 했으니 모를 리 없다.

그럼에도 불구하고 저들이 나 아닌 누군가와 결혼을 하길 바라는 건 그저 내 이기심의 발로일지도 모른다. 저들에게서 받은 사랑을 나는 되갚아줄 수 없기에 느끼는 그 부채감을 없애고 싶은 이기심.

그러나 언제나 그렇듯이 사람은 자기가 자기의 인생을 살아가야 하는 법이고, 그 선택권은 온전히 자신의 몫인 법이다.
아무리 내가 저들의 신이라 한들, 그것마저 강요할 수는 없다.
"너희 앞날에 축복이 있길 기원하마."
그렇게 말하고 나서 나는 그냥 내가 축복을 내려주면 된다는 사실을 뒤늦게 깨닫고 실제로 그렇게 했다.
셋은 내 축복을 받곤 환하게 웃었다.
뭐, 이거면 됐지.
나는 체념과 만족이 뒤섞인 기묘한 감상에 잠긴 채 혼자 생각했다.

*　　*　　*

안젤라와 크리스티나와 주리 리의 수녀원 개원 기념 행사 참석을 마지막 일정으로 하고, 나는 홀로 그랑란트를 떠났다.
아, 그랑란트는 물론이고 인류연맹이나 블루 마블에도 내 대역을 단 한 명도 남기지 않았다. 교단이나 만신전, 천계에도 당연히 대역을 뺐다.
은퇴는 진짜 은퇴였다. 내가 멀쩡히 대외 활동을 하면 그게 뭐 어디 은퇴겠는가.
슈퍼스타 이진혁으로서의 삶은 재미있긴 했지만 솔직히 말해 이제 지쳤다. 사람들의 관심을 독점하는 것도 물렸고.
그래서 나를 아는 사람이 하나도 없을 한적한 지구로 향하기로 마음먹은 것도 있었다. 조용히 혼자만의 시간을 보내기 위해서.

나는 그랑란트 우주 박물관에 전시해 놓은 [진홍 혜성] 대신 내가 직접 건조한 우주선 [이진혁호]를 타고 지구로 향했다.

노파심에서 언급해 두자면 우주선의 이름은 내가 지은 게 아니다. 시스템이 지었다. 내가 이런 거 싫어하는 거 알고 일부러 이러는 게 틀림없다. [상위 세계로의 도약] 퀘스트 완료를 뒤로 미뤄둔 이후로 대화해 본 적이 없어 확신할 순 없지만, 내가 보기에 시스템은 분명 내게 삐쳤다.

뭐, 크게 문제 될 일은 아닐 것이다. 아니면 좋겠는데. …아니겠지?

지구의 좌표는 이미 파악해 뒀기 때문에, 도착하는 데까지 시간은 얼마 걸리지도 않았다. 다만 지구 주변의 차원 파동이 불안정해 워프로는 해왕성 궤도까지만 갈 수 있었고 해왕성에서 지구까지는 광속 비행을 해야 했다.

그렇다 해도 지구로의 여정은 내 인지 시간으로 5분이면 충분했다.

* * *

"오……."

도착해서 본 지구의 모습은 충격적이었다.

먼저 대기권이 없었다.

공기가 없었고, 구름도 없었으며, 하늘도 없었다.

대기권이 없으니 지표면 또한 아무런 보호를 받지 못했다. 우주의 냉기에 의해 바다는 완전히 얼어붙었고, 땅은 운석 충돌에 의해 곰보처럼 변했다.

"마치 달 표면을 보는 것 같군."

달이랑 같은 환경이니 당연한 거라고도 할 수 있겠지만. 그러고 보니 달에도 한 번도 안 가봤다는 것을 새삼 떠올렸다. 뭐, 굳이 갈 이유도 없지만 말이다.

지면을 꼼꼼히 가격해 박살 내놓은 운석들에 의해 지상은 완전히 초토화되어 있었다.

보통 영화 같은 걸 보면 지구 종말의 풍경을 묘사할 때 반쯤 흙에 파묻힌 자유의 여신상을 보여주거나 할 텐데, 지금 지구에는 그런 것도 없었다. 아니, 이 행성에 문명이 있었다는 흔적을 단 하나라도 발견할 수 있을지 의문이었다.

이래서야 생명체가 살아남아 있을 리가 없다.

잘 찾아보면 수백 미터 지하에 건설된 쉘터 정도는 남아 있을지도 모른다는 생각을 잠깐 했지만, 그 쉘터에 살아남은 인간이 단 하나도 없으리란 건 확신할 수 있었다. 시간이 너무 오래 흘렀다. 지구상에 아예 공기가 없고, 따라서 산소는 물론 식량도 구할 수 없으니 말이다.

그제야 나는 실감할 수 있었다.

"지구가 망했다더니, 진짜 망했구나."

어쩌면 이 광경을 상상하기 싫어서 나는 지구에 대해 생각하지 않으려고 애써온 것일지도 몰랐다. 그러나 직접 봐버린 이상, 상상의 여지조차 없다.

지구는 망했다. 철저히 망했다.

이건 정말로 카르마 마켓 본점 점주인 아담이 쓴웃음을 지을 만도 한 광경이었다.

"…돌아갈까?"

아니, 여기까지 와서 그냥 돌아갈 생각은 없었다.

"땅이라도 한번 밟아봐야지."

*　　　*　　　*

나는 지구 표면에 우주선을 착륙시키고 인벤토리 안에 수납했다.

"여기가……. 한국인가."

가장 큰 얼음 바다가 태평양이리라는 추측을 근거로, 나는 한국으로 추정되는 곳에 서 있었다. 황해는 육지가 되어 있고 대한해협도 딱딱한 땅이 되어 황량한 바람만이 불고 있었다.

여기가 한국이 맞는다면 그렇다는 이야기지만.

사실 여기저기 떨어진 운석으로 인한 크레이터 탓에 지형 자체도 완전히 변해 있어서 여기가 어딘지 확신할 수는 없었다.

그럼에도 불구하고, 만약 여기가 한국이라면.

"…고향으로 돌아온 셈이로군."

튜토리얼 세계 초반에는 그렇게도 돌아오고 싶던 고향이었다. 초반이라곤 해도 내가 혼자 남겨진 때를 기준으로 초반이었지만. 내가 거기 워낙 오래 있었다 보니. 하하.

"지구에서 출세하고 싶어서 튜토리얼 세계에 가고자 했던가."

이제는 잘 기억도 안 나는 옛 기억을 뒤집어보며, 나는 말라비틀어진 대지에 누웠다. 아무것도……. 아무것도 느껴지지 않았다. 감회도, 후회도, 슬픔도, 아무것도.

"상태창!"

한참 그러고 누워 있던 나는 다소 충동적으로 상태창을 불러내었다. 목소릴 내어 상태창을 불러낸 게 얼마만인지 모르겠다. …어, 진짜 모르겠다. 에이, 그거야 뭐 아무렴 어때.

나는 상태창을 조작해 [세계] 탭을 보았다. 지금 내가 있는 곳은 지구니, 이러면 지구의 [세계] 탭이 활성화될 터였다.

그러나 상태창의 [세계] 탭은 텅 비어 있었다.

마치 지구라는 세계가 처음부터 없었던 것처럼.

"진짜로 완전히 끝난 거군."

끝난 거다. 끝나 버린, 닫힌, 없어진 세계.

아니, 이제 더 이상 세계라고도 부를 수 없는… 폐허.

그것이 지구였다.

"…음?"

그런 생각에 이르렀을 때, 어떤 번뜩임이 내 머리를 후려쳤다. 아니, 물리적인 의미가 아니다. 아이디어가 떠올랐다는 의미다.

"닫힌… 세계?"

그리고 내 인벤토리에는 끝난 세계를 다시 시작하게 만드는 아이템이 하나 있었다.

[혁명의 열매]: 섭취함으로써 혁명력을 얻을 수 있으며, 혁명의 때를 놓쳐 닫히고 만 세계를 다시 시작할 수 있게 해주는 힘을 품고 있다.

"아무리 그래도 그렇지, 이게 효과가 있을까?"

나는 반신반의하면서도 지구에 [혁명의 열매]를 사용해 보기로 했다. 뭐, 효과가 없어도 괜찮다. 어차피 인벤토리에 하나 더 있기도 하고, 아직도 내 혁명력은 999+에서 움직이질 않았다. 시험 삼아 써보기 딱 좋은 상황이었다.

그리고 그 결과.

빛이 생겨났다.

*　　　*　　　*

빛이 생겨났다는 것은 물리적인 의미는 아니었다.

상태창의 꺼져 있던 [세계] 탭이 활성화되면서 [지구] 항목이 생겨났다. 상태창의 문자가 빛으로 구성되어 있으니, 없던 빛이 생겨난 건 맞았다.

—레벨 업!

—레벨 업…….

그리고 레벨 업을 알리는 시스템 메시지가 다섯 줄이 떴다.

설마!

나는 상태창의 탭을 직업 탭으로 옮겼다. 전과 명확히 달라진 점이 보였다.

—이진혁

직업: 창조자
레벨: 6레벨

"레벨이 올랐어!"

—무에서 빛을 창조하기 (1/1)

직업 탭을 켜고 들어가 보니 아니나 다를까, 수련치가 채워져 있었다. 갑자기 레벨이 오른 건 수련 경험치 덕택이었던 것 같았다.

내용을 확인한 내 입에서 헛웃음이 절로 흘러나왔다.

"뭐, 이런."

이거였어? 지난 100여 년간 고민한 게 바보 같아질 정도였다. 아니, 이걸 어떻게 알아? 아무리 생각해도 모를 법도 했다.

"아니지."

어쩌면 이건 필연이었다. 내 무한한 불멸자로서의 일생 동안 지구에 한 번쯤 안 와보겠는가.

그것보다는 이럴 줄 알았으면 [씨앗]을 사용하기 전에 한마디 읊을 걸 그랬다. '빛이 있으라.' 정도. 아니, 이건 표절인가? 그래도 이 정도면 인용이라고 해도 되지 않을까?

뭐, 지나간 일을 두고 후회해 봐야 소용없다.

그보다 중요한 건 창조자의 다음 수련 항목이다.

—뭍과 물을 가르기 (0/1)

그런데… 이건 어떻게 하지?

"도와줘요, [세계] 탭!"

힌트가 [세계] 탭에 있으리라고 짐작한 나는 상태창을 다시 바꾸었다. 그러자 상태창의 탭에 메시지가 드러났다.

[지구]—0레벨

—지구가 다시 움직일 힘을 얻기 위해 [혁명의 열매], 혹은 [세계의 힘 파편]을 필요로 합니다!

"거참, 알기 쉽네. 튜토리얼인가?"

나는 인벤토리에서 하나 남은 [혁명의 열매]를 사용했다. [세계의 힘 파편]도 많았지만, 직감적으로 이게 정답이리라는 생각이 들어서 한 판단이었다.

우르르르릉.

[혁명의 열매]를 사용하자마자 지축이 흔들렸다. 그리고 치이이이익, 하는 소리와 함께 지면에서 정체불명의 기체가 피어오르기 시작했다.

"이건……!"

독이다! 모든 능력치를 [한계돌파]시킨 데다 최상급 신격에까지 오른 내게 위해를 끼칠 수는 없었지만, 이건 분명 심각한 유해 물질이었다. 그런데 이 눈에는 보이지 않지만 이상한 비린내를 풍기는 유해 물질은 뭉글뭉글 뭉쳐서 망가진 지구의 대기를 형성하기 시작했다.

"이게 뭐더라. 배운 것 같은데……."

이제 슬슬 천 년 전이라고 해도 괜찮을 지구 고등학교 시절의 가르침을 떠올리고 있으려니 머리가 빠개질 것 같았다.

"이거 산소……. 아니지. 오존인가?"

나는 인벤토리에서 단순한 철검 하나를 꺼내 지금도 지면에서부터 끊임없이 뿜어져 나오는 기체에 대보았다. 그러자 순식간에 붉게 녹슬었다.

"산소만으로는 이렇게 안 되지. 산소가 섞여 있을지도 모르지만……."

하긴 내가 안다고 뭐가 달라지겠는가? 알든 모르든 지구가 알아서 할 일이다. 더군다나 이게 산소든 오존이든 다른 기체든, 아무리 유독하다 한들 어차피 내 세포 하나 상하게 할 수 없는 것들이다.

나는 생각하길 멈추고 아마도 먼 옛날에 한국이었을 땅에 드러누웠다. 그러고 보니 이렇게 아무것도 안 하는 것도 오랜만이다.

"흐음."

지구의 변화도 시간이 꽤 오래 걸릴 거 같으니 기왕 오랜만인 거, 이번엔 진짜 오랜만인 걸 하나 해볼까?

나는 팔다리를 쭉 펴고 대자로 누웠다.

그리고 잠을 청했다.

잠들기까지 걸린 시간은 단 한순간이었다.

*　　　*　　　*

—레벨 업!

나는 시끄럽게 울리는 시스템 메시지의 알림 때문에 잠에서 깨어났다.

"뿌그르르그그!"

버릇처럼 혼잣말을 하려고 보니 입에 물이 들어왔다. 뭐야, 이거. 나는 본능처럼 헤엄을 쳤다. 상황 파악이 된 건 물 밖으로 나간 후의 일이었다.

쏴아아아……. 철썩!

잠들기 전까지 존재하지 않았던 소음이 내 귀를 후려쳤다. 오랜만이지만, 분명 오래전에 들어본 적이 있는 소음이었다.

그것은 바로 파도 소리였다.

"흐으음……. 호오."

나는 아직 잠기운으로 멍한 정신을 차리기 위해 고개를 흔들었다. 사실 조건반사적인 행동이었다. 정신을 차리고자 하면 바로 정신이 차려지는 게 지금의 내 상태였으니.

아무튼 지금 들리는 건 파도 소리, 그렇다는 말은……. 이럴 때 해야 하는 말이 있지.

"바다다!!"

그래, 바다다.

지구에 바다가 돌아왔다.

"와! 여름이다!!"

나는 바다 위에 혼자 둥실둥실 떠서 외쳤다. 실제로 지금 계절이 여름인 건 아니지만, 사실 그런지 아닌지도 모르지만 그게 뭐 중요하겠는가.

"으음?"

바다가 돌아온 건 좋은데 분위기가 좀 안 좋다. 어떤 면에서 안 좋냐면……. 바람이 좀 세다.

하늘에 두껍게 낀 구름. 세상 모든 것을 불어 날릴 기세로 부는 저 태풍. 그리고 물 반 공기 반이라고 해도 좋을 만큼 쏟아지고 있는 폭우.

아무리 물이 생겼다지만 이래서야 생명체가 살 수 있는 환경이라 할 수가 없다.

나는 상태창을 열었다. 창조자 레벨이 11까지 올라 있었고, 뭍과 물을 가르라는 수련 항목도 채워져 있었다. 스킬은 새로 생겨 있지 않았고, 대신 새로운 수련 항목만 생겨났다.

—식물을 만들기 (0/1)

식물을 키우기가 아니라 만들기인 이유가 뭘까? 뭐긴 뭐야, 농사로는 해결 안 된다는 거겠지.

나는 잠자코 [세계] 탭을 열었다. 지구의 세계 레벨이 1레벨로 올라 있었고, [세계의 힘 파편]을 더 필요로 한다는 부가 설명이 덧붙여져 있었다.

"하아."

이렇게 된 이상 끝을 봐야지. 나는 옛날에 블루 마블에서 얻어둔 [세계의 힘 파편] 몇 개를 지구에 선물하고 다시 그 자리에

나자빠졌다.

사실 잘 필요가 없는 몸임에도 오랜만에 자서 그런지 잠이 계속 온다.

나는 잠들었다.

*　　　*　　　*

—레벨 업!

"이거 어째 패턴화된 느낌인데."

나는 투덜거리면서 잠에서 깨어났다. 그리고 내가 오래 잔 이유를 곧 깨닫게 되었다. 따스한 햇살이 내리쬐고 있었다. 그것도 직사광선이 아니라 나무 그늘로 덮여 딱 알맞게 반짝이는 빛이 흔들리며 내 몸을 어루만지고 있었다.

"허."

눈을 들어 하늘을 보니, 거대한 고사리 비슷한 게 내 머리 위에서 바람을 받아 흔들거리고 있었다. 아니, 고사리 비슷한 게 아니라 저거 고사리 맞다.

"나무라고 생각했던 게 사실 고사리였다니."

이상하게 별로 놀랍진 않았다.

사실 놀라야 정상이긴 하다. 세상 모든 것을 쓸어버릴 것처럼 강렬하게 몰아치던, 도저히 그칠 것 같지가 않았던 폭풍우는 어느새 그쳐 있었다. 땅을 반으로 갈라 버릴 것 같던 파도 소리는 쏴아아아 하며 발밑의 모래나 쓸어 갈 정도로 잠잠해져 있었다.

너무 놀라서 놀란다는 프로세스조차 잊어버린 걸려나.

그보다 대체 난 얼마나 자고 있었던 거지? 생각했지만 곧 생각하지 않기로 마음먹었다. 그런 걸 생각해서 뭐가 달라진단 말인가. 아무것도 달라지지 않는다.

"상태창!"

그보단 상태창이다. 나는 즉시 상태창을 열었다.

"다음은 동물이겠군."

혼자 그렇게 중얼거리며 직업 탭을 열어보았더니, 내 예상은 멋지게 빗나가 있었다.

—식물을 만들기 (1/1)

—동물을 만들기 (1/1)

식물이 만들어져 있는 건 내가 봐서 알지만, 동물은 보지도 못했는데. 내가 잠자고 있는 사이 모든 게 다 끝나 있었던 모양이었다.

그 덕에 내 창조자 레벨은 어느새 16에 달해 있었다.

"이거 어째 날로 먹는 기분인데."

하는 건 지구가 다 한 건데 내 레벨도 같이 오르니 이상하게 찔린다.

"하긴 내가 없었다면 지구가 여기까지 크진 못했겠지."

나는 이렇게 생각하기로 했다. 내가 투자자니까, 성과급을 받아 챙기는 건 당연한 일이다.

…어쨌든 창조자 직업 탭에는 마지막 수련 항목만이 남아 있

었다.

—인류를 만들기 (0/1)

"이것도 지구가 알아서 해주겠지?"

난 그렇게 믿으며 [세계] 탭을 열었다.

[지구]—2레벨

—지구는 [세계의 힘]의 양분이 되어줄 존재를 찾고 있습니다.

[세계 퀘스트]

—의뢰인: 지구

—분류: 제작

—난이도: 어려움

—임무 내용: 현존하는 지구상의 생물 중 지구 인류가 되어줄 종족을 찾아 인류로의 길을 이끌어주십시오. 지구는 당신에게 감사할 것입니다.

그런데 퀘스트가 떴다. 오랜만에 보는 세계 퀘스트다. 이게 뜻하는 바는 하나. 내 예상은 틀렸다. 이번엔 내가 직접 움직여야 한다.

"어이구, 이제부터는 자고만 있을 수 없겠네."

나는 기지개를 한 번 크게 켜고, 인벤토리에서 [이진혁호]를 꺼내 들었다.

[이진혁호]는 우주선이지만 대기권 내 비행도 충분히 해낼 수 있는 기체다. 사실 굳이 [이진혁호]를 꺼내 들지 않아도 그냥 나 혼자 날아가도 상관은 없지만, 단순히 되살아난 지구의 대기권 내에서 [이진혁호]로 항행을 하고 싶었기에 그냥 꺼냈다.

"그러고 보니 최초의 인류가 어디서 발원했다고 했지?"

나는 꼼수를 쓰기로 했다.

이럴 때 쓰기 적절한 표현일지는 모르겠지만, 역사는 반복된다고 하지 않는가.

"그 뭐냐, 호모 에렉 어쩌고가 처음 발견된 장소는 아마도……."

아프리카.

나는 아프리카로 향했다.

* * *

대기권까지 날아가 버릴 정도로 큰 파괴를 겪었던 지구지만 그나마 해안선의 모양은 남아 있었던지라, 본래 아프리카라 불렸던 땅이 어디인지 정도는 금방 알 수 있었다.

"여기가 인도양. 이 바다만 넘어가면 되겠군."

[이진혁호]는 쏜살이랑 비교하면 실례일 정도인 빠른 속도로 아시아 대륙과 인도양을 돌파해 나를 아프리카로 추정되는 대륙을 향해 인도해 주었다.

"잉?"

막상 아프리카 상공에 도착한 나는 깜짝 놀랐다.

"…내가 너무 빨리 왔나?"

사하라사막이 있었던 곳으로 추정되는 지역에 넓디넓은 초원이 펼쳐져 있었고, 그 초원을 공룡들이 질주하고 있었다.

"내가 너무 빨리 왔어!"

즉, 시대는 아직 파충류가 득세하고 있었다! 내가 공룡 마니아는 아니라 잘은 모르지만, 적어도 공룡 시대가 인류는커녕 인류 조상이나 태어났을까 의심스러운 시대라는 건 알고 있었다.

"…그럼 내가 언제까지 기다려야 하지?"

내 기억에 아마 공룡들이 멸종한 건 지구에 운석이 떨어지거나 천재지변으로 대멸종을 두세 번쯤은 겪은 뒤의 일이라고 알고 있다.

그럼 뭐야, 운석이 떨어질 때까지 기다려야 하나? 아니면…….

"내가 운석이 되어야 하나?"

분명 내겐 그 정도의 능력이 있었다. 내 스킬로 운석 낙하를 재현하는 건 별로 어려운 일이 아니다. 대멸종 또한 재현할 수 있다. 그냥 다 죽여 버리면 되는 거니.

하지만 그게 과연 옳은 일일까? 지구가 그것을 바랄까?

"지구가 뭘 바라든 나랑은 상관없는 일이지."

사실 지구 눈치를 볼 건 없다. 그냥 내 맘대로 하면 된다. 그렇다면 여기에서 생각해야 할 건 이 일의 옳고 그름이나 지구의 의향 따위가 아니다.

내가 하고 싶은 것이 무엇일까? 오늘의 의제는 이것이다.

"에이, 모르겠다."

약 3초간의 토론 후, 나는 모르겠다는 결론에 이르렀다. 정확히는 에라, 모르겠다에 더 가까웠다. 더 기다리기도 귀찮고 대멸종을 재현하는 것도 귀찮아진 나는 그냥 [시대정신의 씨앗]에 물어보기로 했다.

생각해 보면 만마전의 악마들도 인류종으로 바꿨고 만신전의 잡신들도 인류종으로 바꾼 게 [시대정신의 씨앗]이다. 정확히는 개화한 [시대정신의 나무]지만, 뭐 그게 그거 아닌가.

그러므로 나는 그냥 [씨앗]을 심고 나 몰라라 하기로 했다.

"얍!"

나는 스킬을 썼다. 그러자 [시대정신의 씨앗]이 뿅 하고 나타났다.

[시대정신의 씨앗]: 발아에 필요한 조건이 만족되었습니다.

"오!"

이 메시지를 보자마자 나는 곧장 [씨앗]을 심었다. 그리고 다음 스킬을 썼다.

[시대정신의 맹아]!

혁명력이 빨려 나가고, 씨앗은 귀여운 새싹을 틔웠다.

"이제 나무로 자라날 때까지 기다리면 되겠군."

그때까지 한숨 자볼까? 생각했지만. 나는 문득 든 생각에 감으려던 눈을 다시 번쩍 떴다.

"그러고 보니 공룡의 맛이 치킨 맛하고 그렇게 닮았다던

데……."

자고 일어났을 때 공룡이 살아남아 있으리란 보장이 없다. 나는 곧장 지면으로 내려가 공룡 몇 마리를 잡았다. 그리고 순식간에 도축해 고기와 뼈, 가죽을 인벤토리 안에 넣었다.

"나중에 치킨 해 먹어야겠다."

만족한 나는 그 자리에 퍼질러 누웠다.

"이젠 진짜 자야지. 진심으로 잔다."

자꾸 자다가 도중에 깨니 영 욕구불만이다. 그래서 나는 시스템 메시지의 알람까지 꺼버렸다. 이젠 레벨 업 메시지조차 날 깨우지 못할 것이다. 이번에야말로 진짜로 만족할 때까지 푹 자볼 셈이었다.

나는 눈을 감았다. 그리고 곧장 잠들었다.

*　　　　*　　　　*

이진혁이 그랑란트를 떠난 지 어느새 1000여 년이 지났다.

일천 년.

아무리 천사라 해도 찾아오는 노화와 수명의 끝을 무시할 수 없는 세월이다.

그러나 이진혁교의 인류연맹 교구 주교이자 영웅왕의 후계자, 이제는 통합된 하워드 가문과 이씨 가문의 가주이기도 한 인류연맹의 기둥, 키르드는 아직 살아 있었다.

아니, 단지 생존만 하고 있는 상태인 것도 아니었다. 거동은커녕, 건강에 문제가 생길 정도로 늙지도 않았다.

이는 키르드 또한 이진혁교의 주교로서 어느 정도의 신앙을 얻고 있기 때문이었다. 물론 이진혁교는 이진혁을 섬기는 신도들의 모임이지만, 적어도 인류연맹에서 키르드는 문자 그대로 신의 아들이었으니 어느 정도 신앙을 모을 수 있는 위치에 있었다.

그 덕에 키르드의 혼은 아주 점진적이지만 확연하게 성장했다. 아직 육체의 탈을 벗어던질 정도의 격은 아니라곤 하나 적어도 수백 년 정도의 세월은 아랑곳하지 않을 정도의 불멸성을 손에 넣었다.

더 짧게 말하자면, 잡신이 되었다.

"이거 생각했던 것보다 되게 자존심 상하는데."

한참 동안이나 상태창을 들여다보고 있던 장년의 키르드는 눈살을 찌푸리며 그렇게 혼잣말을 했다. 그는 자신이 한때 이진혁이 했던 말을 똑같이 따라 하고 있다는 사실을 깨닫지 못했다.

찌푸린 키르드의 눈가에는 자글자글한 주름이 잡혔다. 아무리 절반의 불멸성을 손에 넣었다고 한들 그것이 완전한 불로불사를 가져다주는 건 아닌 데다, 이미 찾아온 노화의 결과물까지 없앨 수 있는 것은 아니었다.

"하급 신이 되려면 어떻게 해야 하지?"

키르드는 고민했으나, 곧 그 답에 도달했다.

"…아버지께 묻는 게 가장 좋은 방법이지. 아버지를 찾아야겠어."

"안 그래도 찾고 있잖아요."

키르드의 혼잣말에 대답한 건 그의 아내 링링이었다. 그녀는 키르드와 달리 젊은 모습을 유지하고 있었으나, 그것은 한시적으로 스킬의 힘이 그녀의 겉모습만을 바꿔놓은 것에 불과했다.

링링은 아직 천사였고, 신격에 오르지 못했다. 세월의 흐름은 멈추지 않을 것이고, 언젠가 그녀의 수명도 끝나 안식에 들리라.

그러나 그것이 당장 눈앞의 일은 아니었다. 그러니 미리 슬퍼할 일은 아니었으며, 그보다 더 중요한 일이 그들 앞에는 산재해 있었다.

물을 한 모금 마셔 목소리를 가다듬은 링링은 하던 말을 마저 이어 했다.

“지난 천 년간 줄곧, 쉬지 않고 인류연맹의 총력을 다해서 찾고 있죠.”

이진혁은 자신이 어디로 향한다는 말도 없이 떠났다. 그나마 상위 세계로 향한 건 아니라는 확언이 있었기에 그들은 이별을 받아들일 수 있었다.

이진혁이 떠난 후 첫 백 년간, 키르드를 비롯한 이진혁교의 신도들은 일부러 그를 찾지 않았다. 그것이 떠난 그에 대한 무례라고 생각한 탓이기도 했고, 더 솔직히 하자면 윗사람이 없는 자유를 만끽하기 위해서이기도 했다.

그런데 막상 자유를 만끽한 건 사실 채 백 년도 가지 못했다. 사실 이진혁이 떠난 지 10년도 안되어 신도들은 그를 찾기 시작했다. 마치 엄마가 집에서 나가길 간절히 고대하며 기다리다가, 정작 엄마가 집에서 나가니 몇 시간도 못 참고 어머니를 찾기 시작하는 남자 중학생처럼.

그나마 그것이 떠나간 이에 대한 무례라는 인식이 없었더라면 그마저도 못 참았을 것이다. 백 년이라도 참은 건 어디까지나 이진혁에 대한 예우를 지키기 위해서였다. 그러나 백 년이 지나자마자 키르드를 비롯한 각 교구의 이진혁교 신도들은 힘을 합쳐 이진혁을 찾기 시작했다.

처음에는 금방 찾을 수 있을 거라고 생각했다. 탐색 계열 스킬을 사용하면 금방이리라고 그들은 생각했다. 이진혁이 현존하는 그 어떤 스킬보다도 높은 급의 탐색 회피 스킬을 패시브로 발동하고 있는 줄 몰랐기에 할 수 있는 생각이었다.

이진혁교 신도들은 이 넓은 우주에서 이진혁을 육안으로 찾아야 한다는 현실과 마주하게 되었다. 그럼에도 불구하고 그들은 쉽게 포기하지 않았다. 그들의 탐색은 계속되었다.

100년, 200년……. 시간은 계속해서 흘러갔으나, 그럼에도 그들의 노력은 결실을 맺지 못했다.

이진혁교를 대표하는 가장 큰 3대 교구 중 이진혁 탐색을 가장 먼저 포기한 것은 블루 마블 교구의 신도들이었다.

지난 500여 년간, 블루 마블 교구의 신도들은 다른 어떤 교구보다도 치열하게 이진혁을 찾았었다.

크고 밝게 타오른 불꽃이기에 더욱 쉽게 꺼지고 만 걸까.

블루 마블의 공동 주교를 역임하고 있던 루시피엘라와 비토리야나는 풀이 죽어, 자신들의 신이 또 자신들을 버리고 상위 세계로 향했다고 말했다.

키르드는 블루 마블 공동 주교의 두서없는 이야기가 무슨 의미인지 절반도 제대로 이해하지 못했으나, 그 의견을 존중한다고 말했다.

다음으로 포기한 것은 그랑란트 교구였다. 그들은 800여 년 버텼다. 그들이 탐색을 포기하게 된 이유는 어이없게도 부부 싸움이었다. 케찰코아틀과 테스카틀리포카의 싸움은 그랑란트라는 거대 교구를 절반으로 쪼갰고, 곧 그렇게 쪼개진 두 세력은 내전에 들어갔다.

키르드는 두 부부의 누구 편도 들 수 없었고, 개입하여 내전을 멈출 수도 없었다. 같은 이진혁교 신도라지만 다른 세력 소속인 이상 내정간섭을 할 수는 없었다.

아이러니하게도 3대 교구 중에선 이진혁교의 세가 가장 작다고 할 수 있는 인류연맹 교구가 가장 단단하게 이진혁 탐색의 퀘스트를 수행하고 있었다.

지난 천 년간, 단지 이진혁을 찾겠다는 이유로 인류연맹의 과학기술은 비약적으로 발전했다. 스킬을 사용하면 이진혁을 찾을 수 없으니 스킬 없이 사람을 찾는 기술을 필요로 했고, 과학기술은 그 노력의 결과물이었다.

그렇게 열과 성을 다해 탐색했으나 그 누구도 이진혁을 찾을 수는 없었다. 그들의 아버지가 어디 있는지 여전히 아무도 몰랐다.

이제 불과 십수 년 후면 이진혁을 찾아 헤맨 것도 천 년이 된다. 천 년을 찾아도 못 찾으면 포기하는 게 정상이나, 그들은 좀처럼 포기할 줄 몰랐다.

아니, 포기할 수 없다는 게 더 정확한 표현이리라.

"아버지는 지구로 가신 게 아닐까?"

"지구는 벌써 이 잡듯 뒤져봤잖아요."

사실 이진혁교의 신도들이 이진혁을 찾기 위해 가장 먼저 찾아간 곳이 바로 지구였다. 지구는 이진혁의 고향이었고, 초기 플레이어 상당수의 고향이기도 했다. 그러니 순서를 꼽는다면 이견의 여지없는 1순위 지점이었다.

그러나 지구에서도 이진혁은 발견되지 않았다.

진실을 말하자면 발견하지 못한 거였다.

인류연맹의 조사단이 지구에 파견되었을 때, 이진혁은 폭풍우에 휘말려 바다 깊은 곳에 빠져 있었다. 이진혁교가 지닌 당시의 기술로는 바닷속까지 탐색할 수 없었기에 찾다 못한 그들은 지구에 이진혁이 없다는 결론을 내릴 수밖에 없었다.

"다시 한번 찾아보자."

키르드가 말했다.

"세월도 흘렀고 기술도 발전했으니 지금 찾으면 찾아질지도 모르잖아."

"그것도 그렇네요."

링링은 고개를 끄덕였다. 사실 달리 방법도 없었다. 그저 힘껏 찾는 것. 그게 그들에게 남은 유일한 수단이었다.

그렇게 인류연맹 교구의 이진혁교 신도들은 지구를 대상으로 이진혁 탐사대를 다시 한번 보내기로 결의했다.

*　　　*　　　*

어둠 속.

두 그림자가 대화를 하고 있었다.

"인류연맹에서 지구를 향해 탐사대를 보낸다고 합니다."

놀랍게도 그 목소리의 주인공은 오랫동안 모습을 드러내지 않았던 마구니 동맹의 두령이었다. 그를 단순한 일개 두령이라 할 수는 없었다. 그가 모시는 주인은 동맹에서 가장 특별한 존재였으니.

"이번에는 지구인가……. 방해 공작은?"

그 가장 특별한 주인의 물음에, 마구니 두령은 고개를 저을 수밖에 없음을 안타깝게 여겼다.

"시도는 하고 있습니다만……."

"그래, 쉽지 않겠지. 이상하게 인류연맹에는 틈이 잘 안 보인단 말이야."

"줄곧 그랬습죠."

마구니 두령의 말에 그의 주인, 마라 파피야스는 턱을 만지며 고심했다.

마구니 동맹의 마라 파피야스가 다시 세상에 나와 활동을 시작한 지는 사실 200년도 채 지나지 않았다.

일천 년간의 두문불출을 끝내고 눈치를 보던 마구니들은 이 세계에서 이진혁이 사라졌다는 것을 확신한 후에나 다시 행동을 개시했다.

오랫동안 봉인되어 있던 마구니들은 심하게 굶주려 있었지만, 곧 배를 채울 수 있게 되었다.

지금 세계의 사람들은 마구니들이 이진혁의 손에 의해 완전히 멸종했다고 믿고 있었다. 따라서 그만큼 마구니에 대한 대응이 덜 되어 있었다. 그 덕에 마구니들은 희생양들을 쉽게 유혹하고 마구니로 전향시킬 수 있었다.

빠른 속도로 세를 불려간 마구니들은 한때 이진혁의 본거지라 할 수 있었던 세력인 그랑란트에 마수를 뻗혀 이진혁교의 공동 주교인 케찰코아틀과 테스카틀리포카의 사이를 이간질하는 것에 성공했다. 그것이 그들이 근래에 이룬 가장 큰 성과였다.

마구니 동맹의 다음 목표는 인류연맹이었으나, 인류연맹에의 작업은 잘 통하지 않았다.

이진혁의 후예인 키르드를 중심으로 뭉친 세력이라 그런지 이간계도 잘 통하지 않았을뿐더러, 천 년 전의 일이라곤 하지만 가장 최근에 마구니들의 직접적인 침략을 받은 탓인지 방비도 그럭저럭 잘되어 있었다.

그래서 마구니들은 인류연맹을 상대로는 기껏해야 간첩 몇을 밀어 넣어 정보를 빼내는 정도밖에 할 수 없었다.

"저 이진혁 탐색 퀘스트는 언제가 되어야 포기할지 모르겠군."

마구니 동맹의 입장에서 볼 때 인류연맹보다 더 먹음직스러운 상대, 예를 들어 교단이나 만신전, 천계 등이 있음에도 불구하고 그들이 계속해서 인류연맹에 신경 쓰는 이유가 이것이었다.

만약 인류연맹이 진짜 이진혁을 찾아낸다면?

그럴 가능성은 이미 0에 수렴한다고 믿고 있지만, 완전한 0이 아니라는 점이 신경 쓰인다. 그래서 마라 파피야스는 어떻게 해서든 인류연맹의 이진혁 탐색 퀘스트를 좌절시키려 하고 있었다.

"저……. 마라님."

마구니 두령이 조심스레 입을 열었다.

“왜? 이제 포기할 때 안 됐냐고? 어차피 이진혁 없으니까 방해 공작 하지 말자고?”

“네.”

마라 파피야스는 지긋지긋한 듯 물었으나, 마구니 두령은 굴하지 않고 고개를 끄덕였다. 그러나 그 끄덕임에 대한 대답은 단호했다.

“할 거야. 계속해.”

“…네.”

입술을 삐죽 내민 마구니 두령의 반응이 마음에 들지 않았지만, 마라 파피야스는 여기서 화를 내봐야 별 의미도 없다는 것을 경험으로 알고 있었기에 무시했다.

“그럼 지구를 향해 분신 몇을 투입하겠습니다.”

“어차피 하는 거 없잖아. 3번부터 99번까지 다 보내.”

1200년 전의 이진혁을 상대로 한 작전으로 인해 마라 파피야스의 분신 수가 확 줄었다. 아무리 배를 채웠다고는 하나 말 그대로 허기를 면한 것뿐. 새로운 분신을 만들어낼 정도로 마라 파피야스의 힘이 회복된 것은 아니었다.

따라서 지금 남아 있는 분신은 고작 99개체. 그중에서 97개체의 분신을 파견한다는 것은 이번 작전에 마구니 동맹의 총력을 퍼붓는다는 의미였다.

마구니 두령은 그러한 마라 파피야스의 판단이 마음에 들지 않았다. 그의 생각에 지금은 분신들로 하여금 식사와 정양에 전력을 다하도록 해 동맹의 힘을 끌어 올릴 시기였다.

그러나 이진혁이라는 이름은 마라 파피야스에게 있어 트라우마에 가까운 것이었고, 그 탓인지 마라는 탐색 방해 작전에 항상 총력을 투입하도록 지시하고 있었다.

그렇다고 마라 파피야스가 직접 내린 명령을 무시하거나 반기를 들 수는 없다. 아주 약간이나마 반항의 의미를 담아 한숨을 짧게 내쉬는 게 두령이 할 수 있는 전부였다.

"그럼 2번 분신은……."

"걘 그랑란트 쪽 지휘해야지."

"알겠습니다."

그나마 '식사'는 하게 해주는구나 싶어, 마구니 두령은 다행으로 여기며 고개를 끄덕였다. 그러나 그 움직임은 이어진 마라 파피야스의 말에 뚝 그쳤다.

"그리고 이번 방해 공작 부대의 지휘는 내가 직접 맡겠다."

"예?!"

마구니 두령의 목소리가 뒤집어졌다. 그럴 만도 했다. 이 나태의 결정체 같은 존재가 직접 나선다고? 의외이지 않을 수 없었다.

"왜, 뭐? 불만 있나?"

"있죠! 마라 파피야스 님이 돌아가시면 마구니 동맹은 끝이에요!"

마구니 두령의 충정 어린 절박한 외침에도 마라 파피야스는 별로 마음이 흔들리지 않았는지 심드렁하니 대꾸했다.

"2번 있잖아. 걔가 알아서 하겠지."

"차라리 2번 분신을 보내고 마라 님이 그랑란트를 맡으세요!"

두령의 의견은 온당했으나, 마라는 들은 척도 안 하고 고개부터 저었다.

"싫어."

"어째서요?!"

두령의 말대꾸에 마라의 표정이 일그러졌다.

"…이진혁은 상위 세계로 떠났다. 더 이상 우리 마구니 동맹이 놈의 존재를 두려워하고 있을 이유가 없어. 그럼에도 불구하고 우리는 혹시나 하는 마음에 움찔거리고 있지. 언제까지 이렇게 불안에 떨고 있어야 하냐?"

마라의 목소리에 담긴 울분에, 두령은 더 따지지 못하고 입을 다물었다.

"나도 알아. 신경 안 쓰면 그만인 일이다. 그런데 저 인류연맹의 탐사대가 우리로 하여금 신경 쓰이게 만들고 있잖나? 이번에야말로 탐사를 완전히 좌절시켜야겠다."

방만하게 드러누워 있던 마라 파피야스는 끙차, 하는 소릴 내며 몸을 일으켰다.

"그러기 위해서라면 총력 정도야 투입할 수 있다. 내가 직접 나서는 모범도 보여줄 수 있지."

마라 파피야스의 동공에 번뜩거리는 살기, 그리고 그 목소리. 마구니 두령은 감히 마라의 말에 대꾸하지 못했다.

*　　　*　　　*

그날은 무척이나 길었던 장마의 마지막 날이었다.

오랜만에 보는 태양빛이 유난히 찬란해 보여서, 나는 창문을 열었다. 보기와는 다르게 습하고 더운 공기가 열린 창문을 타고 훅 들어와 방 안을 가득 채웠다. 지나간 줄 알았던 장마전선은 습한 공기를 남겼고, 끝난 줄 알았던 여름은 아직 길게 그림자를 남기고 있었다.

"그래도 한번 열었으니 환기는 해야지."

한숨은 짧게만 하고, 나는 창문을 연 채 두었다. 그러자 얼마 지나지 않아 이마에 땀이 송골송골 맺혔다.

"샤워나 해야겠다."

혼자서 사니 혼잣말이 는다. 혼잣말이라도 하지 않으면 말하는 법을 까먹을 것 같아서일까. 아니, 그런 자각을 갖고 혼잣말을 하는 건 아니었다. 그냥 텅 빈 공간을 혼잣말로 채워야 한다는 강박관념이 내 무의식을 지배한 까닭일까.

"아무렴 어때."

나는 수도관을 타고 올라오느라 미지근해진 물로 땀을 식히려 노력했다. 다행히도 노력해야 했던 건 잠시뿐이었다. 물은 금세 차가워졌다. 수돗물 만세다. 수도가 없었던 시절에 사람들은 어떻게 살았을까. 감히 상상하기 어렵다.

적당히 몸을 씻어내고 대충 몸에 맺힌 물을 닦아낸 나는 다시 타자기 앞에 앉았다. 사실 샤워 같은 걸 할 시간은 없었다. 해가 완전히 떨어지기 전에 원고를 넘겨야 했다. 그럼에도 불구하고 샤워를 한 건 일종의 현실도피에 가까웠다.

햇살은 어느새 방 안을 붉게 물들이기 시작하고 있었다.

타닥타닥.

그럼에도 불구하고 타자기를 더듬는 내 손은 결코 빠르지 않았다. 내키지 않는 내용을 다루고 있는 탓일까. 아니, 이건 일이다. 싫어도 해야 하는 것이 일이며, 정해진 시간 내에 완성품을 내놓아야 비로소 프로다. 그리고 나는 프로다.

마음을 다져먹고 다시 달려드니 집중을 좀 했나 보다. 타자기에서 눈을 떼니 어느새 사위는 어둑어둑해져 있었다. 맞은편 아파트 너머로 해가 헐떡이며 넘어가고 있었다.

"안 돼!"

나는 타자기에서 미완성 원고를 거칠게 쭉 빼내어 두세 차례 흔들었다. 잉크가 완전히 마를 때까지 기다릴 시간 따위는 없었다. 원고들을 조심스럽게 겹쳐 서류 봉투 안에 쑤셔 넣은 후, 그 봉투를 가방 안에 던져 넣고 집을 나섰다.

달려라, 달려!

나는 스스로를 채찍질했고, 그 노력은 어느 정도 보답받았다. 두 량짜리 작은 전차 안에 간신히 몸을 싣고서 나는 거칠게 숨을 몰아쉬었다.

잠시라도 앉아서 원고를 가다듬고 싶지만, 이 시간대에 앉을 자리를 구하는 건 불가능에 가까운 일이었다.

기껏 샤워한 몸은 달리느라 땀으로 축축해져 있었고, 도착할 때쯤에는 어중간하게 말라 좋지 않은 냄새를 피우게 될 것이다. 그걸 생각하니 절로 한숨이 나올 것 같았지만, 지금 한숨을 내쉬면 내 앞에 선 아가씨의 정수리를 테러하게 될 테니 참아야 했다.

결국 별수 없이 눈을 감은 채 전차 안에서 덜컹덜컹 흔들리고 있으려니, 어느새 해가 꼴딱 넘어갔다.

이미 전차를 탔으니 늦지는 않겠지만, 해가 지기 전까지 원고를 완성시켜야 한다고 스스로에게 다짐했던 탓인지 기묘한 강박감이 나를 사로잡았다.

주먹을 꽉 쥐니 손 안이 땀으로 축축했다. 나는 바지에 땀을 슥슥 닦았지만 곧 후회했다.

냄새가 좀 더 심해지겠군. 손수건을 가지고 나왔어야 했는데,

너무 서둘러 나오다 보니 깜박했다. 평소에 손수건을 가지고 다니지 않으니 서두르지 않았어도 깜박했을 테지만.

"내려요. 죄송합니다. 저 내려요."

다음 역이 목적지였기에, 나는 주변에 사과를 구하며 열리는 문을 향해 나아갔다.

이렇게 많이들 타는데 한 량만 더 늘려주지. 아니면 열차 편성을 좀 자주 해주던가.

혼자 속으로 투덜거리고 있으려니 곧 전차가 멈췄다.

그리고 세계도 함께 멈췄다.

[세계 퀘스트]

—의뢰인: 지구

—분류: 토벌

—난이도: 쉬움

—임무 내용: 이 세계에 마구니가 다가오고 있습니다. 부탁드립니다. 부디 마구니를 처치해 주십시오.

나는 눈의 망막에 맺힌 그 메시지를 멍하니 바라보았다. 그

시간은 그리 길지 않았다. 누군가가 뒤에서 등을 밀었다.

아, 내가 길을 막고 있었군.

나는 서둘러 전차에서 빠져나왔다.

아직 조금 혼란스러웠지만, 나는 곧 진실을 받아들일 수 있었다.

"나는 이진혁이다."

이 문장을 입 밖에 내자마자, 진실은 현실성을 띠고 나 자신을 뒤바꾸어 놓았다.

내가 내 의지로 감추고 있었던 기억이 샘솟듯 솟아 나왔다.

*　　　　*　　　　*

…긴 잠에서 깨어났을 때, 나는 인류 앞에 서 있었다. 사라졌던 지구의 인류가 내 앞에서 부활한 모습을 보자 기묘한 감격이 나를 사로잡았다.

그러나 감격은 길지 않았다.

나와 조우하게 된 지구 인류는 말 그대로의 원시인이었다. 문자는커녕 언어조차 갖지 못한 선사시대의 인류. 교감을 하려고 해도 보디랭귀지조차 제대로 통하지 않으니 흥이 식을 수밖에 없었다.

나는 이들을 문명사회로 이끌고자 하는 강렬한 욕망을 느꼈다. 거기까진 좋았는데, 이 욕망을 어떻게 행동으로 옮기느냐에 대해서는 고민이 될 수밖에 없었다.

이진혁이라는 초인이 지구 문명 전체를 개화시키고 선도해 가는 것도 방법이겠으나, 지구인 모두를 나라는 개인의 추종자로 만들고 싶지는 않았다.

나는 언젠가 떠날 사람이다. 나 혼자 다 해먹다가 내가 떠난 후에 지구가 어떤 상태에 놓일 것인지에 대해서는 쉬이 상상이 가질 않았다. 블루 마블처럼 내 가르침을 잊고 내부 분열을 일삼거나, 고대 로마 멸망 후의 유럽처럼 암흑기에 들어설지도 모른다.

게다가 나는 지난 수백 년간의 슈퍼스타 생활로 인해 대중의 관심을 받는 것에 질린 상태였다. 나 개인적으로도 나 혼자 나대서 관심과 신앙을 끌어모으고 싶지 않았다.

그래서 나는 이진혁이라는 이름과 존재를 숨긴 채 인류 문명을 발전시킬 방법을 찾았다.

그 방법이 이것이었다.

나는 내 존재를 수만 조각으로 찢었다. 마치 한때의 마라 파피야스처럼.

그렇다고 모든 분신에게 이진혁의 몇 번째 분신이니 하는 이상한 넘버링을 하진 않았다. 내가 택한 것은 오히려 그 반대였다.

모든 내 분신은 인류 사회에 녹아들어야 했고, 이진혁이라는 이름을 사람들에게 각인시켜서도 안 됐다. 그러기엔 이진혁이라는 존재는 지나치게 강렬했다.

따라서 나는 모든 분신으로 하여금 이진혁의 기억을 봉인토록 했다. 봉인한 것은 기억만이 아니었다. 신격도 봉인하고, 신성도 봉인했다.

당연히 분신들은 불멸을 받지 못하고 수명을 채우면 죽는 필멸자가 되었다. 대신 하나가 죽을 때마다 또 하나의 분신이 별개로 태어나는 것으로 했다.

모든 분신에게 각각 다른 이름과 능력, 재능, 인격을 부여하고 능력과 기억은 현생 인류의 단 한 발만 앞서도록, 그들이 내 분신들의 행보를 이해는 할 수 있는 수준에서 움직이도록 조정했다.

그렇게 지난 수백 년간, 나는 손으로 셀 수 없을 정도로 다양한 이름과 성격, 직업을 갖고 살았다. 그럼에도 불구하고 지금 이 순간, 이 자리에 선 내 자아는 조금도 흐려지지 않았다.

"나는 이진혁이다."

나는 다시금 중얼거렸다.

확신을 가지고.

"…나는 성공한 모양이로군."

태양은 떨어졌다. 밤은 완전히 내려왔다.

그럼에도 불구하고 세상은 어둡지만은 않았다.

수백 년 전, 동굴에 틀어박혀 살던 인류는 이 어둠을 두려워하기만 했다. 그러나 고작 수백 년 만에 인류는 밤의 어둠을 뚫고 활동할 수 있게 되었다.

가로등이 어두운 골목길을 비추고 있다. 그리고 그 골목길로 이어진 사람들의 집집마다 불빛이 새어져 나오고 있었다.

사람들의 집에서 새어 나오는 것은 빛뿐이 아니었다.

요리하는 냄새, 즐거운 웃음소리, 라디오의 소음.

어둠이 주는 본능적인 두려움에 떨며 숨을 죽이던 선사시대의 밤과는 전혀 다른 풍경이었다.

골목길에서 빠져나오면 대로변으로 이어진다. 그 대로변 양옆으로 커다란 건물들이 들어섰다. 그 건물들마다 사람들로 꽉꽉 들어찼다.

채집과 사냥으로만 식량을 충당할 수 있었던 옛날에는 도저히 감당할 수 없는 인구밀도였으나, 도시에서 조금만 빠져나오면 펼쳐지는 농경지에서 생산되는 곡물은 이들 모두를 부양하고도 남아 닭과 소, 돼지를 먹이고 그래도 남는 것은 창고를 채웠다.

잉여생산물은 자본을 만들었고, 자본은 부의 집중을 만들었다. 집중된 힘은 고층 건물이라는 형태로 하늘을 향해 뻗어 나간다. 아직 마천루라 하기에는 손색이 좀 있지만, 도시라는 단어를 쓰기에는 적합한 풍경이 그렇게 형성되었다.

나는 내가 타고 온 전차를 바라보았다. 나를 태우고 온 전차는 도시를 떠나 다시 드넓은 논밭 사이를 꿰뚫고 지나가고 있다.

도시와 마을, 마을과 도시 사이를 연결해 주는 전차는 오늘도 적혈구처럼 사람을 쏟아내고 있었다. 그렇게 운반되어져 온 사람들은 활기라는 이름의 산소를 도시 곳곳에 운반했다. 그리고 그 활기로 사람들은, 기술은, 문화는, 문명은 오늘도 발전하고 있었다.

문명의 힘이 지구 전역에 꿈틀거리며 인류를 번영으로 이끌어내고 있었다.

비록 내가 경험했던 21세기 지구의 문명에는 아직 미치지 못하는 수준이나, 원래 지구 역사대로라면 이 수준까지 문명을 끌어 올리는 데에도 수만 년은 걸렸을 터였다. 그러나 지구인들은 해냈다.

당연한 이야기지만 이는 나 혼자 이룰 수 있는 일이 아니었다.

내 기술을 배우기 위해 제자가 되려 한 이도 있었고, 내게 이끌려 나의 가족이 되고자 한 이도 있었다. 내가 하는 말을 알아듣는 걸 넘어서, 나보다 좋은 것을 만들어내고자 내게 도전하는 라이벌까지도 생겨났다.

조각조각으로 나눠진 탓에 신격을 잃고 필멸자가 된 내가 하나하나 수명을 다해 죽어도, 내가 남긴 것은 아무 의미 없이 그냥 사라지지는 않았다.

내 기술을 제자가 이었다. 내 유훈을 자손이 이었다. 라이벌이 된 이가 내가 남긴 것을 더욱 발전시키기도 했다. 나와는 상관없이 아예 새로운 것을 만들어내는 이도 있었다.

그렇게 해서 지구 문명은 발전했다.

결국 내가 한 일이라고는 이 문명을 세우는 데에 있어 첫 불씨가 된 것뿐이다. 그것을 불길로 일으켜 문명으로 세운 것은 어디까지나 현생 지구 인류의 공이었다.

"…뿌듯하군."

나는 그것이 그저 자랑스러웠다.

지구는 부활했다. 지구 문명은 다시 세워졌다. 지구 인류가 지구 위를 걷고 있었다.

이제 이들은 내가 없어도 걸을 수 있다. 내가 언제 떠나든 혹은 그러지 않든 이들은 여전히 지구인일 것이고 앞으로도 문명을 발전시킬 것이다. 굴러가기 시작한 수레바퀴는 멈추지 않을 테니까.

갑자기 예기치 못한 커다란 암초를 만나지 않는 이상은.

"그런데 이놈들이 왔단 말이지."

나는 인벤토리를 열었다. 수백 년 만에 하는 행동이었으나, 방금 전까지 했던 것처럼 자연스러웠다. 익숙하게 인벤토리를 조작한 나는 거기서 아이템 하나를 꺼냈다.

[천옥봉호로]

그리고 나는 지난 수백 년간 이 호리병 안에 유폐되어 있던 마구니를 꺼냈다.

"응! 엄마!"

나를 엄마라고 부르는 정신 나간 천계 출신의 마구니, 천원은 내게 말했다.

"마라 파피야스가 지구로 올 거래!"

마라 파피야스는 설마 유혹이나 지배 같은 걸 당하지 않았음에도 불구하고 자신의 말을 무시하고 대신 내 말을 듣는 마구니가 존재할 줄은 꿈에도 생각 못 했을 것이다. 그러니 보안 같은 걸 챙길 생각도 않고 마구니들에게 일괄 명령을 내린 거겠지.

이 변수, 천원 덕에 나는 마라 파피야스의 계획을 속속들이 파악할 수 있었다.

내게 수십만 개체의 마구니를 몰살시키도록 한 건 나를 상위 세계로 보내기 위한 것이었다든가, 일백 개체의 마라 파피야스의 분신을 남겨놓고 마구니 동맹 자체를 봉인한 후에 천 년 뒤에 다시 돌아올 거라든가.

그 모든 정보를 이미 들어 알고 있었기에 나는 이 일을 미리 대비할 수 있었다.

나는 언젠가 마구니 동맹이 부활해 지구를 위협할 때, 지구로 하여금 내게 [세계 퀘스트]를 발주하도록 부탁했다. 그리고 그 [세계 퀘스트]를 받자마자 이진혁으로서의 인격과 신격, 그리고 능력을 각성하도록 스위치를 걸어놓았다.

그 안배가 지금 발동했다.

"그렇다면 이진혁으로서의 일을 해야겠지."

그러기 위해 예비해 놓은 안배였으니까.

"아, 그 전에 우선 사무실에 원고부터 전달하고."

뭐, 그리 오래 걸리진 않을 것이다.

사무실에 원고를 전달하는 것도.

마라 파피야스의 잔당을 처치하는 것도.

* * *

그날 밤.

지구인들은 땅에서 하늘로 오르는 기묘한 유성우를 보았다.

우주를 향해 솟아오르는 수만 개의 빛을 바라보며, 사람들은 다양한 반응을 보였다. 단순히 예쁘다고 감탄하는 이가 있는가 하면, 그 자리에서 주저앉아 소원을 비는 이도 있었다. 누군가는 그것이 길조라고 했고 다른 누군가는 그것이 흉조라고도 했다.

그러나 몇 달이 흘러도 아무 일도 일어나지 않자, 곧 그들은 기묘한 유성우에 대해 더 이상 이야기를 하지 않게 되었다. 다음 날에는 또 해가 떴고, 일을 하러 나가봐야 했으므로.

그렇게 지구의 일상은 다시 돌아가기 시작했다.

에필로그

태양빛이 싱그럽게 빛나고 있었다.

푸르른 하늘로부터 내리쬔 햇볕은 파도에 하얗게 부서져 쏴아아아 하는 소릴 냈다. 해변에 펼쳐진 하얀 모래는 지나치게 뜨겁지도 않고 그렇다고 불쾌하게 차갑지도 않아서 이불 대신 덮고 있기 딱 좋았다.

아이들의 명랑한 웃음소리가 파도 소리에 섞여 조금 시끄럽긴 했지만, 이 정도 소음이야 뭐 내 새끼 소리라 생각하면 감히 듣기 싫다 말할 수야 없다.

"아빠! 일어나!!"

그때, 아이 중 하나가 내게 외쳤다. 그게 신호라도 되는 듯, 다른 아이들도 내 귓가에 달려와 경쟁적으로 왁왁 외쳐대기 시작했다.

아……. 어쩌다가 이렇게 되고 말았을까.

설명하려면 조금 길어지겠지만 그냥 해야겠다. 누구에게든 한 번쯤은 말하고 싶은, 그런 이야기니 말이다.

*　　　*　　　*

나, 이신혁은 마라 파피야스를 죽였다.

분신 중 하나가 아니라 이번에야말로 본체를 죽였다. 아니, 사실 모든 마라 파피야스의 분신이 다 본체니 마지막 하나를 죽였다는 표현이 더 옳을지도 모르겠다.

마구니들이 마지막 보험으로 숨겨둔 2번 분신까지 처치했으니, 이로써 우리 세계의 마라 파피야스는 완전히 그 명맥이 끊겼다.

악의 근원이자 근본을 끊어낸 것이다. 어마어마한 양의 카르마가 내게 쏟아져 들어왔다.

—포지티브 카르마의 축적 한계를 넘어섰습니다.

—한계돌파!

—포지티브 카르마의 축적은 한계돌파 할 수 없습니다.

—여분의 카르마를 소모해 주시기 바랍니다.

—카르마 마켓으로 강제 이동합니다.

이미 한 번 봤었던 메시지가 쭉 이어졌다. 이번에는 별로 후회하거나 하지는 않았다. 나는 한결 편한 마음으로 카르마 마켓으로 향했다.

"어서 오십시오, 고객님."

제우스의 목소리가 들렸다.

"이번에는 오랜만이로군요."

"네, 그러게 말이에요."

나는 웃으며 제우스의 말을 받았다.

"기어코 마라 파피야스를 완전히 소멸시키셨군요. 수고 많이 하셨습니다."

"아, 역시 알고 계셨군요?"

내가 지난번에 죽였던 마라 파피야스가 마지막 마라가 아님을 제우스도 잘 알고 있었던 모양이다.

"네, 제가 제 입으로 말씀드릴 순 없었습니다만."

하긴, 이게 별로 중요한 건 아니다.

"이제 어쩌시겠습니까?"

"이쪽 일을 마무리하고 상위 세계에 도약할까 생각합니다만."

"아, 드디어."

"네, 드디어죠."

제우스와 나는 서로 마주 보며 웃었다.

"자, 그건 그렇고 저는 할 일을 해야죠. 카탈로그를 보여 드리겠습니다."

제우스는 밝은 미소와 함께 카탈로그를 꺼내 들었다. 그렇게 좋은가……. 이번만큼은 나도 마주 보며 웃진 못했다.

*　　　*　　　*

"아, 그러고 보니."

"예?"

상품 설명을 듣다가 조금 지겨워진 나머지, 나는 잡담을 꺼내 들었다.

"창조자라는 직업을 얻었습니다."

그냥 아무 이야기나 상관없었다. 상품 이야기가 아닌 다른 이야기를 조금 하고 싶었을 따름이다. 그래서 꺼낸 화제였는데, 제우스는 내가 상상한 것과는 전혀 다른 반응을 보였다. 무려 손에 들고 있던 카탈로그를 떨어뜨린 것이 그것이었다.

"…예?"

이렇게 되묻기까지 하다니, 꽤나 이례적인 반응이다.

"지금 창조자라고 하셨습니까?"

"어……. 네."

"전직 퀘스트가 아니라 직업을 얻으셨다고요?"

"어느 쪽이냐고 물으신다면 둘 다긴 합니다."

나는 전직 퀘스트를 받자마자 조건을 만족하고 직업을 얻었지만, 레벨을 올리는 데에 꽤 고생했다는 이야기를 털어놓았다. 그러자 제우스는 믿을 수 없다는 듯 고개를 절레절레 저었다. 그러더니 문득 내게 이렇게 물었다.

"죄송합니다만 고객님, 카르마를 조금 주실 수 있으시겠습니까?"

"카르마를요? 아, 설마……."

"네, 상위 세계에 대한 것을 발설하려면 카르마가 필요합니다."

갑자기 왜 상위 세계가 튀어나오는지 모르겠지만, 어차피 상위 세계에 가면 다 초기화될 신격에 소지품들이다. 카탈로그에서 뭘 골라 사는 것보다 머리에 남는 정보를 얻는 게 훨씬 이득이다. 나는 더 고민하지 않고 제우스에게 카르마를 건넸다.

"축하드립니다, 고객님."

그 카르마를 받자마자, 제우스는 대뜸 이런 말부터 꺼냈다.

"상위 세계에 가실 필요가 없어지셨군요."

처음 카르마 마켓에 들어왔을 때나 카탈로그의 상품 설명을 하고 있을 때와 달리, 제우스의 표정은 지극히 굳어 있었다. 그 얼굴에 떠오른 감정은 어떤 떨떠름함에 가까웠다. 더 정확하게 표현하자면…….

질투심?

"정말 부럽습니다, 고객님."

"아니, 카르마는 받아놓고 갑자기 무슨 말씀이에요?"

내 항의에도 제우스는 이렇게 되물을 뿐이었다.

"고객님께서는 왜 불멸자들이 결국 상위 세계에 가고 마는지 잊으셨습니까?"

심지어 그는 답답해하고 있었다. 아니, 뭘 알려주고 답답해하지. 나도 답답하다. 그렇다고 이대로 입 다물고 있는다고 뭘 말해줄 것 같지는 않아서, 나는 그냥 질문에나 대답했다.

"기존의 세계에서 더 이룰 것이 없고 그저 안온히 이어지기만 하는 삶에 지루함을 이기지 못해 간다고 하지 않으셨습니까?"

"그렇습니다. 하지만 오직 그것만으로 불멸자들이 가지고 있던 모든 것을 내던지고 밑바닥으로 돌아가는 걸까요?"

밑바닥? 하긴 그렇다. 레벨도 능력도 초기화되고 소지품도 빼앗긴다는데, 따지고 보자면 밑바닥으로 돌아가는 게 맞긴 하다.

"상당수의 불멸자들이 무한히 이어지는 삶의 무료를 참지 못하고 하던 거 안 하던 거 다 해보다가 결국 보조 직업에 손 대고, 그러다 창조자의 전직 조건을 알아내게 됩니다. 그리고 동시에, 지금 상태로는 창조자로 전직할 수 없음을 알아내게 되지요."

"어, 왜……."

"창조자의 전직 조건을 기억하십니까? 보조 직업 50개의 최고 레벨을 달성하라고 나와 있을 겁니다만. 그런데 하나의 직업에 한계레벨에 도달해도, 최고 레벨을 달성한다는 조건은 만족시키지 못합니다. 최고 레벨은 한계레벨 위에 따로 있다는 뜻이지요."

그건 몰랐다. 나는 한계돌파로 당연히 50레벨을 찍었지만, 다른 사람들은 한계레벨에 걸려 거기까지 닿지 못했던 모양이다.

"그래서 그때 불멸자들은 한계레벨이 존재하지 않는다는 상위 세계로의 도약을 결심하게 됩니다. 창조자가 되어 자기만의 세계를 만들겠다는 꿈에 부풀어서 말이지요."

"어……."

"상위 세계도 발판에 지나지 않는다고 말씀드린 거 기억하고 계십니까? 상위 세계라는 발판을 딛고 올라서는 곳이 바로 자기만의 세계입니다. 말씀드리자면, 결국 상위 세계는 창조자라는 직업을 가지기 위한 세계라고 정의할 수도 있겠습니다."

나는 자리에서 굳어버리고 말았다. 그럴 수밖에 없었다. 제우스는 울고 있었다.

"부럽습니다, 고객님. 저는 당신이 부럽습니다. 저는 아직 상위 세계로의 도약도 마치지 못했는데, 고객님께서는 이미 먼저 제 목표에 도달해계셨군요. 후배라고… 생각했었는데……."

"후배는 맞죠."

내 대답에 제우스가 날 째려보기 시작했기 때문에 나는 그냥 입을 다물었다.

분위기가 불편해졌기 때문에, 나는 대충 살 것만 사고 카르마 마켓을 빠져나오기로 했다.

"다시 들러주십시오. 창조자용 자재도 팔고 있으니, 언제든 환영합니다."

내가 나올 때쯤, 제우스는 아무 일도 없었다는 듯 웃고 있었다.

그는 프로다. 나는 그의 프로 의식에 경탄을 보냈다.

"그러죠."

그래서 나는 결코 그의 연기를 간파했다는 사실을 낌새조차 내보이지 않았다.

*　　*　　*

나는 카르마 마켓에서 나오자마자 상태창을 켜 내 직업란을 바라보았다. 어느새 창조자 레벨은 20이 되어 있었다. 지구에서의 [인류를 문명으로 이끌어라!]는 수련치를 만족시킴으로써 레벨 업을 달성한 모양이다.

그리고 직업 스킬로 [세계 창조]라는 게 생겨 있었다.

"이게 그거로군."

불멸사들의 최종 목적. 나만의 세계를 만들어서 가진다. 그 꿈을 이루기 위해 필요한 스킬이 바로 이것일 터였다.

"그럼 바로 써볼까?"

길게 끌 것도 없이 나는 즉시 스킬을 써봤다. 그러자 대량의 신성이 빠져나가면서 작은 먹구름 같은 게 내 손아귀 안에 생겨났다.

[태초의 세계]

"이게……. [세계]라고?"

나는 어리둥절했으나, 곧 깨달았다. 이 [세계]에 계속해서 [세계 창조]를 걸어가며 신성을 갈아 넣다 보면 내가 아는 형식의 세계가 만들어질 거란 걸.

"처음에는 단칸방이구만."

아니, 그냥 먼지 한 덩어리 정도니 단칸방이라는 표현도 지나치게 과장된 것일지도 모른다.

"신성을 좀 모아야겠어."

모여 있는 신성이 꽤 많긴 했지만, 이 [태초의 세계]를 진짜 세계로 만들기 위해서는 지금 가진 신성으론 턱도 없었다. 그만큼 [세계 창조]에 드는 신성이 많았다.

"그건 그렇고……. 내가 꽤 오래 자리를 비우긴 한 모양이로군."

상태창을 봤더니 이진혁교는 언제부턴가 쇠하기 시작한 상태였고, 들어오는 신성도 예전 같지 않았다. 이제 마라도 다 죽여서 카르마 들어올 곳도 없으니 신성을 모으려면 방법은 한 가지뿐이었다.

"얘들아! 내가 돌아간다!!"

이진혁의 귀환이다!

*　　　　　*　　　　　*

이진혁의 귀환을 예상할 수 있었던 이들은 많지 않았다.

이진혁의 탐색을 중도 포기한 이들은 물론, 그토록 이진혁을 찾아 헤매던 자들에게조차 이진혁이 스스로 모습을 드러내 돌아왔다고 선언하는 일은 예측조차 불허하는 일이었다.

그래서 이 이벤트는 다소 당혹스러운 것이 될 수밖에 없었다.

"내가 왔다!"

문자 그대로 세계 전체를 뒤흔드는 목소리로 그러한 선언을 들은 블루 마블의 이진혁교 교인들은 기쁨이나 환희보다 먼저 다른 감정을 느꼈다.

3대 교구 중 가장 먼저 이진혁의 탐색을 포기한 블루 마블 교구 교인들은 좌절감과 부끄러움을 안고 살아가고 있었다.

그리고 이진혁이 귀환을 선언한 지금, 그 좌절과 수치심은 모조리 공포로 치환되었다.

특히나 그들의 수장인 비토리야나와 루시피엘라의 반응이 격렬했다.

"도, 도망가야 돼!"

비토리야나는 악마였던 때처럼, 루시피엘라는 타천사였을 때처럼 강렬한 빛으로부터 등을 돌리고 도망치려 들었다. 자신들이 왜 그렇게 판단했는지도 모른 채 차라리 본능에 가깝게 도주를 선택했다.

그러나 그게 될 리가 없다.

"루시피엘라! 비토리야나!!"

루시피엘라는 자신의 주인이 자신 먼저 불렀다는 희열을 느낄 새도 없이 붙잡혀 갔다. 비토리야나는 자신의 이름이 늦게 불렸다는 것에 차라리 안도감을 느꼈으나 그녀도 곧 붙들렸다.

강제로 소환되자마자 보이는 번쩍거리는 신성한 빛에, 비토리야나와 루시피엘라는 일단 무릎부터 꿇고 봤다!

"용서를!"

"죄송합니다!!"

바닥에 머리부터 박고 보는 그들 둘의 반응에, 이진혁은 고개를 갸웃거렸다.

"…응? 왜?"

*　　　　*　　　　*

"하하하, 내가 상위 세계로 간 줄 알았구나. 뭐, 그럴 수도 있지."

비토리야나와 루시피엘라는 완전히 공포와 당혹감에 휩싸여 두서없는 변명과 앞뒤 없는 읊조림을 늘어놓았고, 나는 그녀들의 입에서 나오는 파편적인 정보를 조합하여 간신히 답에 도달할 수 있었다.

"요, 용서해 주시는 겁니까?"

"용서고 자시고, 내가 자리를 오래 비운 건 사실이니까."

"아, 아앗……!"

내 용서를 받자 안도한 건지 비토리야나가 먼저 펑펑 울기 시작했고 루시피엘라가 그 뒤를 곧 따랐다. 내가 등을 두드려 주자 한결 더 서럽게 우는데 좀처럼 그칠 기색이 보이지 않았다.

어느새 소식을 듣고 온 블루 마블의 교인들이 나와 두 공동 주교의 주위를 둘러쌌다. 그렇게 사람들이 다 보는 앞에서 비토리야나와 루시피엘라는 내 품에서 사흘 밤낮을 연속으로 울어 제쳤다.

체력이 좋다 보니 울다 지쳐 잠들지도 않는다. 이러다 잘못하면 한 달 내내 울고 있는 것 아닐까? 내가 그런 걱정을 하기 시작할 무렵, 포탈이 열리더니 내가 아는 얼굴들이 튀어나왔다.

"이진혁 님께서 돌아오셨다고!?"

"오."

나는 아는 얼굴의 등장에 아는 척을 했다. 그런데 내가 반가움을 표시하기도 전에 상대들, 그러니까 케이와 테스카는 눈물을 줄줄 흘리더니 그 자리에 무너져 내렸다.

"어째서……. 어디 계셨던 겁니까……."

"아, 아아아……."

또 이거냐.

내 예상대로 케이와 테스카도 펑펑 울기 시작했다. 그리고 거기에 호응이라도 하듯 비토리아나와 루시피엘라의 울음소리도 다시 커졌고, 날 둘러싼 블루 마블 신도들의 울음소리도 합창이라도 하듯 울려 퍼졌다.

나는 좀 참아보려고 했지만, 내 인내심은 곧 바닥났다.

"그만! 그만 울어!!"

나의 신성을 담은 외침에, 주변을 가득 메우던 울음소리는 단번에 그치… 지는 않았다. 그래도 몇 차례의 훌쩍임이 이어지긴 했지만 울음소리가 잦아들었다. 그래, 이들도 노력은 했다.

나는 노력을 인정해 주기로 했다.

"이 자리에 다 모이지는 않은 것 같군. 키르드는 어디 갔냐? 늙어 죽었나?"

"아, 그건……."

케이와 테스카, 그리고 비토리아나와 루시피엘라는 서로를 바라보며 대답을 망설이다가, 케이가 가장 먼저 용기를 내 내게 말했다.

"아직 주를 찾고 있습니다. 저희와 달리……."

"응? 뭐? 아직 살아 있다고? 놀랍군. 신격에라도 오른 거야?"

키르드라면 늙어 죽었어도 이상하지 않을 시간이 흘렀으리라고 생각했기에,

"아, 예. 이진혁교의 가장 큰 교구인 인류연맹 교구의 주교를 맡은 덕인지 잡신의 격에 오른 것으로 알고 있습니다."

"오, 그래? 하핫. 그렇군. 그럼 얼굴 좀 봐야겠어."

나는 곧장 상태창을 열고 키르드를 소환했다. 내 앞에 슉 하고 나타난 키르드는 어리둥절해하다가 나를 보고 환하게 웃었다.

"아버지!"

"그래, 나다. 너는… 조금 늙었군. 나보다 나이 들어 보여."

"아버지께선 아직 정정하십니다! 하하하!!"

키르드는 기쁘게 웃었다. 나는 그를 껴안고 등을 두드려 주었다.

"어디 있다 왔냐?"

"혹시 지구에 계실지도 모른다고 생각해서 가보던 중입니다."

"허, 그래?"

날카롭기도 하지. 실제로 난 어제까지 지구에 있던 참이었다.

지구가 내게 알려주기까지 나 자신조차 내가 이진혁이라는 사실을 잊고 살기는 했지만, 아무튼 키르드의 추측은 정확하게 들어맞은 셈이다.

"때가 되면 돌아오실 줄 알았는데, 제가 괜한 짓을 했군요."

그렇긴 하다고 생각은 했지만, 직접 말할 정도로 눈치가 없진 않다.

"휴가는 잘 보내셨습니까? 이제 완전히 돌아오신 겁니까?"

"…그래."

키르드의 물음에 나는 고개를 끄덕였다.

상위 세계에 갈 이유가 사라졌으니, 내가 내 사람들을 떠날 이유도 사라진 셈이다.

"간만에 돌아왔으니, 밥이나 먹자."

나는 웃으며 말했다.

*　　　*　　　*

돌아온 나는 떠나기 전보다 더욱 정력적으로 일했다. 여기서 말하는 일이라는 건 물론 이진혁교의 중흥이었다.

내가 떠남으로써 하락세로 들어섰던 이진혁교는 내 귀환과 더불어 전보다 더욱 그 교세를 크게 부풀렸다. 원래 이진혁교가 주류라고는 할 수 없었던 유일 교단과 만신전, 그리고 천계에까지 가차 없이 포교했으니 세가 안 불어나는 게 더 이상하다.

그럼으로써 얻어지는 신앙, 즉 신성은 모두 [세계 창조]에 밀어 넣었다. 그러다 보니 내 손바닥 위에 올라와 앉을 정도로 작았던 [태초의 세계]는 어느새 작은 왕국 수준으로 커져 있었다.

물론 규모로 따지면 그렇다는 이야기고, 세계의 구성 상태는 혼돈으로 뒤섞인 엉망진창인 상태라 세계라 부를 수 있을까 싶을 정도였다.

이걸 빛과 어둠으로 나누고 뭍과 물로 나누고 물리법칙을 구현하는 등 해야 할 일이 태산이었다.

그리고 이 작업에는 대량의 신성이 소모되었으니, 갈 길은 아직도 멀었다.

멸망했던 지구를 다시 재생시켜 인류를 번성시키고 문명까지 이끄는 작업을 이미 한 번 하긴 했지만, 아예 세계를 제로부터 창조해 나가는 작업은 그보다 몇 배는 더 어려운 일이었다.

지구는 그나마 지구였던 적이 있으니 지구 자신에게 맡겨도 되는 일이 있었지만 태초 세계는 그렇지 않았다. 하나부터 열까지 내가 다 조치하고 해결해야 했다.

굳이 비유하자면 지구에서의 경험은 초등학생인 양자를 들여 키우는 일이었다면 태초 세계의 경우는 자신에게 팔다리가 달려 있는 것조차 생소하게 여기는 갓난아기와도 같았다.

그럼에도 나는 질리는 일 없이 계속해서 작업에 몰두했다. 명확하게 나아가야 할 방향이 정해져 있다는 건 이토록 행복한 것이라는 것을 새삼 깨달을 수 있는 시간이었다.

“왜 불멸자들의 최종 목표가 나만의 세계를 갖는 건지 이제야 알겠군.”

할 일이 많은 만큼 피곤하긴 했지만 지루할 틈이 없었다.

시간은 쏜살같이 흘러갔다.

*　　　*　　　*

“됐… 다!”

비록 환경도 독창성이라곤 약에 쓸래도 없어서 지구의 마이너 카피 같은 느낌이고, 규모 자체도 행성 하나가 겨우 돌아갈 정도라 태양을 넣고 자체적인 자전과 공전으로 낮밤을 구현하지도 못해서 인위적으로 빛을 쏴줘야 하는 데다 그것도 내가 껐다 켰다 해줘야 하긴 하지만 어쨌든 이걸로 그나마 나만의 작은 세계를 하나 꾸며내긴 했다.

그렇게 해서 구현해 낸 작은 해변에 혼자 누워 있다가 뙤약볕이 너무 세서 빛을 조절하고 있으려니 만족은커녕 괜한 분기만 더 치솟았다.

언젠간 내가 의식적으로 조절 안 해도 혼자 잘 돌아가는 세계 하나를 만들어내고 말리라. 마치 지구처럼…….

"아니지!"

나는 벌떡 일어나 외쳤다.

"그래 봐야 지구 복제판밖에 더 만들겠어?"

지난 세월 동안, 그러니까 지구에 있던 시절을 제하고 그 전에는 50개에 달하는 보조 직업을 만렙 찍고 다니던 나다. 보통 그 정도 하고 나면 설령 그 전까진 안 그랬더라도 예술가적인 감성, 혹은 아집이라고 불러도 좋을 그런 게 생기기 마련이다.

그게 발동했다.

"내가 지구 복제를 만든다고? 이 내가?"

나는 부들부들 떨었다. 자존심이 상했다.

물론 모방이야말로 창조의 어머니라는 문장은 잘 만든 표어다. 진리이기도 했고. 그러나 이걸 거꾸로 잡으면, 모방이 만들어내는 건 창조의 어머니가 낳은 애밖에 안 된다.

사람은 성장해야 한다!

처음 만든 세계치고는 잘 만들었다는 평가 따위는 필요하지도 않았다. 내가 만들고 싶은 것, 내가 만들어야 하는 것은 나만의 세계였다.

"지구 복제를 만들 거면 차라리 그냥 지구에서 살고 말지!"

그러나 이상이 아무리 드높아도 현실은 냉혹하다. 지금 상태론 죽도 밥도 안 된다는 현실을 먼저 받아들여야 했다.

문제의 인식이야말로 문제 해결의 첫걸음인 법. 나는 그 첫걸음을 떼었다.

그럼 다음 걸음을 걸어야지. 그다음 걸음이란?

물론 답을 내는 것이다.

"이거 나 혼자만의 힘으로는 안 되겠군."

나는 혼자서 답을 내기는 힘들다는 답에 도달했다.

"혼자서 못 한다면 여럿이서 하면 되지!"

브레인스토밍이 필요했다.

브레인스토밍을 한다고는 해도 아무나 받을 수는 없다. 내가 원하는 인재는 창조자 직업을 가진 사람에 한한다.

즉, 나다.

나뿐이다.

이 세계의 모든 존재를 통틀어 창조자라는 직업을 갖고 있는 건 오직 나 단 하나뿐이다.

혼자서 무슨 브레인스토밍을 한단 말이냐!

이런 의문이 떠오를 만도 하지만 문제없다.

"내가 많으면 되니까."

수많은 나를 동원하면 된다.

당연하지만 단순한 분신으로는 안 된다. 분신을 꺼내봤자 나랑 똑같은 생각밖에 더 하겠는가. 게다가 동기화가 지속적으로 이뤄지니, 수많은 나들은 그냥 나일뿐이다.

그러니 모든 내가 각기 다른 인격을 지니고, 각자의 입장에서 각자의 의견을 꺼낼 수 있도록 해야 한다.

말하자면 지구에서처럼 하면 된다.

이미 나는 이 방법을 통해서 지구의 문명을 개화시킨 적이 있다.

비록 나 혼자만의 힘으로 해낸 것이라고는 할 수 없을지도 모르나, 여러 내가 빚어내는 화학반응의 순기능을 확신하기에는 충분한 결과물을 내놓았다고 자평하고 있었다.

지구 때에는 각각의 내게 각기 다른 개성을 주기 위해 일부러 기억과 능력을 제한했으나, 지금은 그럴 필요가 없다. 이미 지구 시절에 확립했던 인격들이 남아 있으므로, 이번에는 그 인격들을 재활용하는 것만으로 여러 나를 구현하는 것에 성공할 수 있을 것이다.

"자, 그럼……. 시작해 볼까?"

나는 스킬을 시전했다.

* * *

결과는 성공이었다.

나는 각기 다른 방식으로 생각하고 사고하는 수만 명의 나를 생성했다.

그 직후 이뤄진 나들의 대회의는 그 자리에서 바로 시작되었고, 어느 정도 유의미한 결과를 낳았다. 이제는 회의 결과를 [세계 창조]에 반영하면 되겠다.

“다음 회의는 1년 후에 개최하겠습니다.”

아이디어는 떠올랐고 계획 또한 짜였으니 이제 남은 일은 [세계 창조]에 필요한 신앙을 모으는 것뿐이다.

기왕 이렇게 된 김에, 수만 명의 나는 다시 하나의 나로 합쳐지는 것보다는 각자 활동으로 신앙을 모으는 것이 더 효율적이라고 판단했다.

그리고 그것은 실제로 효율적이었다.

그러나 나들은 한 가지 부작용을 생각하지 못했다.

아니, 어쩌면 알면서도 일부러 무시한 것일지도 모른다.

수만 분의 1로 나눠져 격이 떨어져 신보다는 인격에 가까워진 나는 마치 지구에서처럼 인간으로서의 욕구에 눈을 떴다.

식욕? 그건 평소에도 갖고 있다. 물론 생존을 위해 배를 채운다기보다는 맛있는 걸 맛보고자 하는 쪽에 가깝지만. 수면욕? 나는 잘 필요가 없다. 가끔 자고 싶은 기분이 들면 자고는 하지만 자기 싫으면 안 자도 된다. 이건 분할한 나도 마찬가지다.

그럼 마지막으로 남은 게 성욕인데, 성욕도 그다지 강하지는 않다. 이미 불멸자가 되어서 그런지 번식에 대한 욕구는 커지지가 않았다.

하나씩 손가락 꼽아가며 짚어보니 새삼 내가 얼마나 인간에서 멀어진 존재인지 떠올릴 수 있지만, 다시 생각해 보자. 이미 거론한 3대 욕구는 인간으로서의 욕구라기보다는 생물로서의 욕구에 가깝다.

이것들 말고 인간으로서의 욕구. 그것은 바로…….

"지구에 다녀와야겠어."

다른 내가 말했다. 저 녀석 이름이 뭐였더라. 동기화가 꺼져 있어서 바로 떠올릴 수는 없었다. 그렇다고 마라 파피야스처럼 누굴 몇 번째 분신이라고 부르고 싶지는 않아서 각자의 이름을 각자 쓰도록 해두었다.

뭐, 굳이 누구냐고 물어볼 필요가 있겠는가. 아무튼 지구에서 기혼자였던 저 녀석은 지구에 놔두고 온 가족들이 생각난 모양이었다. 지구에서 쓰던 인격을 그대로 쓰고 있으니 그럴 만도 했다.

하지만 나를 비롯한 미혼인 나들은 달랐다.

"이런 걸 뭐라고 해야 하지?"

"단체 미팅?"

몇 명인가의 내가 왁자하게 웃었고, 몇몇은 짜게 식어 발언한 나를 노려보았다. 지금의 나는 심드렁한 축에 속했다.

그렇다. 인간으로서의 욕구. 그것은 가족을 이루고자 하는 욕구였다.

"그녀를 보러 가야겠어."

다른 내가 말했다.

그 말을 듣자 나도 머릿속에 떠오르는 여성이 있다. 이진혁으로서의 기억을 갖고 있기 때문에 떠올릴 수 있는 얼굴이었지만 이걸 내 입장에서 떠올리자니 왠지 신기한 느낌이 들었다.

"그래, 나도 그녀를 보러 가야겠어."

가슴께가 간질간질했다. 심장이 두근두근 뛰었다. 나쁜 느낌은 아니었다. 오히려 생물로서 살아 있다는 느낌마저 들었다.

"고백을 하러 가야지."

이진혁이라면 절대 하지 않을 선택이었다.

그러나 뭐 어떤가? 나는 나일뿐인데.

"어리석은 선택이야."

아마도 독신주의자일 터인 몇인가의 내가 나를 비웃었지만, 나는 아랑곳하지 않았다.

이미 마음은 정해진 바였고, 행동만이 남았다.

그리고 내겐 더 이상 망설일 이유가 없었다.

* * *

태양빛이 싱그럽게 빛나고 있었다.

나만의 세계, [이진혁계]를 비추는 저 태양을 만드느라 든 신앙을 생각하면 단순히 뿌듯하기만 한 건 아니었다. 지금은 태양빛에 가려진 별빛들도 마찬가지였다. 무엇보다 큰 공을 들인 건 아직 뜨지도 않은 달이었다.

두 개의 달을 조화롭게 움직이며 각기 다른 색의 달빛을 지상에 흩뿌리게 만들기 위해 나는 스킬이 아니라 지식과 기술을 익

혀야만 했다. 인류연맹이 나를 찾는답시고 발전시킨 과학기술이 아주 큰 도움이 되었다.

"내가 왜 그랬을까?"

애들을 보느라 기진맥진한 나는 파도 소리가 부서지는 해변에 널브러져 혼자 중얼거렸다.

아무리 수만 분의 일인 나라도 명색이 이진혁 중 하나인데 이 나를 이렇게 만들다니. 애들의 체력이란 정말 무서웠다.

물론 이 아이들은 보통 애들이 아니긴 하다. 나를 비롯한 이진혁들이 힘과 지혜를 한데 모아 빚어낸 세계에서 새로 태어난 애들이다. 세계의 첫 세대니만큼 세계의 사랑과 축복을 담뿍 받는 아이들이라고 할 수 있다.

그런 건 둘째 치고 무엇보다 내 애들이니 평범할 리 없지. 대단한 게 당연하다.

문제는 그 대단함을 오로지 나를 조지는 데 쓰고 있다는 점이지만…….

"내가 무슨 부귀영화를 누리겠다고……."

이 일상이 오늘은 물론 내일도, 내일모레도, 저 아이들이 성장할 때까지 이어질 거라고 생각했더니 절로 한숨이 나왔다.

"방금 뭐라고 했어, 자기?"

"으, 응?"

나는 바짝 굳어 고개를 들었다.

내 시선의 끝에는 나의 아름답고 사랑스러운 아내, 안젤라의 모습이 있었다.

내가 안젤라를 처음 봤던 때로부터 천 년이 넘는 세월이 흘렀음에도 그녀의 아름다움은 별로 상하지 않았다.

원래부터 나이를 잘 먹지 않는 천사가 된 덕도 있지만, 듣기론 이진혁교 수녀원의 수녀들 또한 신앙의 대상이 되었다던가.

안젤라를 비롯한 수녀들이 천년 가까이 되는 세월 동안 수절을 하는 모습을 보여 존경과 경애의 대상이 된 덕이 컸다.

그래도 세월을 완전히 피할 수는 없어서 얼굴 여기저기에 주름진 모습이 보였었다. 하지만 그마저도 이 세계의 젊은 에너지로 인해 젊었던 때의 모습을 되찾고 있었다. 이 회복은 현재진행형인지라, 옆에서 보는 내가 보기엔 하루하루 더 예뻐지는 것 같았다.

나는 어리석은 인간답게 방금 전까지 하던 모든 후회를 잊은 채, 안젤라의 허리에 손을 감으며 달콤하게 말했다.

"이 새로운 세계를 가득 채우려면 아직 아이가 부족한 것 같다고 말했어."

아아, 나는 왜 이다지도 어리석고 우둔하단 말인가.

이 세계에는 나 외에도 다른 수만의 내가 있었다. 그리고 그들 중 몇만 명은 결혼을 했고, 몇만인가의 아이를 낳았다.

즉, 반드시 나와 안젤라 사이에서만 아이를 낳아 이 세계를 채울 필요는 없는 셈이었다.

그럼에도 불구하고 나는 안젤라에게 뜨거운 키스를 퍼부었다. 아내의 따스한 살결과 싱그러운 웃음은 도저히 나로 하여금 자제심을 발휘하지 못하게 만들었다.

이진혁 신이시여, 나는 또 같은 잘못을 반복하려 들고 있습니다.

"적어도 셋은 더 낳아야지."

나는 안젤라를 향해 달려들었고, 안젤라는 못 이기듯 뒤로 넘어졌다.

나중에는 반드시 후회하고야 말 달콤한 시간이 영원할 듯 이어졌다.

〈完〉